獵狐行動瞄準
三大家族

I0651919

作者/王淨文 季達

獵狐行動瞄準三大家族

目錄

獵狐行動瞄準三大家族

第一章

王岐山海外追人追錢

中共 2014 年國際追逃追款行動由中紀委書記王岐山一手主導，被視為開闢反腐「第二戰場」。外界認為，王岐山「獵狐行動」的意圖不僅是「拍蒼蠅」，國際追逃追款也瞄準「大老虎」的海外家屬。

（Getty Images）

第一節

獵狐行動
北京向各國提追逃名單

2014 年 11 月 11 日，習近平和奧巴馬專門在中南海瀛台長談，外界猜測追討貪官是其中一個話題。因為從那以後，美國對獵狐行動的態度有所轉變。（AFP）

「國內打虎，國外獵狐」，有人把習近平陣營的反腐運動，形象地比喻成打獵。在大陸抓獲大貪官叫「打老虎」，處理小貪官叫「拍蒼蠅」，追捕逃到境外（包括港澳）的貪官就叫「獵狐」。

狹義的「獵狐行動」指的是 2014 年 7 月 22 日，由中共公安部發起的專項行動「獵狐 2014」，到 2014 年 12 月 8 日原定結束時，據主要負責人劉金國宣稱：「共抓獲外逃經濟犯罪嫌疑人 428 名，是 2013 年總數的 2.8 倍。其中，涉案金額千萬元以上的 141 名；逃往境外超過 10 年以上的 32 名。」

雖然公安部的獵狐 2014 專項行動結束了，不過，外界預計接下來還會有獵狐 2015、獵狐 2016 等專項行動。

早在 20 多年前，中共對外逃官員就採取了廣義的獵狐追捕

行動，方式有 4 種：引渡（主要方式）、遣返、異地追訴、勸返（中國特色）。從 2008 年至 2014 年，中共官方宣布：「已經從 54 個國家和地區成功將 730 餘名重大經濟犯罪嫌疑人緝捕回國」。不過，與依舊滯留境外的官員總數比較，被抓回來的只是個零頭。

至於 2014 年的獵狐行動，從 7 月 22 日開始後，阻礙因素很多。10 月，中國和澳洲簽署了有關共同處理貪官的協議，使澳洲情況有所改變，到了 2014 年 11 月 8 日，亞洲太平洋經濟合作組織（APEC）第 26 屆部長級會議通過了《北京反腐敗宣言》，決定成立 APEC 反腐執法合作網絡，在亞太地區加大追逃追款合作，攜手打擊跨境腐敗行為，同一天，中共中紀委國際合作局發布 APEC 反腐執法合作網絡（ACT-NET）具體運作方式。

APEC 成員國和地區為：澳洲、文萊、加拿大、智利、中國、香港、印尼、日本、韓國、馬來西亞、墨西哥、新西蘭、巴布亞新幾內亞、祕魯、菲律賓、俄羅斯、中華民國、泰國、美國、越南等。基本上包括了大陸官員出逃的主要目的地。

最多外逃官員選擇出逃的國家是美國、加拿大和澳洲。大陸網民整理的數據顯示，美國是外逃官員的潛逃首選地，有超過 7000 人藏身美國，涉及金額逾 3360 億元（人民幣）。其中廣東無論人數或金額均占據全國榜首。由於外逃人數眾多，而且聚堆生活，據說在美國舊金山、加拿大多倫多、溫哥華等地甚至出現了具有中國特色的「腐敗子女村」。

2014 年 11 月 11 日，習近平和奧巴馬專門在中南海瀛台長談，外界猜測追討貪官是其中一個話題。因為從那以後，美國對獵狐行動的態度有所轉變。

從 2014 年 7 月 22 日開始的「獵狐 2014」行動，原定 12 月

1 日截止，後又延長至 12 月底。儘管中共媒體大肆宣傳 400 多貪官被抓回，但抓回貪官比例只占外逃官員的 2% 左右。

外逃官員何其多？百姓不知曉

到底外逃官員人數有多少，一直是中共對百姓隱瞞的所謂「國家機密」。中紀委 2010 年發布的資料顯示，近 30 年來，外逃官員數量約為 4000 人，攜走 500 多億美元。但根據中國社科院的一份內部報告稱：從上世紀 90 年代至 2008 年，有各種官員 1.8 萬人外逃，攜帶款項 8000 億元人民幣，中科院數據遠遠大於中紀委公布的數字。

官員外逃導致國有資產流失嚴重。《財經》雜誌 2013 年 10 月調查顯示，2000 年至 2012 年，中國外逃官員人均攜款近 500 萬元。

除此之外，報告顯示，中國國有企業負責人、中資駐外機構負責人，以及政府官員和金融行業負責人等攜款外逃問題最為嚴重。報告列舉當年 59 名外逃「裸官」中，金融行業的占 24%，涉案金額高達 18 億元。

英國《金融時報》引述「全球金融誠信組織」的評估數字說，僅 2005 年至 2011 年的 6 年間，非法流出中國大陸的資金就高達 2.83 萬億美元。該報還稱，前不久已被刑拘的原廣州市副市長曹鑒燎是目前「獵狐行動」在新西蘭的主要目標之一。曹鑒燎的妻子、子女、情婦及一名同夥等涉案人員，有的已經歸化為新西蘭公民。目前中共官方要求能在新西蘭境內對他們進行訊問。

除新西蘭之外，中國外逃官員熱中的其他西方國家，如英國、

美國、加拿大和澳洲等駐華外交官們也表示，他們正受到來自中共官方的壓力，要求他們協助中紀委的「獵狐」反貪行動。

中共才是最大的貪官

總部位於德國柏林的非政府組織「透明國際」負責東亞事務的廖燃在接受自由亞洲電台採訪時表示，中共當局在尚未推出「官員公示財產」等措施之前，官員攜款外逃的問題將很難杜絕。「為什麼中國有這麼多貪官？貪官又如何能逃出去？當局有兩件事必須要做：必須公布（官員）財產；公民要有知情權，這才能對貪腐產生震懾。現在中國的情況是，所有官員只對黨的組織部門申報，外人無從知曉，這就不會產生任何威懾效應。」

旅美中國學者程曉農則認為，中共「腐敗的根源就在於黨不受監督」。也有評論指出，作為一個強加給中國人民的邪惡流氓獨裁政府，中共集團本身就是最大的貪官，相比中共對中國人民犯下的罪過，那些外逃官員只能是小巫見大巫。幾十年來，中共通過各種政治運動害死了 8000 多萬無辜百姓，並以邪惡黨文化取代了 5000 年的中華傳統文化。如今，大陸國土被中共出賣、環境被污染、人心被破壞、人們吃的喝的呼吸的都是有毒的東西，這些罪惡豈是外逃官員所能比的？

中共花大錢換取貪官回家

為了促使貪官回國，大陸媒體經常報導說，貪官在境外的日子並不如想像中風光。涉案 11 億元人民幣的山西朱某表示，逃

亡最早兩年居無定所,直到 2006 年在南非辦了工作居留,買了套高檔住所,但隨即遭遇歹徒入室搶劫,再度居無定所。逃亡十年輾轉了十幾個國家,朱看到《自首通告》後,主動打電話給國內朋友,跟公安聯繫,提出自首條件:「想見見自己的家人」。

這次獵狐行動,除了自首,勸返是辦案單位首選追逃方式。因為海外追逃成本高,中共公安部要求針對每名海外逃犯要預備數十萬工作經費,各地公安也通過潛逃人員的親屬勸返。獵狐行動採取「一案一策」:針對每一名在逃人員制訂方案,也有省份花大錢搞懸賞,浙江公安為每案專門撥出 200 萬元獎勵破案,因此從 25 個省區的獵狐結果看:浙江以 43 人居首;其次是廣東 42 人。靠臨時砸大錢的方式換取貪官回國,備受民眾質疑。

中共向美國提供逾百人清單

2014 年 12 月 5 日,美國國務院表示,中共已向美國提供了一份逾百名外逃官員名單。因中共人權紀錄太差阻礙了美國國會批准雙方的引渡條約,但美國或以其他方式協助遣返逃犯。

美聯社報導說,負責國際執法事務的助理國務卿布朗菲爾德(William Brownfield)表示,雙方確定了外逃官員數量並同意針對每個人制定策略。由於中共和美國沒有引渡協議,被通緝人物可能會在逃亡國被以刑事罪起訴或以違反移民法驅逐出境。他們的資產如果被確定是非法所得將被沒收。

一位匿名美國官員說,中共提供了 100 多個名字,但是沒有提供身分、被控罪行和在美國可能住址等信息。他說,參議院不太可能獲得三分之二的票數通過批准引渡條約。即使條約被批准,

美國法官仍然必須裁決中國通緝犯的罪行在美國也構成犯罪，並且這個人在中國接受的審判需要符合「美國的基本法律標準」。

助理國務卿 Brownfield 說，除了遣返逃犯，美國政府主要的擔憂是，讓中共帶回去目前在美國處於遣返程式的 3 萬 9000 名中國公民。

不能期待太多的獵狐行動

據悉，1998 年 5 月成立的「美中執法聯合聯絡小組」曾是中美有關追討貪官的主要聯絡機構，2005 年中國銀行開平支行 4.82 億美元特大貪污挪用案中，中美開展合作，中國銀行廣東開平支行行長余振東也因此被遣送回中國。該聯絡小組主要負責處理網絡犯罪、知識產權、腐敗和其他問題，這個半年一次的對話涉及雙方 100 多名官員，但由於沒有公眾輿論監督，其作用並不大。

最具諷刺意義的是，在百度介紹中美執法合作聯合聯絡小組（JLG）的網頁中，赫然出現周永康 2006 年 7 月 26 日至 29 日對美國進行正式訪問的照片，昔日那位抓捕貪官的人，如今卻成了被抓捕的貪官。這是中共無官不貪的最生動寫照。

雖然公安部的「獵狐 2014」已結束，但習近平、王岐山一直強調「反腐沒有句號」、「反腐永遠在路上」，外界預計「獵狐 2015」將很快展開。

中共外逃官員和家屬不計其數，其中影響最大的，當屬薄熙來的兒子薄瓜瓜、曾慶紅的兒子曾偉、周永康的小姨子賈曉霞，這三人牽出的家族貪腐內幕，更是怵目驚心。在談論王岐山圈定的這三大獵狐目標之前，先介紹外逃官員概況和常見案例。

第二節

澳洲不再是貪官的天堂

近年來，一些極左的大陸媒體在報導海外追逃受阻時，宣稱部分國家拒絕與中共合作的原因之一，是樂於見到中共貪官帶著大量熱錢投入該國市場，但澳洲媒體報導說，不論是官方還是民間，並沒有人願意讓澳洲成為中共貪官的逃亡天堂。特別是很多受近年來高房價困擾的民眾，更是不希望中國貪腐官員的「黑錢」進入澳洲。澳洲輿論經常對大量來自中國的「熱錢」流入當地房產市場表示反感，更遑論從維護國際法的角度來看了。

先抓 7 名 10 億以上貪官

2014 年 10 月，習近平政府與澳洲政府就共同追繳貪官達成協議。10 月 20 日，澳洲主流媒體都以頭版頭條的形式，高調報導中澳兩國正在聯手追繳逃亡澳洲的大陸貪官的不義之財。澳洲

聯邦警察亞洲部主管布魯斯·希爾對媒體宣稱，澳中兩國將開展聯合行動，追緝第一批貪官及其資產。不過澳洲警方並沒有透露貪官名單。

據說中共公安部和澳洲聯邦警察已制訂一份「不少於100人」的名單，其中首批鎖定7名、攜款10億美元的在澳貪官，而且數周內澳洲當局將查封這7名外逃官員在澳資產。北京當局沒有列出這7名經濟逃犯的名字，但外界熱炒中共江派二號人物曾慶紅之子曾偉花巨款在澳洲買豪宅的醜聞，暗示曾偉可能在其中。

投資移民配合查處貪官

隨著追貪活動的進行，澳洲民眾再度熱議「500萬澳元重大投資簽證」和「1500萬澳元高端簽證」的審批過程中，是否給中共外逃官員留下了空子。

據澳媒報導，澳洲政府自2012年11月24日推出500萬澳元重大投資簽證以來，94％的申請者來自中國大陸和香港，其中大陸占91％。中國大陸的申請人也是獲得澳洲永久身分最多的，占88％。早已有眾多媒體和民間組織機構質疑澳洲政府的投資簽證是不是已經變成了中國貪官跑路的綠色通道。

對此，澳洲移民部回應說，他們也會和中國執法機構合作，對每一個申請人都進行強制的品格和安全審查。「一旦發現有申請人的資產是來歷不明的，我們會把申請資料交給當地的執法機構。」

目前澳洲2300萬人口中有近100萬華人，外逃官員可以非常容易地消失在澳洲各地龐大的華人社區中。如今人們不知道到

底有多少大陸官員逃到了澳洲，澳洲四大銀行的一位華人客戶經理曾告訴《鳳凰週刊》記者，他的一個據說有軍方背景的中國客戶，曾用私人飛機把大量現金帶入澳洲。而 2013 年澳洲維州法院的文件也顯示，有中國商人用私人飛機一次把 80 萬澳元帶入澳洲，並存在中國某銀行在墨爾本的分行。

　　一位不願透露姓名的華人會計師事務所的老闆透露，中共「裸官」的配偶和子女在澳洲活動非常隱祕。他們一般都在自己的小圈子裡活動，不願意和圈子外面的人接觸。圈子裡的人及配偶在大陸時的級別和官位差不多。要追查他們，可能還不容易。

第三節

引渡面臨的內外難題

　　儘管中共官方把獵狐行動描述得聳動，但實際上成功率極低。2014 年 12 月 2 日，自由亞洲電台在有關獵狐行動的報導中，引述專家觀點，分析了中國從發達國家引渡貪官面臨的難題。

　　中國網路作者劉先生接受採訪時表示，「抓回來的主要是東南亞國家，還有非洲國家，個別從日本和韓國抓回來。從發達國家抓回來的，主要是所謂勸返，就是開出條件，說清楚問題不追究或減輕處罰。另外還有就是通過其他的刑事問題，比如假護照、假簽證資料等等，讓這些國家把他們遣送出境。」

　　在美國執業的律師高光俊也表示，從美國歸案的經濟犯罪人員，主要以勸返為主。「我自己就經歷了一個中國貪官勸返的案子，從美國勸返回中國。從西方引渡回去的很少，主要是通過勸返這種方法。」

　　中國社會科學院 2011 年的一份報告稱，從上世紀 90 年代以

來，中國大陸包括裸官在內的各種貪官外逃人數約 1.8 萬人，大部分是政府官員和國企工作人員，攜款 8000 億元。僅以此計算，2014 年獵狐行動抓捕的外逃官員比例不到 2%。

目前，中國與約 50 個國家簽訂了引渡條約，但卻與大部分發達國家沒有達成引渡協定。「引渡條約有些問題，因為西方國家也面臨一些困難，比如涉及人權問題、可能受到刑訊逼供，或者涉及一些政治問題等等。即使是有引渡條約，也可能涉及很長時間的司法程序。」

國際間處理罪犯問題，除了引渡之外，還可以通過國際刑警組織。高律師表示，一般刑事罪行通過國際刑警組織可以有效解決，經濟問題因各國法律不同，處理起來相對困難得多。

劉先生還透露：「按照西方國家慣例，經濟犯罪人員帶去的錢所在國是要分的。以前中國絕對不同意，因為這些都是國家資產。但 2013 年中國做出讓步，據說最高引渡國可以拿到 80% 的贓款。也就是說中國可能拿不回什麼錢，只要個面子，把人抓回來就行了。」

據中國媒體估算，從海外直接抓捕一個逃犯，中國要花費最少 20 萬元人民幣。以此計算，2014 年獵狐行動直接抓獲的 170 多人，耗資約 3500 萬元人民幣。與收回的贓款相比，成本是很高的。

除了來自外部的阻力外，獵狐行動還遭遇來自中共內部的阻撓。習近平陣營反腐，但對立的江澤民派系卻是貪腐的大本營，很多大老虎都出自江派，而且江派還幫助窩藏外逃「狐狸」，中國與美國合力追款的上海吳永華案就是一個很好的例子。

港媒：傳國際追逃第一目標人藏在江澤民家裡

2014 年以來，習近平陣營反腐掀起了一場國際追逃風暴，進行緝捕在逃境外經濟犯罪嫌疑人的「獵狐 2014」專項行動，把目標對準已經將巨額不法之財轉移到國外的貪官和「裸官」。而據媒體報導，由於西方國家對中共的司法機構持懷疑態度，北京當局的「獵狐」並不順利。

中共黨媒 11 月下旬報導稱，據統計，11 月份以來，習近平至少 7 次談及國際反腐敗合作、海外追逃追款等話題。

香港《動向》雜誌報導稱，國際追逃的「首要目標是上海由官而商的吳永華。此人不僅是江系在上海的重點人物，而且還是一樁中美均關注的國際商業賄案核心證人。」有傳說「吳永華根本沒出逃，藏在江澤民家裡」。

外企中方經理被美國證監會起訴 吳永華涉案

2012 年 4 月底，美國證監會（SEC）一份長達 17 頁的起訴書，還原了多年前摩根士丹利房地產基金中方管理者彼得森行賄中共官員獲取房地產項目，並共設「老鼠倉」一同牟利的細節。這份司法材料中的中共官員為上海永業集團前董事長吳永華。

彼得森在華期間（2004 至 2007 年），作為大摩地產基金中國項目主管，通過與中方官員的交情，深入中國房地產市場，並在一名加拿大籍律師協助下，矇蔽大摩，獲利幾百萬美元。

據《羊城晚報》報導，上海永業企業有限公司成立於 1994 年 12 月，主要從事房地產開發經營和盧灣區直管公房的經營管

理。就是說，這是一個有國資背景的房企。永業集團前董事長吳永華原為上海市盧灣區房地產局修建科科長。1997年，其組建了永業集團並出任董事長和法人代表。

據 SEC 的起訴書描述，在 2002 年加入大摩之前，彼得森就與吳建立起商業關係和私人友誼。正是靠這種關係，彼得森藉由吳永華的幫助做成了一個個項目，也一步步走上高位。得益於吳永華的引薦，彼得森迅速接近上海眾多高官。

SEC 的司法材料中也顯示，2004 年大摩房地產基金收購上海「錦麟天地雅苑」項目、2005 年摩根士丹利五號地產基金收購無限度廣場項目，以及 2006 年摩根士丹利投資 Beatles 項目上，吳永華多次為彼得森提供「幫助」。根據他們之間達成的協議，吳每給摩根士丹利帶來一筆交易，摩根士丹利就會用 2% 的成本價格賣給他相應價值 3% 的股權，實際上相當於給他 1% 的回扣，稱之為「中間人傭金」。彼得森還許諾，只要完成任何一項物業收購，他就給予吳永華一筆額外的回報。

吳永華行蹤成謎

據《21世紀經濟報導》消息，與美國方面對彼得森案詳細披露不同的是，中共官員吳永華的行蹤是一個謎。吳永華於 2006 年 9 月離開永業集團後，就很少在公開場合露面了。據知情人士透露，吳永華離開永業後，一直在上海做房地產信託方面的生意。

2010 年 5 月，吳永華曾到訪過河南省焦作市圓融寺。

如果吳永華真的藏在江澤民的某個行宮裡，無論怎麼「獵狐」，也無法抓到他。這種「燈下黑」現象在中共官場隨處可見。

第四節

「獵狐 2015」的三大目標

　　據中共官媒 2014 年 12 月 5 日報導，自 2014 年 7 月 22 日以來，已有 428 名在逃境外經濟犯罪人員被抓，其中 231 人為「自首」。中共的國際追逃追款行動由中紀委書記王岐山一手主導，被視為開闢反腐「第二戰場」。外界認為，王岐山的意圖不僅是「拍蒼蠅」，國際追逃追款也瞄準「大老虎」，據稱「獵狐行動」的三大目標人物包括曾慶紅的兒子曾偉、周永康的小姨子賈曉霞和薄熙來的兒子薄瓜瓜。

王岐山主導追捕外逃官員

　　中共官媒新華網報導，已抓獲的 428 人中，涉案金額千萬元以上的 141 名，逃往境外超過 10 年的 32 名。「投案自首」的 231 名在逃境外經濟犯罪嫌疑人，占全部緝捕數的 54%。

　　雖然中共官媒對此報導頗為高調，但與外逃的中共貪官總數

比起來，被抓獲的嫌犯實在不算多。根據中國社科院的一份內部報告稱：從上世紀 90 年代至 2008 年，各類貪官有 1.8 萬人外逃，攜帶款項 8000 億元。「獵狐 2014」行動中 428 人被抓，僅占全部外逃官員的 2.3%。

這項代號為「獵狐 2014」的行動由中共中紀委成立的專案組實施，背後的推動者正是中紀委書記王岐山。

中共官媒 2014 年 1 月 28 日報導稱，王岐山在做中紀委三次全會工作報告時強調要加大國際追逃追款力度。5 月 29 日，中紀委召開國際追逃追款會議，包括最高法、最高檢、外交部、公安部、國家安全部、司法部、央行在內至少 8 個中央部門參加。

中共與外國政府合作追捕外逃官員和追回贓款並非易事。英國《金融時報》9 月 17 日報導稱，由於中紀委直接向共產黨負責，查處貪官的既不是法庭，也不是警方。中紀委的不透明性質及其模糊的法律地位，使西方民主國家很難與之配合抓捕貪官。

中共的辦法是把貪官贓款的 50% 至 80% 拿出來分給西方國家，以換取各國的合作。北京《中國經營報》11 月底曾報導，中共此次海外追款力度前所未有，多國予以合作並分享被沒收的外逃中共貪官的海外資產。

外界認為，王岐山花血本推動海外追逃追款，絕不是為了「拍蒼蠅」，他瞄準的是「大老虎」。具體是哪幾只「大老虎」呢？從現在的情況來看，「大老虎」基本都涉及到江派人馬。

曾慶紅的兒子曾偉被中紀委鎖定

《澳洲金融評論報》2014 年 11 月 10 日報導，澳洲外交部長

畢曉普稱，澳洲正在考慮與中共簽署引渡協議，協助遣返逃往澳洲的中共腐敗官員。有分析認為，如果中澳之間的引渡協議簽定，中共前國家副主席曾慶紅的日子也不好過了，因為這牽扯到其兒子曾偉會不會被引渡的問題。

2008 年 3 月 7 日，曾偉和他的妻子蔣梅耗資 3240 萬澳幣（折合人民幣 2.5 億元）購買了一棟位於東悉尼 Point Piper 區沃爾斯利街的百年老屋。

據稱該交易當時是澳洲房產交易史上第三昂貴的豪宅。豪宅位於半山腰，占地約 1100 平方米，正面對著悉尼歌劇院和悉尼大橋，被悉尼地產界譽為具有明信片一樣的風格。

事後，澳洲各大媒體爆料，曾偉夫婦打算用 500 萬澳幣翻新豪宅，改建成 5 層帶落地窗的混凝土洋樓。但 3 次提出申請都遭到當地市政府拒絕。

2014 年 7 月，《華盛頓郵報》報導稱，不久前，這幢擁有世界上最美麗港口景色的澳洲豪宅被施工隊夷平，成了當地的頭條新聞。報導稱，曾偉翻建豪宅遭到市政府拒絕後，曾聘請律師上訴，並獲得了州法官的批准。

據此前報導，曾偉和蔣梅因購買這棟豪宅而在澳洲拿到商業移民的身分。此消息在中共黨內引起反響，中紀委在調查中認為其在澳洲買豪宅是非法轉移資產。

曾偉多年前涉及著名的魯能貪腐醜聞。大陸《財經》雜誌 2007 年 1 月 8 日報導，曾偉用 33 億元吃掉山東當地龍頭企業、實際價值高達 1100 億元的魯能。報導稱，曾偉先從國家銀行貸款 7000 萬收購山西一座煤礦，再通過一家有關係的評估公司，將煤礦作價 7.5 億賣給魯能。經過這種空手套白狼的層層運作，最後

以 33 億元吃下了資產達 738 億的魯能。

據港媒 2014 年 9 月報導，曾慶紅曾按照當局的要求先後 4 次申報自己及直系親屬的財產，但每次都不真實。據有關方面最新不完全統計，曾慶紅家族財產超過 200 億元人民幣，其中包括香港、澳門以及澳洲、新西蘭、英國等地的財產和資金。

周永康小姨子賈曉霞在加拿大「消失」

據香港媒體報導，在「獵狐 2014」行動開始一周後的 7 月 29 日，中共前政法委書記周永康被立案審查。這之後，周永康的小姨子賈曉霞就「人間蒸發」。

賈曉霞最後一次以中石油代表的身分公開露面是 2013 年 6 月 15 日，當時她主持了第一屆加中石油天然氣講座。2014 年 2 月 3 日，賈曉霞還向卡爾加里的皇家山大學捐贈了兩個乒乓球桌，並與學校校長戴維打了一場乒乓球賽。之後，就再也沒有在公共場合露面。

2013 年 12 月，周永康的兒子周濱、妻子賈曉燁失去自由後，賈曉霞就開始極少出現在公眾場合，行蹤開始變得詭祕。消息透露，賈目前仍在加拿大。

在 2014 年 11 月的北京 APEC 會議上，習近平與加拿大總理哈珀進行了對話，哈珀明確表示：「加拿大無意收留逃犯，願意在遣返方面同中方開展合作。」

報導認為，周永康案的重要證人，其小姨子賈曉霞肯定會凶多吉少，她面臨的將是追剿，或者遣送。此前的報導稱，周永康案事發後，賈曉霞拒絕回國協助調查。

據《華爾街日報》11 月 25 日報導，賈曉霞的兒子約翰·賈（John Jia）自從 2014 年 1 月份回大陸參加朋友婚禮之後，就因周永康案被控制，無法離開中國大陸回加拿大。

賈曉霞曾就讀上海復旦大學外語學院，研究生畢業後留校。在其姐姐賈曉燁成為周永康的妻子後，被調入中石油。沒有任何石油工作經驗的賈曉霞，成了中石油加拿大分公司的首席代表，並且直通當時的中石油董事長蔣潔敏。

賈曉霞 2006 年初到加拿大，負責協助管理中石油的拉美業務，同時參與了蘇丹項目，後成為中石油在加拿大的代言人。到加拿大後，賈曉霞改名瑪格麗特·賈（Margaret Jia），長期住在加拿大阿爾伯塔省卡爾加里。

賈曉霞曾是一次收購的幕後運作者。加拿大有兩個油砂項目，在連儲量都還沒有探明的情況下，中石油就匆忙出資 40 億加元進行收購。更為荒唐的是，要讓這兩個油砂項目有產出，中石油必須在未來 10 年間，為此持續投資至少 300 億加元，才有可能看到石油。

賈曉霞早已被視為周永康夫婦在加拿大的代理人，周也曾經被曝在加拿大設有祕密帳戶，在加資產驚人。

薄熙來的兒子薄瓜瓜早被中紀委盯上

據路透社報導，2014 年 12 月 2 日，法國司法部刑事事務長 Robert Gelli 接受採訪時表示，法國政府願意協助中國追查一批逃往法國的中國籍貪腐人員，並且不排除日後將疑犯引渡回中國。

2013 年原重慶市委書記薄熙來受審時，其位於法國戛納的一

套別墅被認定為受賄贓物。這次中法兩國之間進行追逃、追款合作，外界關注法國政府會否為北京當局沒收薄家的這套豪華別墅「開綠燈」。

2012 年王立軍事件之後，薄熙來的兒子薄瓜瓜一直在海外活動。據媒體報導，中共「18 大」前夕發生《紐約時報》、彭博社等西方主流媒體報導「倒薄推手」溫家寶、習近平家族財富事件背後，涉薄瓜瓜和周永康幕後耗巨額資金暗盤操作。

英國所謂獨立製片人凱西執導的專題片《一個神祕的謀殺案》，再為薄谷殺人開脫，誤導讀者。事件背後，再顯薄瓜瓜的運作。

薄熙來背後金主之一、大連正源房地產董事長富彥斌因涉入薄案被中紀委控制接受調查，他是薄熙來在大連當政時期培植起來的錢袋子，掌管薄家族的大筆資金。

2012 年 11 月下旬，富彥斌及其名下註冊於英屬維爾京群島的瑞源投資有限公司被德意志信託（香港）有限公司在香港起訴追討巨債，涉及金額達 43 億港元。據稱，這筆資金被懷疑涉入薄熙來的洗錢活動，目前由其子薄瓜瓜所掌握，中紀委已介入調查。

據「法廣」2013 年 1 月 4 日消息稱：一知情人士表示，這筆貸款應與薄熙來家族的洗錢活動有關。這筆高達數十億港幣的資金，從來沒流回大陸，據稱目前在薄熙來次子薄瓜瓜掌控之下。這筆貸款的還本付息，也因為薄熙來的倒台遇到困難。

「法廣」援引知情者透露，2012 年初，薄安排與其關係密切的富彥斌在香港向德意志信託貸款 40 多億港幣轉移到境外。由富在薄權杖下通過在重慶、北京、大連的地產生意和吞食重慶的

市政工程套利後，將分 6 期本息歸還德意志銀行。

2012 年 4 月 21 日，日本《朝日新聞》報導，中共當局調查結果確認，薄熙來夫妻向海外轉移的非法收入從 80 億人民幣增長為 60 億美元（約合 380 億人民幣），引起各界極大震動。

2012 年 2 月王立軍出逃美國領事館後，不僅曝光了薄熙來和周永康針對習近平的政變計畫，也曝光了薄熙來夫婦活摘法輪功學員器官，販賣屍體斂財等罪惡。

1999 年 7 月江澤民發動對法輪功的殘酷迫害後，作為大連市長的薄熙來，積極跟隨江的迫害政策。全國各地因不想株連工作單位與家人而不報姓名的法輪功學員多數都被薄熙來非法關押至大連。

之後大連監獄最早發生法輪功學員器官被活摘、屍體被盜賣的駭人罪惡。夫唱婦隨的薄谷開來是此罪惡的操作者。到了 2003 年，中國大陸出現了十多家屍體加工廠，中國成了全球最大的人體標本輸出國。

獵狐行動瞄準三大家族

第二章

外逃官員知多少

早在 2008 年,「貪官出逃潮」已出現,近年更隨著習陣營加大打擊貪腐的力度而蔓延。2014 年,中共的外逃官員人數繼續快速增加,北京不得不採取措施處置「裸官」。

中共統治已陷入死局,官員們紛紛自謀退路,將妻兒安置到海外。
(大紀元資料室)

第一節

冬江水寒鼠先知 貪官外逃忙

2005 年 4 月 14 日，上海普陀區一個民居外的抗議標語。（Getty Images）

2 萬官員外逃 帶走 8000 億

　　早在 2008 年，大陸就出現官員外逃熱潮。當時大陸許多企業和發展項目資金短缺問題日益嚴重，被掩蓋的貪污案件紛紛浮出水面，大陸官場「雙規」和「外逃」現象成風，印證民間所說的「樹倒猢猻散，水寒鼠先知」。

　　2008 年 10 月 26 日，最高法院院長王勝俊在 11 屆全國人大常委會第五次會議上表示，近 5 年來，在判處的罪犯中，原縣、處級以上的中共官員 4525 人，同比上升 77.52%。貪污賄賂、瀆職等罪犯 12 萬餘人，同比上升 12.15%，其中濫用職權、玩忽職守罪犯 8056 人，同比上升 1.87 倍。

　　研究反腐的中共中央黨校政法部教授林喆說，隨著近來國際交流的擴大，加上一段時間的資金積累，「貪官出逃潮」有可能隨著國家加大打擊貪腐的力度而蔓延。

　　據BBC報導，北京市檢察院稱，自90年代中期以來，中共近2萬貪官外逃，攜帶贓款達人民幣8000億元，其贓款主要來自土地開發、稅收、城建工程、金融機構貸款、政府開支截留、大型國家建設項目資金等。

　　據澳門《九鼎》雜誌報導，賭博是中共貪官斂財洗錢、轉移貪污錢財的重要手段，大陸每年通過境外賭博、網路賭博及地下六合彩等管道，移轉到境外的賭博資金超過6000億元。中共黨媒央視曾報導，目前中國周邊正形成從俄羅斯、日本、南北韓、澳門、泰國、緬甸、馬來西亞到菲律賓、印尼，並延伸至澳洲及歐美的龐大境外「賭博網」，賭場主要客戶就是中共的各級貪官。

　　有專家預測，面對日益飆升的外逃官員現象，中共可能要收官員護照了，否則中共的資本都被這些碩鼠偷運到國外了。

裸官盛行 官員隨時準備外逃

　　海外學者估計，實際外逃人數遠遠超過中共官方數據。與官員外逃相對應的是，大陸近年出現所謂「裸官」現象，也就是一些官員將家眷和資產轉移到海外，獨自在國內為官，一旦東窗事發，馬上逃到國外，與家人逍遙法外。很多官員家屬已在國外獲得投資移民國籍或永久居留權。

　　如前重慶市委書記薄熙來，很早把兒子送到英國私立貴族中學讀書，其妻在英國的豪宅裡陪讀，而他自己留在國內當官。

　　貪官最喜歡的國家是美國和加拿大。由於相對寬鬆的移民制度、美國因擔憂中共惡劣人權紀錄而反對與中共簽署引渡條約，使得貪官易於「落腳」。貪官們往往會通過賭場參賭、投資開辦海外公司或支付子女學費等合法管道把髒錢轉出國外洗淨。

引渡不成 中共「勸返」外逃官員

　　2008 年 10 月底，上海市盧灣區副區長忻偉明在法國考察時「失蹤」，後在有關方面的勸說下返回中國。據悉，法國在 2007 年 3 月與中國簽署了引渡條約，當時中國與 31 個國家，主要是周邊國家，簽署了引渡條約，而與美國加拿大等西方發達國家，由於在「死刑不引渡條款」上的爭議，至今沒有達成引渡條約。外逃官員因此「免死牌」而安居海外。

　　據大陸媒體宣稱，中共對外逃官員主要實行「勸歸」政策，而且這種新模式已「初見成效」：據中共最高檢察院統計，2008 年一年勸返外逃官員 7 人以上。

　　勸返模式並非 2008 年才出現。早在 2007 年 2 月，出逃新加坡的雲南省原交通廳副廳長胡星就在中共警方心理攻勢下同意回國。當時中新兩國之間沒有引渡條約，「勸返」成為唯一可行的辦法。2008 年 9 月底，北京市公安局網監處原處長于兵，同樣是最高檢察院從南非「勸返」回國接受調查的典型例子。

　　然而百姓質疑說，用納稅人的錢去勸返貪官，同時還給他們各種法律之外的優惠待遇，這於情理、於法理上都是說不通的。中共不從根本上解決制度性腐敗滋生的源頭，而是勸老鼠們回到即將傾覆的危船上，這是非常可笑的。

第二節

外逃官員平均每人捲走 1 億

《新紀元》周刊在 2012 年出刊的第 291 期中，發表了《中國上萬貪官外逃捲款萬億》一文，披露自 1988 年始，上萬名中共官員捲走了萬億贓款。

貪官一般事先做好萬全的出逃準備，然後大撈特撈，直到聽聞紀檢部門的調查風聲，即刻以合法身分從容登機。這被戲稱為「合法輸出的一種中國土特產品」。據 1988 年至 2002 年的 15 年間的舊資料，平均一名貪官捲走 1 億人民幣外逃。

中國究竟有多少貪官外逃？捲走了多少貪腐資產？ 2011 年中國人民銀行一份關於「腐敗資產外逃」的研究報告曾引起不小震動。報告引述中國社會科學院的調研資料稱：從上世紀 90 年代中期以來，外逃的中共黨政幹部，公安、司法幹部和國家事業單位、國有企業高層管理人員，以及駐外中資機構外逃、失蹤人員數目高達 1 萬 6000 至 1 萬 8000 人，攜帶款項達 8000 億元人

民幣。

中共最高法院前院長肖揚在其 2009 年出版的《反貪報告》中曾引用有關部門的統計稱，1988 年至 2002 年的 15 年間，資金外逃額共 1913.57 億美元，年均 127.57 億美元。按照當時的匯率，外逃資金超過了 1.5 萬億元人民幣。北京大學廉政建設研究中心主任李成言的研究顯示，外逃官員保守估計仍有上萬名，攜帶金額約 1 萬億元，也就是平均每人 1 億人民幣。

在大陸不成為貪官到底有多難？

貪污在大陸官場已成常態，甚至是必然。承諾「不偷懶、不貪錢、不貪色、不整人」並聲稱已完全做到的湖南祁東縣縣長雷高飛，一夜之間成為 2012 年的新聞人物。然而，這位高調述廉的縣長後來接受媒體採訪時卻表示：「抵禦誘惑非常艱難，官員也是人。」

貪官常說的話是：「我不貪，別人會罵我是異類。別人接受好處，我不接受好處，得罪兄弟感情，同時會讓更多的人疑心，是否你會去告密。」在這樣的氛圍中，想保持清廉，不是想不想的事情，而是敢不敢的事情。還有人說，「貪官人緣好，人人都想保；清官自管清，個個都不親。」

2009 年，中央紀委一位幹部曾主動向大陸媒體表示，廣東省政協主席陳紹基被「雙規」後，廣東因害怕被牽連的黨政軍官員不計其數，在風聲鶴唳之下，外逃高官多達 150 個家庭。其中退休的省級幹部 6 人，廳級幹部多達 70 人，這些人帶走了高達上百億的資產。由於事發突然，他們在國內囤積的房產幾乎都來不

及變賣，截至 2009 年 5 月底，中紀委查封的「無主」（已經潛逃）房地產僅僅廣州一地就高達 1800 多套，散布在碧桂園等上百萬的豪華別墅就達 160 套。

這只是說那些潛逃官員留下來的貪腐房產，不包括被雙規和正式逮捕的，那更是一個天文數字。這名中紀委高級官員說，由於這種查封和沒收的貪官房產數量巨大，處置作價可以由反腐辦案官員隨心所欲，於是出現了「大貪辦小貪，一貪連一貪」的事情。

中共官員潛逃的程式和去向

一般大陸官員外逃有三個去向：一、泰國、緬甸、蒙古、馬來西亞、俄羅斯等。二、非洲、拉美、東歐法制不太健全的小國。三、美國、加拿大、澳洲、荷蘭等。前兩者是涉案金額相對小、身分級別相對低的出逃官員的首選，但風險也較大。所以這些地方往往只是官員出逃的跳板。對於案值大、身分高的官員，主要是去西方發達國家，那裡講人權，把人的生命看得很珍貴，不允許經過他們之手遣送回中國的貪官被判處死刑，賴昌星就是這樣在加拿大滯留了十多年。而且美、加、澳是移民國家，只要夫妻中一方加入國籍，另一方就很容易定居下來。

每一個貪官的出逃除了那種東窗事發後，臨時決定的以外，都會經過一年左右的準備。大概的出逃步驟包括：家屬先行→轉移資產→準備護照→猛撈一筆→出國探親／考察→藏匿寓所→獲得身分。

家屬先行，一般是送子女出國留學，這相對簡單而且有必要，

否則一家人誰都不會外語，在國外生活也有困難。送孩子出國留學，自然有人會送上學費和路費，然後妻子出國探親，有的是去陪讀，有的是工作關係，有的甚至是和丈夫假離婚。接下來就是轉移資金。涉貪腐問題的「裸官」需要將聚斂的巨額資金轉移到境外，有的是匯給已經在境外的家人，有的是通過海外開辦公司，有的是通過地下錢莊，有的是隨身攜帶。地下錢莊是主要方式。

如何獲得護照呢？與偷渡客不同，貪官普遍用的是真護照。在中國許多地區，花上3、5萬元人民幣，向一名派出所所長行賄，就可以另辦一個正式的身分證，有了身分證就可以辦理護照。近年吉林、湖南等地已爆出數起公安機關參與盜賣護照的醜聞。

接下來就是安排探親或商務考察的機會，去探探路，一則經歷一下辦理簽證的過程，並選擇日後逃到什麼地方比較舒服，一般這時貪官們會爭取多次往返的外國簽證，一旦東窗事發，可隨時出逃。

關於出逃時間，貪官們總想多撈點，一撈再撈，都是聽到紀檢部門要調查他的風聲了，才咬牙決定出逃。由於前面準備工作已完成，他們大多以合法身分從容地登上飛機，從來沒有悶死在貨車或淹死在太平洋之類的消息傳出，以至於海外媒體戲他們為「合法輸出的一種中國土特產品」。

很多時候貪官出逃並不只是為了「自己」或家人，更多時候還要保護更多的利益相關者，包括更高級別的官員，因為貪腐很多時候是一條鏈，他不走，大家都麻煩，所以暗中互相幫忙出逃的人很多。在一些西方國家甚至已經形成了具有中國特色的「貪官一條街」、「貪官二奶村」和「貪官子女村」。

比如賴昌星之所以能成功外逃，與政治局常委賈慶林的「通

風」，以及原福建省公安廳副廳長兼福州市公安局局長莊如順的「報信」密不可分。1999 年 8 月 11 日至 12 日，莊如順在得知公安機關正在緝捕賴的情況後，四次給賴昌星打電話，促其出逃。

裸官 118 萬人 平均每市縣逾 50 人

2010 年兩會上，中共全國人大代表、「反腐專家」、中央黨校教授林喆表示：「從媒體曝光的情況看，從 1995 年到 2005 年，我們現在有 118 萬官員配偶和子女在國外定居。對這些官員，他們應該及時向組織彙報，其配偶和子女到國外去定居留學，費用從何而來，是誰提供資助的？」118 萬意味著每個省平均有近 4 萬個裸官，全中國 2000 多個市縣平均每個市縣也有 50 多人。

這個數據非常驚人。儘管中共組織部在某些地區提出「裸官不能當一把手」的紙面規定，實際執行中根本沒有落實。一個連官員自身財產都不能公布的國家，怎麼能要求官員彙報其家人出行變動呢？

中共也一直在隱瞞貪官出逃的信息。原雲南省委書記高嚴，早在 2002 年已外逃，但官方一直捂著不允證實，直到 8 年後的 2010 年，新華網才在一篇文章中提到：高嚴，1995 年 6 月任雲南省委書記。1998 年高嚴擔任國家電力公司總經理（正部級），高一度藏身在美國洛杉磯的一個小鎮。

原河南省安陽市委副書記李衛民人間蒸發達 3 個月後，河南省高檢才以「涉嫌受賄罪」對其立案。對李衛民的失蹤，安陽市主要官員還有一句經典回應：「他去看病了」。2014 年中共政治局高官逃往美國未遂案的真相，人們可能要等到中共倒台那一天

才能真正知曉。

沉船前老鼠先棄船而逃

如今中共的統治已危在旦夕，不說百姓們起來造反，就連其內部官員也在用腳投票，拋棄中共，逃出中國。據統計，2012 年一季度，中國對外國非金融類直接投資達到 160 億美元，比上一年同期上漲了 95％。外匯資本項目順差約為 50 億美元，是中國近 15 年來的最低水準。

2011 年底，《華爾街日報》、《金融時報》、胡潤《2011 中國私人財富管理白皮書》等，相繼報導中國資金外流嚴重，出現富人攜資外逃的現象。據知情人透露，一方面是因為中國富豪們沒有安全感，而且大陸投資機會減少，人們對未來中國經濟持悲觀態度，加上有人擔心 18 大後政治動亂，於是出現資金大量外流現象。

在資金外流的同時，大陸也出現了新的移民潮，其中投資移民比例驟增。福布斯資料顯示，2010 年中國高淨值人士（私人可投資資產超過 1000 萬元）達到 38.3 萬人，超高淨值人士（私人可投資資產超過 1 億元）已達到 128 人。在這些人中，60％表示已完成或正在考慮投資移民。很多大陸富豪認為，獲得外國護照就像上了保險一樣，他們需要這樣的保險，否則，災禍臨頭無處可逃。

第三節

習上台後 官員出逃更厲害

習上台兩月 官員捲走 238 億美元

2013 年，中共官員外逃現象更加嚴重。高調反腐的習近平僅上台兩個月，便有大批中共官員攜巨款外逃，中共內部通報，2012 年最後 2 個月貪官共提走 238.9 億美元等值外幣。在中國，貪官們正掀起一場攜款、攜妻、攜子、攜二奶三奶的大逃亡風潮，且愈演愈烈。

據民眾統計，中共總書記習近平自 2012 年 11 月上任後，高調反腐，僅在第一個多月時間，被查處的貪官就有 20 多人，另有一批貪腐官員相繼被宣布接受調查。

香港《爭鳴》雜誌引述中共中紀委於 2012 年 12 月 13 日的工作通報，描述 18 大後中共官員外逃狀況。

通報說，根據中國人民銀行、銀監會 2012 年 12 月 11 日公布的資料顯示，中國 2012 年 12 月上旬被提取 92.46 億美元等值

外幣，11 月也被提取 146.44 億美元等值外幣。

報導還稱，中紀委、中辦、中共中央組織部至 12 月中已約見 120 多名現任高官，要求他們的家屬停止拋售住宅，註銷假名、匿名帳戶等。

另據中共央行公布數據顯示，2012 年 11 月末，中國金融機構外匯占款餘額較 10 月末大為減少。據華泰證券首席經濟學家劉煜輝計算，11 月資金外逃達 2595 億元人民幣（約 412 億美元），創年內新高，顯示資金外逃加速。

各地官員拋售「灰色」房產

此外報導引述中國住房和城鄉建設部、監察部的通報稱，中國 45 個大中城市 2012 年 11 中旬起，出現拋售豪宅、別墅風潮，12 月這股風潮持續擴大，其中拋售住宅業主有六成匿名、假名或以公司掛名拋售。

通報說，經核查當年原始記錄、帳戶資金來往、住宅地點等，出售物業的業主皆屬於黨政機關公職人員、國有企業高管。

有大陸媒體報導，2012 年 11 月以來，中共在個別地區試點推行公開官員個人財產及住宅信息，引發擁有多套房產的基層官員們急於脫手名下房產，導致北京、上海、廣州等多個城市的二手房成交量迅速增長。北京市住建委網簽數據及多個機構的調查數據均顯示，北京 11 月二手住宅合計簽約 1 萬 4449 套，同比增長了 94.5％。上海、廣州等地的二手房市場成交也十分熱絡。

外界分析指，在 18 大後「反腐」風潮下，官員財產申報成焦點，擁有多套房產的官員們趕緊將名下房產脫手出清，引發二

手房產市場爆棚，中國可能會出現新一輪官員對外財產轉移潮。

一項對中共中央委員會的研究發現，中央委員當中91％的人都有家人移民海外，甚至加入外籍；中紀委成員當中，88％的人都有親屬移民海外。

網路盛傳稱，據美國政府的統計顯示，中共部級以上的官員（包含已退位）的第二代中，74.5％擁有美國綠卡或公民身分，第三代中有美國公民身分達到91％或以上。

此前有消息稱，2012年僅北京外逃官員計有354人，攜款3000億元人民幣。

中組部治「裸官」文件曝光

時光進入2014年，中共的外逃官員人數繼續快速增加，北京不得不採取措施處置「裸官」。

「裸官」是百姓對那些家人、財產大多已安置海外，自己在大陸當官的中共官員。「裸官」身在中國，心在國外。或通過貪腐向遠在海外的家人輸送利益，或一有風吹草動迅速「出國」與家人團聚。為因應中共腐敗政治官場的獨有「產物」，2014年2月，外媒披露中共有關「裸官」的內部文件稱：「（裸官）要麼把家人接回來，要麼提前退休。」

2014年6月，中國大陸廣州市委副書記方旋提前退休。輿論普遍認為與其「裸官」身分有關。公開資料顯示，方旋出生於1954年10月，按照規定，他本應於2014年10月「到點退休」。據《紐約時報》報導，中共中組部下達有關「裸官」的內部文件後，面對最後通牒，廣州市委副書記方旋選擇提前退休。

獵狐行動瞄準三大家族

第三章

北京想盡招數攔截外逃

2014 年 5 月底，中共國務院擬出臺《不動產登記條例》、中紀委宣稱國際追逃追贓將是「反腐」重點，官媒也隨之釋放信號稱貪官將被前後夾擊，想盡招數攔截外逃。不過對於當局的「大動作」，最引人關注的還是中共江澤民集團貪官海外祕密帳戶是否將被曝光⋯⋯

（新紀元資料室）

第一節

第一節 申報財產與追繳貪款

2014 年 5 月底，李克強主政的中共國務院擬出臺《不動產登記條例》，對中共官員房產進行登記。圖為上海郊區興建中的高級別墅區。（AFP）

國務院與中紀委相繼「出手」

　　為了阻止官員外逃，習近平陣營也採取了一些措施。據中共官媒報導，2014 年 5 月 28 日，中共國土資源部計畫上報《不動產登記條例》給中共國務院，不動產信息登記信息管理基礎平台將與官員財產申報信息等系統並軌。官員瞞報登記資產信息將被「剎車」。

　　2014 年 5 月 29 日，中紀委也就國際追逃追款召開工作座談會，中紀委副書記、監察部部長黃樹賢在會上宣稱，國際追逃追款工作是「反腐」重點之一。

　　6 月 3 日，中共新華網博客欄目發表評論稱，前一條消息，意味著貪官最害怕的官員財產申報馬上「破土」；後一條消息意味著對貪官「外逃」贓款將來個釜底抽薪。

曾慶紅、周永康等曾反對「財產申報」

據報，18 大閉幕後，前中共國家副主席、江派大佬曾慶紅在老幹部生活會上，以公開個人財產、國籍等，會引發全國對中共的「大批判」、「社會上大混亂」為藉口，威脅「財產申報」。

江派前常委周永康也曾在海外媒體放風稱，中共情報頭子、特務頭子周永康有極為充足的資源和便利條件，收集所有中共常委及其家人貪腐的證據。這些證據一旦披露出去，那時，就不是誰上誰下的問題，而是大家「同歸於盡」的問題。

據悉，2013 年 5 月 10 日至 11 日，中共政治局常委會否決了由江派常委張德江、張高麗聯署提出的特赦貪官動議。有分析指，張德江、張高麗的提議是企圖為習近平要打的江系「大老虎」和自己尋一個「免死牌」。

江家海外天文數字祕密帳戶或曝光

2014 年 5 月 6 日在巴黎舉行的歐洲財長會議上，被譽為避稅天堂的瑞士同意簽署一項有關自動交換信息的全球新標準。瑞士的這一行為，預示著瑞士告別了 300 多年的保密傳統，將會為有關國家提供更多海外追逃追款的證據。

「維基解密」幾年前披露，中共高官在瑞士銀行大約有 5000 個帳戶，其中三分之二是中央級官員。

據報，已落馬的原中石油董事長蔣潔敏向周永康家族輸送利益，令周氏家族通過海外公司賺取逾 100 億美元，並將巨款洗到瑞士銀行。江澤民集團政變主角之一、前重慶市委書記薄熙來夫

妻也曾向海外轉移了 60 億美元的非法收入。

據稱，原中行副董事長劉金寶獄中曾招供，設在瑞士的國際結算銀行在 2005 年 12 月發現一筆無人認領的 20 多億外流美元。這筆錢是江澤民在 16 大召開前夕，為自己準備後路而轉移到國外的黑金。

瑞士告別保密傳統，以及王岐山中紀委聲稱加大國際追逃追款力度，引發外界關注中共江澤民集團各貪官的海外祕密帳戶或被曝光。

中共到底會不會公布官員財產？

一項對中共中央委員會的研究發現，中央委員當中 91% 的人都有家人移民海外，甚至加入外籍；88% 的中紀委成員有親屬移民海外。而網路盛傳稱據美國政府的統計顯示，中國部級以上的官員（包含已退位）的第二代中 74.5% 擁有美國綠卡或公民身分，第三代中有美國公民身分達到 91% 或以上。

2012 年 10 月，中共中紀委、中組部通報，中秋、「十一」節假日出境、出國公職人員中，有 714 人失蹤，而「失蹤」通常是官員外逃的別名。

中共央行公布數據顯示，2012 年 11 月末，中國金融機構外匯占款餘額較 10 月末大為減少了 736.23 億元，市場分析認為，資金持續離開中國。華泰證券首席經濟學家劉煜輝計算，11 月資金外流達 412 億美元。有海外中文媒體消息稱，民航總局的官員表示，僅僅在北京市機場海關出逃的國家黨政處級以上的幹部人數已經高達 354 人，他們共計攜帶走 3000 多億人民幣。貪官們

正掀起一場攜款大逃亡風潮。

2012年底，中共官媒連續發表中共高層7常委的人物特稿，同時公布了他們一些工作和生活舊照。據大陸媒體報導，有專家認為民眾迫切希望中共黨員幹部家庭信息公開、財產公開，中央政治局常委公開自己家庭情況，有利推動各級官員逐步公開家庭情況，為官員財產公開作前期探索。

也有專家認為目前中國「裸官」現象比較嚴重，公布中共中央高層的家庭情況，地方官員跟進後，對遏制「裸官」有幫助。

據北京政法委一名官員表示，18大後習近平陣營動作不斷，引起中共黨內一些貪腐勢力極度不安。很多官員考慮出手手中的固定資產，並加快步伐把資產轉移到海外。他說，從中共公安出入境處反饋的消息看，很多官員以旅遊、探親為名，申請出國。

有消息稱，中共在內部進行了一個祕密調查，發現北京公安系統的局級關官員平均擁有4套房產，廣東的處級幹部至少擁有6套房產，這還不包括他們以非直系親屬的名字購買的房產。

有消息稱，中共中央已經獲得了7常委財產的第一手資料，正在考慮何時公布，這份常委財產由各常委的祕書上報，是中共自己擬定的，尚未最後做核實。中共高層也在為常委高層公布財產後社會反映做測試和評估。

不過大陸媒體引用學者的話說，2012年11月與王岐山座談時，王對專家建議推行官員財產申報制表示：「有信心搞，但也有很大的困難。」不會馬上就推出。後來人們看到的那個所謂7常委財產公布，只是做表面文章，沒有顯示他們子女擁有的財產。比如劉雲山，民間流傳其子劉樂飛至少擁有數十億人民幣的私家財富。

第二節

官媒喊停網路反腐舉報

習近平曾多次強調，腐敗問題嚴重將導致亡黨亡國。民間要求中共官員公開財產的呼聲升溫，而實名制舉報貪官越來越多人跟風，微博實名舉報甚至被外界冠為「第二中紀委」，種種現象都令中共官場早已人心惶惶。官員們已經悄悄處置資產，加快步子將資產轉移海外，導致了大陸拋售二手房潮。另據專家估算，2013 年 11 月資金外逃高達 410 億美元，創年內新高。

隨著網路實名舉報貪官級別從市、縣、省，開始升級為中共政治局委員，網路反腐勢頭越來越猛，中共眼看可能失控，觸發政權崩盤，於是，大陸官方媒體開始全面收緊網路言論，對網路反腐開始降溫，大談特談網路詬病，遭到民間反彈後又拋出別將「法治」誤讀為「管制」，甚至通過人大決議對網路實名制進行立法。

網路反腐燒至政治局官員

2012 年底，習近平拋出反腐牌後，因網上實名舉報而應聲落馬的官員達 10 餘人，其中包括官至副部級的 18 大中央候補委員、四川省委副書記李春城、正廳級官員雷政富、太原市公安局長李亞力，另外還有官員涉嫌強姦女主播、人大代表擁有「4 妻 10 子」等個案，也都來自網路爆料。一時間網路實名舉報成為民間反腐手段。

李春城是 18 大後第一個落馬的省部級官員，作為周永康的馬仔，李被捲入周永康的家族腐敗，充當了成都黑社會的保護傘，其下馬被視為清理江派周永康殘餘勢力的風向標，引起外界強烈關注。

隨著網路實名舉報貪官風越颳越烈，涉及官員的級別也越來越高，甚至指向中南海政治局官員。

2012 年 12 月 6 日，《財經》雜誌副主編羅昌平實名舉報國家能源局局長劉鐵男偽造學歷、與商人結成官商同盟等問題。同日，國家能源局司長曾亞川以發言人的身分回應稱關於劉鐵男的舉報「純屬污衊造謠」，正聯繫報案。然而 2013 年 5 月 12 日，劉鐵男被中紀委調查。8 月 8 日，劉鐵男被開除黨籍開除公職，收繳違法所得，移送司法。2014 年 12 月 10 日，劉鐵男被判處無期徒刑。2012 年 12 月 12 日，中央編譯局博士後常某實名發表長達 12 萬字的舉報，披露自己與現任編譯局長衣俊卿有婚外情，文中對話還談及薄熙來等人物。

12 月 17 日，網友韓寵光網路舉報中共人大常委會副委員長、18 大新晉政治局委員李建國，稱其任山東省委書記期間，曾在 8

個月之內，將其「親外甥」張輝從副處擢升為副廳，違反中共幹部選拔任用制度。

韓寵光通過中紀委網站實名舉報，並附上了自己的身分證和舉報受理編號。韓寵光的這條微博很快被刪除，韓寵光也被警方拘押，但這一消息仍通過網路廣泛傳播。

中共搞網路實名 限制舉報

眼看反腐風迅猛延燒至中共中央政治局，可能觸發中共的崩盤，中共各大媒體接連拋出收緊網路言論的文章：「新京報：網路立法利於保障互聯網公信」、「經濟日報：有法可依才能執法有力」、「光明日報：網路立法依社情順民意」，「京華時報：加大破壞網路規則的成本乃當務之急」等。

中共喉舌《人民日報》更是接連推出系列文章警告威脅網路：「網路不是法外之地」、「網路言行應遵循法律底線」、「網路有底線才健康」、「互聯網：依法監管是各國慣例」、「網路需要依法運行」、「要為網路世界設定法治底線」等，《環球時報》甚至提出「江湖」概念，稱「不管理互聯網就永遠是『江湖』」。

2012 年 12 月 28 日，中共人大常委會以 145 票贊成、1 票反對、5 票棄權毫無意外的表決結果通過法律草案，對網路註冊實名制予以確認。新的規定允許互聯網用戶在發帖時繼續使用假名，但是他們必須首先向服務商提供實名，外媒認為這個措施可能讓微博上一些活躍的言論冷卻。著名作家慕容雪村評論說，他們的意圖就是要收回僅存的一點點輿論空間，以及數億中國網民為之奮鬥的言論自由。

大陸原檢查官、異議人士沈良慶認為,前不久網路反腐似乎立竿見影,致使一些當權者對網路產生恐懼,從輿論造勢到網路立法,官方試圖對網路言論進行威懾。

他還表示,自從網路普及後,當局一直試圖控制輿論,如加強防火牆升級,監控國內網站和網吧等,並把它看作是長期「維穩戰略」的重要部分。官方主觀上想完全控制網路,但是建立在互聯網上的言論交流還很難完全掌控。中共治下此時如同高壓鍋,網路及微博是檢測民意的排氣閥,中共高層本可以透過互聯網了解民間動態和矛盾激化程度,如果將其封死,將會意味著什麼,就不言而喻了。

《金融時報》表示,雖然中共自從 1995 年允許商業互聯網服務以來就通過無所不在的審查機器控制網路內容,但是這個新規定標誌著第一次以書面形式要求公司幫助審查。

第三節

王岐山要重查央企高管

央企高管貪腐外逃 怵目驚心

據港媒報導，2014 年 5 月，王岐山在會見駐外中資集團、央企高層時說：「貪婪、墮落到某一界限會利令智昏，為外國政府效勞，有意提供政治、經濟金融等機密情報，不擇手段竊取情報。不要自以為聰明、好運。等著，結局絕不會安逸和安全的，會不惜一切代價通緝歸案。」

中共國務院研究室、國資委、外交部研究室一份調研報告顯示了中共駐外、外派中資集團、上市央企高級管理層及家屬的經濟狀況及國籍狀況：

1. 持有美、加、歐盟國家、澳洲、新西蘭護照、居留權或加入外國國籍的占 75％以上；

2. 在美、加、歐、澳、新西蘭等國家擁有物業、持有國債券、

擁有企業股份的占 85% 以上；

3. 自 2000 年至 2013 年，外派的高中級管理層人員任職期滿接調返命令而未歸，以及中途辭職不歸的有 1420 多人，其中高學歷、處級、中青年（45 歲以下）占 50%。

中共權貴集團親屬、官二代、官三代利用在境外中資集團任高層管理職務之便，大撈國有資財，之後「用腳投票」，脫隊不歸，加上每年大批貪官逃往西方國家享受榮華富貴，彰顯中共政權的腐敗從高層內部爛起。

中共「裸官」已是中共治下的一大「特色」，「裸官」外逃現象日趨嚴重，人數激增，錢數激增，級別也越來越高。

據一名中共官員表示，「大約 40% 的經濟案件和將近 80% 的腐敗貪污案件涉及裸官」；大多數 2013 年中共人大代表是「裸官」。

中國富豪攜家帶眷 大規模外逃

據《經濟觀察報》引述中紀委通報稱，中共 18 大以後，9 個省、直轄市的官員及家屬提取外幣情況嚴重，其中廣東最高，近 18 億美元，最低的也有近 4 億美元。

2013 年審判薄熙來之際，江派人馬為了攪局，殺戮了大陸民營企業家曾成傑，逮捕了風險投資民營企業家、鼎輝投資創始人王功權，從而開啟了民營企業家大規模移民的閘門。

新的胡潤富豪調查報告顯示，三分之一的超級富豪（身家 1600 萬美元以上）已經在海外安家。在 393 名中國百萬富豪當中，64% 已經移民或正在計畫移民。80% 的富豪希望他們的子女在海

外受教育。

　　中國富豪獲得綠卡人數不斷飆升。2010 年，有 772 名中國人獲得投資綠卡（投資 100 萬美元以上）。2012 年，這一數字躍升幾乎 8 倍，達到 6124 人。

　　隨著中國富豪的外逃，中國資金外逃呈現加速趨勢，2012 年估計已突破 1 兆美元，比 2011 年急遽增加 67％；2013 年的非法資金外流規模或增 50％，達到 1 兆 5000 億美元。據「財富洞察」的統計，中國富豪現在大約有 6580 億美元財富藏在離岸資產。波士頓諮詢集團預計，未來三年離岸投資將翻番。

第四節

赦免貪官提案被廢

中共官員的腐敗，是世界史上範圍最大、數量最大、影響最深遠的集團腐敗，如何處置貪官，習近平陣營裡也出現不同聲音。有人提出，由於中共的「腐敗存量」太多太大，若一味的反腐，堅決打到底，貪官們只有一條道走到黑，還不如讓他們主動退贓，退出過去貪污的贓款，以換取從寬發落。並嚴格懲治新的貪腐，這樣，隨著時間推移，貪腐的「庫存」才能越來越少，腐敗庫存才能盤活，否則就僵持在那裡，貪官們被逼急了，就會鋌而走險，鬧出魚死網破的兩敗結局。

不過，赦免貪官的提案最後被習近平、王岐山否定了，北京對外的說法是：對貪腐是「零容忍」，「發現一個，懲處一個」，絕不寬恕。

紀監學院院長的「妙方」

在赦免論的支持者中，有中共紀檢監察學院副院長李永忠。

他認為，應該在一定條件下，認定腐敗官員無罪，赦免腐敗官員。否則，他們的抵抗會越來越頑強，最後可能出現「魚死網破，甚至魚未死網已破的態勢」。而相信正義的人們則說，天網恢恢、疏而不漏，無漏的天網是絕對不會破的。「網破」或「網已破」的說法，只能說明連中共官員自己都對中共的法制體系沒有信心。

李提出官員財產公示應實行「有條件的部分赦免」，即腐敗分子將收受的全部賄賂匿名清退，並在案發後，經查實退回的贓款與實際情況完全吻合，即可得到赦免。這樣做的原因，是中共官員家庭財產目前還不對外公示，因為他們有太多的灰色甚至黑色收入礙。

李永忠據稱是中共的「制度反腐專家」，長期從事「制度建黨、制度監督、制度反腐等領域的研究」。《新紀元》專欄作家、美國南卡羅來納大學艾肯（University of South Carolina Aiken）商學院教授謝田博士認為，要說呢，李副院長真是生逢其時、生逢其地，因為在人類社會任何時代，都沒有中共這麼大規模、有系統的腐敗；在世界任何其他國家，也沒有中共官員這樣普遍、全面的腐敗。李副院長看來有全人類、全時空最佳的研究土壤。

特赦大赦的條件和爭議

特赦（Special Amnesty）或大赦（Amnesty）是有條件的；一般是政府赦免一批人，多數是應該被審判但還沒被法庭定罪的政治犯。在英國，大赦由女王或議會授權；在美國，最著名的赦免是 1872 年針對南方叛軍官兵的大赦，使其能投票並擔任公職。

　　大赦的原因是當局覺得，把人們帶入遵紀守法的狀態，比懲罰其以往的犯罪更有意義、更加重要。大赦在戰爭之後用得最多，因為可以幫助結束衝突、實現和解。因為大範圍起訴成本太高，赦免不啻為一種好的方法。美國總統卡特在 70 年代赦免當時的反戰分子和逃避服兵役者時，就是為了促進社會和解，因為那時已沒有戰爭需要抗議、也不需要逃避服兵役了。

　　特赦在人類史上一直存在爭議，因為它涉及公正性的原則。非洲烏干達政府在試圖赦免、放棄起訴內戰戰犯時就有人指出，這種特赦意味著這些人可以一直施暴，並且可以一邊施暴一邊說，「如果給我赦免，我就停止我的暴行」……

　　其實，中共也處於類似於烏干達暴徒的狀況，因為中共官員所犯下的還不只是貪腐，他們在侵犯人權、限制自由、以權謀私、以權謀利、以權謀色的同時，又貪污國庫。這些官員如果說，你給我特赦，我就不再貪污了，這又怎麼能說得過去呢？如果有知識分子此時給中共幫腔、鋪路，就更加令人不齒。

　　南非 1990 年代實施「真相與和解」（TRC）時，也用了大赦。大赦放棄追究白人官員的罪責，換取了黑人的解放，消除了種族隔離。關於大赦的法律，通常也在新政府建立之後，給予前政權的官員和軍事將領不予追究以前犯下的罪行的權力。換句話說，這些被赦免的，都是已經放棄了權力、不在軍政位置上把持權力的人們。

　　如果赦免中共官員由中共來主導，怎麼能給予中國民眾從中共專制下獲得自由民主的機遇？即使真正要「赦免」中共貪官，也應該由後中共時期的民主政府來主導，由民眾決定是否給予中共官員赦免的機會。中共解體之後，國人會給拒不退黨、不與中

共劃清界限的官員任何機會嗎？看來很難，因為中共欠下的血債，實在是太多了。

經濟犯罪怎麼赦免

經濟犯罪的赦免，在 1980 年代西非國家貝寧（Benin）有過先例。在貝寧總統馬蒂厄‧克雷庫（Mathieu Kerekou）治下，國家經濟管理底下，官員貪腐嚴重，國庫流失，加上非洲的經濟危機，使貝寧經濟崩潰。克雷庫向西方求救，但法國等西方國家拒絕幫助，最後貝寧三家最大國有銀行破產，政府甚至付不出教師、公務員和軍人的薪水。

1990 年，焦頭爛額的克雷庫無奈之下，召集全國各階層如教育、軍隊、宗教、工業、農業和 50 位多政黨的代表開會，試圖走出困境。克雷庫自認可掌控近 500 名代表，但這些人 1990 年 2 月開會時，宣布掌握國家主權，架空了克雷庫。後來，會議任命原世界銀行職員索格洛（Nicéphore Soglo）為貝寧新任總統，但給克雷庫以大赦，換取他和平的放棄權力。和平放權的克雷庫還於 1996 年二度當選，又做了 10 年總統。

中共退贓特赦難以施行

謝田評論說，中共的「大赦」，說起來都滑稽，是一群罪犯赦免自己。中共內部從上到下，從政治局委員到鄉官，哪個沒有貪腐？他們給自己內部一部分人予赦免，誰給他們赦免？就像紅樓夢中的賈府，除了門口的石獅子，幾個是乾淨的？骯髒的人辦

理骯髒的人，於法於理，都說不過去。如果實行特赦，必須確認實施的官員是清白、沒有污點的；否則由貪官甲來承辦貪官乙的案子，就未免離譜。但要官員清白，在今天的中共，根本就是不可能的。

讓腐敗分子將收受的全部賄賂匿名清退，也不合理。「匿名清退」是什麼意思？只有承辦的官員、高級官員知道誰是貪污犯，民眾不得知曉？難道在知道犯罪者是誰的時候，還要體現出中共的等級和特權？要知道，貪污的是百姓的錢，財富的主人不知道錢被誰偷了，只有「公僕」才能知曉？所以，退贓和贖罪必須完全公開、向民眾公布，才有實質意義。

在中國實行特赦，會讓沒招供的中共官員覺得更加危險，他們不會從此罷手、不再貪污，他們只會嫌貪得太少、逃得太晚。他們會變本加厲、加快斂財速度，並加緊轉移資金和外逃。而貪官退贓一旦公布，必然引起百姓的激憤；公布財產會激怒貪官，更會激怒百姓。中共不需遠看，只看李永忠文後的跟帖，就足以讓中南海膽戰心驚。網民們說，讓「老美快來解放大陸吧」、「建議恢復株連九族」……

第五節

美國有 192 萬中共貪官祕檔

　　中國和美國的關係一直非常複雜。中共一直持續煽動中國民眾的反美情緒，稱美國在布署顛覆中國，為製造戰爭做緊急動員，煽動民眾情緒。馬克思主義意識形態已經崩潰的今日，中共只能用「愛國主義」做救命稻草，樹立一個假想敵，不斷借煽動愛國主義來誤導大陸輿論，把內政管理問題，轉化為外交關係問題。

　　中共選擇美國為假想敵，並持續以用經濟利誘美國放棄人權和民主的立國之本，同時也製造恐怖主義來威脅美國。

　　過往，每當中共政權面臨危機時，中共都用此手段轉移內部矛盾，包括 70 年代發起的中越戰爭、多次放風要武力攻打台灣等。

　　1999 年，時任中共總書記江澤民為了分散當時國內國際對朱鎔基總理和平解決法輪功學員「4‧25」上訪事件的注意力，以及為扭轉中共黨內高層對其一意鎮壓法輪功極不認同的尷尬局面，

並為度過「六四」十周年危機，故意堅持在中共駐南斯拉夫大使館繼續幫塞爾維亞與黑山共和國建設米波雷達天線技術項目，有意觸怒美國，並刻意隱瞞美國多次通過國家間內部溝通途徑發出的「若再不停止要轟炸」的預先警告，直接造成了震驚中外的「五八」國際事件。

2012 年中共 18 大換屆前，中共因恐懼薄熙來事件引發政權倒台，也曾在「9．18」前後挑起大規模反日遊行，而到 2013 年「9．18」卻鴉雀無聲。

2013 年 10 月 30 日，中共軍方鷹派拋出影片《較量無聲》，該片時長 100 分鐘，充斥著美國陰謀論及冷戰思維。這部影片係由中共軍方最高學府國防大學於 2013 年 6 月製作完成，此外總政治部保衛部、總參謀部三部、中國社會科學院、中共現代關係研究所也參與其中。

一直以來中共都用「中美終有一戰」來對國內民眾進行恐嚇、洗腦。早在 2005 年 7 月 14 日，中共少將朱成虎就曾放狂言，美國如果介入台海衝突，中共將不惜犧牲西安以東所有城市而使用核武器。

不過，眾所周知，中共在演戲，沒有人會真心相信它。故中共做不成也做不下去，都看到它在垂死掙扎，越動滅亡得越快。

美國掌控很多中共死穴

美國掌控著中共太多的死穴，只要美國公布這些材料，中共就面臨解體的危險。如王立軍交給美國的有關中共「活摘法輪功學員器官」的資料，一旦公布於眾，中共就是全人類的敵人，比

希特勒還邪惡的中共，必然遭到世界的唾棄。

另外，2013 年 6 月，網上流傳消息說，有美國官員透露：美國會曝光中共官員在國外的祕密檔案。這些檔案記載了 192 萬名中共官員的背景、個人財產、子女在海外的情況，並配有照片。

中共媒體曾報導，貪官向美國轉移腐敗資金在美國已司空見慣。但美國認為這些資金對美國經濟的穩定沒有好處，美國不歡迎外國貪官的錢。美國國土安全部、司法部和國務院聯合成立了「移民和海關執法局」，它有權沒收涉嫌貪污腐敗的外國高官經由洗錢管道進入美國的財產。

報導稱，曾在美國財政部反洗錢部門工作了 27 年的麥克唐納說：「沒收中國貪官在美財產只是時間問題。我不相信有什麼腐敗官員能被豁免。如果美國發現中國貪官轉移到美國的非法財產，我相信美國一定會同中國有關部門緊密合作，把事情追蹤下去。」

大陸網上有網民發帖調侃：奧巴馬警告某國：「我只講六條，不費一兵一卒，貴國即潰敗。1. 公布貴國官員海外存款並凍結；2. 公布有美國護照的官員名單；3. 公布在美國定居的外逃官員家屬名單；4. 下令清查洛杉磯二奶村；5. 把在美官員家屬送往關塔那摩基地；6. 空投單兵武器給貴國人民。」

美國國務院的數據表示，2013 年美國一共下發了 8564 份 EB-5 簽證，其中 7032 份簽證下發給申請美國綠卡的中國人，這些就是每年帶著錢離開中國的 7000 人的大部分，而這些人寧可把資金投入到回報非常低的 EB-5 項目，也不願意把錢留在中國。

根據胡潤公司的研究，在銀行存款超過 1000 萬元的中國人當中，幾乎三分之二的人移民或計畫移民。美國國家房地產協會

說，中國人購買房地產的數量在 2013 年上升到 220 億美元。這些資金的流動相當可觀。

中美互換對方公民帳戶

2014 年 6 月，美國財政部與中共政府草簽了協議。根據這份協議，美國政府要求中國向美國提供美國公民金融帳戶的信息，而美國也會將中國公民的美國帳戶信息提供給中共政府。這個中美海外公民帳戶互換協議，對美國的普通公民意義不大，但對許多海外華人、尤其是那些在美國賺了錢、到中國投資房地產或其他項目的美籍華人，卻是很大的打擊；同時，它對在美中國居民、尤其是在美國隱匿財富的中共貪官，也是一個晴天霹靂。也就是說，這個協議其實是針對「中國人」或「華人」來的，不管這些華人是在中國或者在美國！中國人以精明和善於投機取巧而出名，許多人身在自由社會，卻以逃稅資金支持中共政權，而這個在民主國家（美國）和專制國家（中國）之間達成的有趣的協議，其實是在警告華人，莫算計，算計必被捉。

中共越掙扎 滅亡越快

對於所謂「中美終有一戰」，外界早就有分析，中共一旦挑起戰爭，必定馬上垮台，中國將回復到沒有共產黨的真正中國。

從歷史上看，專制國家經常會在國內矛盾叢生且無力解決之時，鼓噪民族主義情緒，將國內民眾的視線轉移到與國外的矛盾上去，有時甚至會因此發動一場戰爭。

比如 19 世紀晚期，俄國貧富懸殊、階級矛盾激烈，上層驕奢淫佚，下層平民與農民（被解放的農奴）卻背負著沉重的勞役與稅賦。尼古拉二世即位後大力進行財政改革，卻無力緩解這些社會矛盾。1904 年日俄戰爭爆發，俄國慘敗，除了損失大量軍隊之外，戰時的物質需求激增，國內食物短缺，物價上漲，通貨膨脹，引起社會的恐慌和不安，並因此誘發政治危機，最後導致革命，沙皇政權傾覆。

中共內部已經意識到中共政權會隨時倒台，因此試圖樹立假想敵人，以煽動所謂的愛國主義情緒維持暫時的「團結」，但是現在很多大陸民眾早就看透了中共，尤其法輪功學員大規模的講真相、勸三退大潮（退出中共黨、團、隊）早已深入民心，現在根本沒有多少人會為中共賣命。中共越作垂死掙扎，其滅亡越快。

第六節

國際刑警發紅色通緝令

規模僅次於聯合國的第二大國際組織「國際刑警組織」發出「紅色通緝令」，協助中共警方全球通緝外逃官員。圖為 2012 年 11 月 5 日在羅馬第 81 屆刑警組織大會。（Getty Images）

據陸媒《華夏時報》2014 年 11 月 8 日報導，一份來自中共央行的報告稱，從上世紀 90 年代中期開始，中共官員外逃人數高達 1 萬多人，攜帶資金達到 8000 億元人民幣。

另據 2012 年 12 月底美國金融監督機構報告，2011 年之前 11 年間，中共貪官洗到海外的髒錢，達到 3 萬 7900 億美元。其中，2010 年為 4204 億美元，2011 年為 6020 億美元。中共貪官外逃資金總額，到 2010 年已經占全世界髒錢總額的一半。

貪官外逃成災，為了不至於沖潰政權，試圖堵截，把外逃官員「抓」回來，便成為中共阻止貪官外逃的重要手段。於是，國際刑警組織成為中共的求助對象。

據 2014 年 12 月 13 日陸媒報導，截至 12 月 8 日，國際刑警組織發布的「紅色通緝令」中，有 503 名中國人被通緝，其中

475 人來自大陸。

　　蘋果論壇報導，被國際刑警組織「紅色通緝令」全球通緝的大陸人，外逃前大多是政府公職人員、國企管理層，不少疑似被大陸媒體廣泛報導的知名貪官。國際刑警組織「紅色通緝令」中大陸貪官的信息顯示兩大特徵：

　　一是貪官外逃家族化特徵明顯。很多貪腐人員為避免東窗事發後殃及妻兒，有的先將子女送到海外求學或令家人移居海外，成為「裸官」；有的則通過各種管道為自己和家人獲取雙重國籍、綠卡或假護照、假身分證等，一旦發現風吹草動便立刻舉家逃跑。

　　二是「18 大」後，中共加強力度追逃海外的大陸貪官，原本「安全」了多年的外逃官員，從此不再安全。在國際刑警組織發布的「紅色通緝令」50 餘位貪官名單中，近 20 人是 2013 年至 2014 年之間被通緝。2014 年 7 月至 9 月，中共警方通過國際刑警組織發布了 28 張「紅色通緝令」。

　　國際刑警組織是規模僅次於聯合國的第 2 大國際組織，目前共有 190 個成員國。經由該組織發出的「紅色通緝令」被公認為是一種可以進行臨時拘留的國際證書，它的通緝對象均是有關國家法律部門已發出逮捕令、要求成員國引渡的在逃犯。

　　打開國際刑警組織官方網站首頁，即可看到右上角顯眼位置有 3 個不同顏色的小標識，位列第一的，配有紅色國際刑警警徽的「WANTED PERSONS」標識，即該組織最為著名的國際通報——「紅色通緝令」。

　　每一張「紅色通緝令」都包含有被通緝者的姓名、性別、出生日期、國籍、所涉罪名等基本身分信息描述。絕大部分還配有至少 1 張照片，並標註了頭髮、眼睛顏色等外貌特徵。「紅色通

緝令」每 5 年重新發布一次，但是只要涉案人員一天沒有歸案，通緝令將長期有效。

不過，相對於中共的萬名外逃官員，就這幾百人被列入「紅色通緝令」通緝名單，比例實在太低。

王岐山力推海外追逃追款

除了國際刑警組織的「紅色通緝令」，另一件讓不少中共外逃官員甚感「不安」的事情是中紀委書記王岐山近期力推海外追逃追款，動作頻頻。

2014 年初，王岐山在中紀委三次全會上稱將加大國際追逃追款力度。5 月 29 日，王岐山主掌的中紀委召開國際追逃追款會議，包括最高法、最高檢、外交部、公安部、國家安全部、司法部、央行在內至少 8 個中央部門參加。

大陸官媒報導，7 月 22 日，中共公安部宣布從即日起開始緝捕海外經濟犯罪嫌疑人，稱為「獵狐 2014」專項行動。

7 月 25 日，中共最高檢察院召開新聞發布會，反貪總局局長徐進輝表示，將成立國際追逃追款小組。

7 月 28 日上午，中共中紀委廉政理論研究中心副主任謝光輝在中紀委網站《反腐三人談》節目中透露，中紀委把原來的外事局和預防腐敗室合併以後，新成立了一個國際合作局。該局的重要職能是海外追款追逃。

7 月 30 日，中共黨媒論壇欄目刊登題為《中紀委為啥設立國際合作局》的博文。文章稱，中紀委設立國際合作局是反腐的深化，表明王岐山反腐進入了新階段，那些認為反腐是走過場的立

論是不成立的。

王岐山近期則接連 3 次提到反腐是一場「輸不起的鬥爭」。8 月 25 日，王岐山出席中共政協常委會議時提到：「8 項規定的成功與否，已經變成一場輸不起的戰鬥。」

10 月 25 日，王岐山在中共 18 屆中紀委第 4 次全體會議上聲稱，反腐「是一場輸不起的鬥爭」，一旦反彈，後果不堪設想。

11 月 3 日，中共官媒刊發王岐山 6000 餘字的長文。文中提到中共腐敗問題，並稱反腐敗「是一場輸不起的鬥爭」。陸媒紛紛以《王岐山在人民日報撰文：反腐是一場輸不起的鬥爭》為標題轉載。

據大陸媒體報導，王岐山 11 月還參與了中紀委有關加強國際追逃追款合作的 APEC 反腐敗會總體方案的審定。

12 月 1 日是北京當局對外逃官員最後主動回國的期限日。據中共官媒 12 月 5 日報導，自 7 月 22 日「獵狐行動」以來，已有 428 名外逃境外的貪官被抓，其中 231 人為「自首」。被抓捕的外逃官員與中共貪官總數比起來，微乎其微。

大陸媒體還首度報導稱，「獵狐行動」有中共軍隊參與。上海「澎湃新聞網」12 月 15 日報導，中共公安部在全球 27 國派駐 49 名警務聯絡官。據報導，這是大陸警方首次公布有軍方參與獵狐行動，而中共大使館武官，一般多由中共軍隊總參謀部二部派出。

海外追逃追款瞄準江派「大鱷」

雖然中共外逃官員面臨國際刑警組織和中紀委的兩面「夾

擊」，但讓一般貪官稍感心寬的是，王岐山大費周章地「追逃追款」，其瞄準的主要目標是擁有龐大海外資產的江派貪腐「大鱷」，如江澤民、曾慶紅、周永康等家族之流。

中共前黨魁江澤民採用腐敗治國的方式建立江氏利益集團勢力，10多年來形成了龐大的利益集團網絡，掌控了中國包括能源、電信、金融等大部分經濟領域，以千億計算的天量財產囤積在江澤民、周永康、曾慶紅、薄熙來等家族手中。

據《中國事務》早前透露：「江澤民在瑞士銀行存有3億5000萬美元的祕密帳戶；在印尼的峇里島買了一棟豪宅，1990年就值1000萬美元，由前外長唐家璇替他辦理。」

曾慶紅的兒子曾偉在澳洲花3240萬澳幣購買超級豪宅，並提出再花500萬澳幣翻新豪宅被當地政府拒絕，此事件曾經轟動整個澳洲。

日媒曾報導，薄熙來夫妻向海外轉移的非法收入達60億美元（約合380億人民幣），目前薄熙來家族的錢都在薄瓜瓜手上，薄家有多處歐美高檔房地產登記在薄瓜瓜名下。

周永康家族亦是貪腐驚人，曾被曝光遭當局凍結總價值370億元的存款帳戶，並且被繳獲總價值510億元的國內和海外債券和股票。賈曉霞多年來利用自己是周永康小姨子的身分，以及與中石油前董事長蔣潔敏的關係，至少斂財數十億美元。

第七節

香港四季酒店成獵狐熱點

據中共江蘇省公安廳 2014 年 12 月新聞發布會公布，該省「獵狐行動」進行不足 4 個月，共有 28 名外逃官員落馬，涉案總額達 5 億元人民幣。另外，他們整理的 162 名外逃官員資料中，有 25 名逃到港澳台地區，14％擁有港澳台籍。

而據上海警方官方公布的數據顯示，截至 2014 年 12 月 15 日，上海共抓捕了 46 名外逃官員，當中 8 名是依靠港、澳地區的警方力量。

2014 年 11 月底，一篇名為《滯留香港四季酒店的大陸富豪們》的文章被大陸眾多媒體轉載。文章稱，眾多與中共被查貪官有關聯的大陸富豪，藏身在香港四季酒店。而經常出沒於四季酒店的「超級捐客」（中間人）蘇達仁，被這些富豪們視為救星，飯局不斷，直到 2014 年 3 月落網。蘇達仁被指捲入華潤宋林案，亦和中共江派第二大要員、前中共副主席曾慶紅的弟弟曾慶淮來

往甚密。

2014 年 3 月被帶走、捲入宋林案的山西煤礦大王邢利斌亦曾匿藏於四季酒店。邢曾花費 7000 萬元開演唱會嫁女，轟動一時，江澤民的情婦宋祖英也受邀演唱。

知情者曝誘捕貪官手法

有熟悉中紀委的知情人士向《大紀元》表示，此文突然熱爆大陸，相信亦是配合北京當局所推的「獵狐行動」。此輪被清洗的重點，就是和江澤民派系關係密切的官員和富豪。

雖然香港和大陸沒有引渡條例，不過該人說，大陸要抓捕匿藏香港的外逃官員，有的是辦法，可以派人做思想工作、威逼利誘，或者派線人「騙」回國，甚至扣住他們的因公來港證件，以及凍結在港資產等，令他們束手無策。

消息稱，四季酒店、香格里拉酒店以及九龍站上的麗思卡爾頓酒店（Ritz-Carlton）是中共貪官匿藏三大熱點，據說不少案件在身的中共貪官或富豪，見面第一句話就是「你的案子怎麼樣？」但沒想到，附近也有不少中紀委的人馬在，隨時被竊取情報。

另有消息稱，中紀委派人到香港，以化名方式向金融界人士四處打聽，如何將資金運出來，以此來摸清中共高官洗錢管道。

獵狐行動瞄準三大家族

第四章

薄熙來之子薄瓜瓜

薄熙來和薄谷開來被當局判刑之後，薄熙來家族在海外的巨額財產落到其獨子薄瓜瓜手上，坊間稱，薄瓜瓜掌控的黑金超過 60 億美金。追繳這些贓款也就成了北京當權者的一個重要目標。

2007年1月15日薄熙來（右）與其子薄瓜瓜（左）在薄一波喪禮上。（Getty Images）

第一節

野心勃勃的薄家人

中共在「文化大革命」期間是毛澤東的家天下，是類似於朝鮮金家王朝。毛澤東死後，由於時任中辦主任、掌握中央警衛局的汪東興在葉劍英的策動下倒戈發動政變，逮捕了毛澤東的妻子江青等「四人幫」，毛氏家族政治勢力被終結。文革之後中國回到中共一黨掌控的社會，實則是由鄧小平、薄一波等中共元老寡頭共管。

鄧小平的兩個兒子鄧樸方、鄧質方不似薄一波、薄熙來父子有極大的野心。薄一波先後聯合其他元老，借鄧小平的手把鄧原先指定的接班人胡耀邦、趙紫陽都打下去，把無才無德的江澤民捧起來，為日後的薄家鋪路。老謀深算的薄一波所有的政治算計都是為了最終讓其子薄熙來奪取中共最高權力。

江澤民上台之初與陳希同的「北京幫」激鬥，陳希同上書鄧小平揭露江澤民的生父是漢奸，鄧小平交給薄一波處理。當時江

澤民跪求薄一波幫他，薄一波趁機收服江澤民，並說服鄧小平放過江澤民。此前外界一直認為江澤民身後的曾慶紅是江氏在權力鬥爭中勝出的最大推手，卻忽視了薄一波的作用，那是因為薄一波更老奸巨猾，更深藏不露。

在江澤民與政敵陳希同、喬石等人的權力鬥爭中，關鍵時刻薄一波都扮演了重要的推手作用。薄一波把江澤民推向最高權力之位並非是為了上海幫，為了江家，而是為了他的山西幫，為了日後的「薄家王朝」。

在鄧小平掌權時期，薄一波深受鄧的信任，曾被委以負責中共中央顧問委員會日常工作。作為文革後的中共「八大老」之一，薄一波的影響力實際高於中共政治局常委之上。當年中共「15大」上，江澤民也是搬出薄一波才以年齡為由逼退喬石。

1999 年江澤民發動對法輪功的迫害之後受到中共內部上下的抵制。但薄一波還讓其子薄熙來在迫害法輪功一事上賣力表現，充當江澤民集團迫害法輪功的打手。薄熙來夫婦在全中國最先犯下活摘法輪功學員器官、販賣屍體牟利的大罪。這一切都是為了讓江澤民看到只有薄熙來接班才是讓自己免遭清算的最大保障。

中共不敢平反「六四」的主因是中共在「六四」期間殺人太多，若平反「六四」的話，中共就將面臨垮台。相同的，最初一意孤行非法鎮壓法輪功的江澤民也是害死眾多的法輪功學員，死於迫害的人越多，平反的代價就越大。薄一波還授意江澤民在迫害法輪功一事上讓政治局常委和委員人人表態，有血債大家一起背。還把對法輪功的誣陷定性升級，讓老百姓都錯覺只要煉法輪功就是在犯罪。

2006 年原上海市委書記陳良宇突然因上海社保案垮台，他是

江澤民原先看中的隔代接班人。陳良宇意外倒台使薄熙來得以填補陳良宇留下的政治真空，薄被江澤民、曾慶紅暗中選為接班人，於2007年中共「17大」拿到中共政治局的一個席位，從而為「薄家」奪取最高權力開路。

由於薄熙來野心勃勃且狂妄自大，在官場樹敵過多，且與當時分管商務的中共副總理吳儀交惡，故2007年換屆時吳儀以「裸退」為條件阻止薄熙來接任副總理一職。與此同時，溫家寶認為，薄熙來由於迫害法輪功而被海外多國起訴。時任商務部長的薄熙來，出訪時多次被告上法庭，薄這樣的人「不適合待在國家領導人位置」，於是溫家寶與吳儀合力，把薄熙來貶到了重慶。

作為團派、江派、太子黨各方都能接受的人選，習近平在「17大」被選為中共接班人。之後江派四處放風，稱習近平是曾慶紅扶持上來的，但真實情況是，胡溫由於受惠於胡耀邦，而習近平的父親習仲勛為替胡耀邦說話而遭鄧小平打壓，於是，習近平靠父親的餘蔭，胡溫支持習近平上位。

為兌現當初與薄一波的政治交易，更為了將同樣在對法輪功的迫害中犯下酷刑罪、群體滅絕罪與反人類罪行的薄熙來推上最中共高權力之位，江澤民在表面上推舉習近平接班的同時，暗中安排人馬支持薄熙來密謀發動政變，以圖推翻習近平而後奪權。在重慶任職期間，薄熙來大搞文革式「唱紅打黑」，受到江派成員周永康、劉雲山等人的追捧，並通過令計劃這一管道以期得到胡錦濤的默許。

按照中共的慣例，在職的政治局常委在換屆時有提名繼任者的權力。江派計畫籍「唱紅打黑」為薄熙來製造聲勢，積累政治資本以便在2012年的中共「18大」上將薄熙來推成政治局常委，

接替周永康掌握政法系統與武警大權，並於 2014 年的中共 18 屆四中全會上以通過「黨內民主選舉」方式把習近平趕下台，把薄熙來推上最高權力之位。

誰知人算不如天算。由於薄熙來的「家臣」王立軍在 2012 年 2 月 6 日出奔美國駐成都領事館，向美國政府透露了薄、周策劃推翻習近平奪權的陰謀，因而使政變胎死腹中。當月習近平出訪美國期間，美國副總統拜登當面將王立軍提交的材料交給習近平。3 月 14 日，時任國務院總理溫家寶在「兩會」記者招待會上公開要求重慶市委、市政府就王立軍事件進行反思並吸取教訓，次日薄熙來被免去重慶市委書記。

在審判薄熙來的過程中，北京當局只送審了一兩個案子，原定只判薄熙來 15 年左右的監禁，關幾年之後就能保外就醫，哪知薄熙來天性狂妄，在法庭上翻供。這一翻盤激怒了習近平，於是薄熙來被判處無期徒刑，餘生只能在秦城度過了。

個性高調的薄瓜瓜

薄熙來一家三代都可謂中國名人，連薄瓜瓜也備受國際媒體關注。1987 年 12 月 17 日，薄瓜瓜出生在北京。薄一波為他取名「曠逸」，但最後還是叫了京瓜、瓜瓜。2000 年，時任大連市長的薄熙來把 12 歲的薄瓜瓜送到英國讀預科，該校學費 2 萬 2425 英鎊，每年的生活費至少 5000 英鎊。一年後，薄瓜瓜成為英國最著名私立學校哈羅公學（Harrow）500 年來的第一名中國學生，該校每年學費是 3 萬 930 英鎊。2006 年，薄瓜瓜進入英國牛津大學攻讀哲學、政治學和經濟學，學費每年約 2 萬 6000 英鎊。

由於薄熙來的關係，2009 年薄瓜瓜獲得「大本鐘獎」，號稱英國十大傑出華人青年。《中國青年報》等吹捧薄熙來的報紙也大量宣傳薄瓜瓜如何優秀，並一再強調，薄瓜瓜靠獎學金上學，沒有讓父母掏錢。中共一個部級官員年薪只有人民幣 14 萬元，相當於 1 萬多英鎊，如何能承擔這麼多昂貴的學費與生活費呢？當時香港雜誌披露說，薄瓜瓜讀哈羅的學費，巨款來自大連大商集團的董事局主席牛鋼；後來發現，源頭還是來自薄熙來的貪腐管家徐明。

大陸報紙還宣傳說，薄瓜瓜 17 歲就出了一本英文散文集，還被學生辦的校報評為「牛津最有影響力的 50 人」的第一名等，不過這些都只是用錢堆出來的。薄瓜瓜後來就讀美國肯尼迪政府研究學院的研究生，該學院的費用是每年 7 萬美元。在「紅色貴族」背後，中國的人民年均收入才 3300 美元。

2011 年 11 月 26 日，美國《華爾街日報》報導 23 歲的薄瓜瓜從美國駐華大使館出來，駕駛法拉利跑車去與當時美國駐華大使洪博培的女兒約會。此前網路上流傳著一組他與另一名中共太子黨陳曉丹一起在西藏度假的照片。陳曉丹的父親是當時中國國家開發銀行的行長陳元，而其祖父是中共元老陳雲。

《華爾街日報》稱，中共年輕的太子黨們經常會與模特、演員、體育明星聚集在北京工體的夜總會，炫耀著他們的法拉利、蘭博基尼和瑪莎拉蒂。他們一邊品味著雪茄、葡萄酒、中國白酒，一邊在類似於茅台俱樂部專屬場地這樣靠近紫禁城的古老建築裡談生意。在海外，太子黨們開始變得越來越高調。時尚設計師葉明子（葉劍英的孫女），曾被刊登在《Vogue》雜誌上，她旁邊的珠寶設計師萬寶寶是前國家副總理（萬里）的孫女。

被貶重慶 胡溫欲令薄終老山城

　　據中南海內部消息，薄熙來從 2004 年初離開遼寧開始，就有原遼寧省紀委書記高姿，大連中法副院長劉曉濱等 13 位被打入監獄的幹部、黨員、企業家，向中南海高層寫信控告薄熙來的貪腐和枉法罪行，曾引起胡溫高度重視，但礙於薄一波的面子和死後在中共黨內尚存的影響力，久拖不決。

　　正因為此，薄熙來上調北京時，行前把祕書車克民留在大連國安局任黨委書記，不敢讓他調動半步，就是為了利用反間諜的設備、手段和招牌，繼續監控和打壓反對薄熙來的勢力。由於大連安全局直屬國安部，又有周永康的力保，所以這是大連至今不能挖開薄熙來貪腐枉法黑幕的主要原因。很多從大連發出的舉報信，投遞時第一個祕密偷拆的就是車克民操控的特務。

　　對中南海來說，大連不過是一個小村莊，胡錦濤擔心的不是薄熙來獨霸一方，而是他想進軍中共中央的野心。多年來薄熙來與中共部隊的一批高級將領往來密切，暗渡陳倉，使胡寢食不安。一是徐才厚，薄熙來在大連的瓦房店市長興島鄉搞對外招商，是為了給徐的本家兄弟徐老三送大「蛋糕」；二是吳勝利，他任大連水面艦艇學院院長時，就與薄熙來是鐵哥們；另一個是張海洋，文革落難時，薄熙來和他是一起藏在床底下躲挨打的小兄弟，再加上薄一波在雲南的 14 軍老部下，八大軍區的改制，唯獨裁掉了昆明軍區，這引起了 14 軍的不滿。

　　當時中共正在高調宣傳開發西部，於是胡錦濤準備按照吳儀和溫家寶的建議，將薄熙來下派重慶，圍困在火爐中，給他一個「西南王」的招牌，任他瘋狂。胡溫原本以為薄熙來在汪洋嫡系

和賀國強舊部的夾擊下，會身心疲憊，坐以待斃，然後再由李克強當政時核實的證據處置薄，比如抓捕與他聯發紅信的張春江，與他父親生前形影不離的王益，重判為薄當商務部祕書的吳某等等，把他困在山城，耗到退休回家。

誰知薄熙來是個野心勃勃、絕不服輸的人，加上他有個被大連文人稱為江青式的「賢內助」薄谷開來，再加上曾慶紅、周永康、江澤民背後的慫恿，於是一場名為「唱紅打黑」，實質是為薄熙來「鹹魚翻身」的政治計謀上演了。

薄谷開來設計反攻胡溫

2010 年 3 月 6 日薄熙來在北京參加兩會時，首次透露了其唱紅打黑和太太薄谷開來有關。薄熙來對記者說：「我的夫人谷開來是中國第一批律師。不僅是法律知識，國際文化的知識也很豐富。她的知識，特別是法律知識在『打黑』中給了我很大幫助。」薄還藉機表達對妻子的感謝：「為了我，她做出了巨大犧牲。十幾年前律師事務所辦得正紅火的時候急流勇退，專心做學問，我是很感動的。」

不過前香港《文匯報》駐大連記者姜維平馬上公布了他在1998 年 2 月 21 日拍攝的照片，清楚地顯示了大連的開來律師所正在營業，近年才改名為「昂道律師事務所」，這說明薄谷開來並沒有急流勇退，薄熙來在撒謊，不過薄熙來說出薄谷開來參與謀劃唱紅打黑，這點姜維平是肯定的。

姜維平稱薄谷開來不僅「文革」挨整，學會了江青的陰陽怪氣，心狠手辣臉皮厚，而且熟知中國司法系統之黑暗和中共官場

之骯髒，她既貪腐又枉法，在大連婦孺皆知，……她唯一擔心的是，薄熙來被胡溫調虎離山後，迫於大連人的舉報壓力，中紀委會像 1999 年對待原省長張國光一樣，先換個地方，再算總帳，慢慢地用反腐的「小刀」切割他的肉。於是她先陪瓜瓜到英美各地學習英語，轉移贓款，打通關係，把大本營安排好，然後薄谷開來返回重慶，再次與薄熙來商討了唱紅打黑的事。

「唱紅」是為了安撫軍中和政界的保守派，這裡包括江澤民和李鵬，也包括部隊的谷景生等人；「打黑」是為了騙取老百姓的信任，更能名正言順地把汪洋、賀國強等中共黨內對立派的舊部打倒和清除，其中警方的代表人物是文強，法院的代表是張弢和烏小青，媒體的代表人物是張宗海，企業界的代表是黎強等等，消息人士轉述薄谷開來的話說：「這是你死我活的鬥爭，勝敗在此一舉！」

接下來他們列出了一個名單，專門去網上尋找老百姓反映強烈的人，把他們的犯罪線索記錄在案，其中也包括市長王鴻舉，但薄熙來在申報他的黑材料時，中南海高層認為「穩定大局」為要，只同意打到文強的正局級幹部為止，不過，薄谷開來的計謀還是成功了，因為上報的黑材料也涉及到了賀國強、汪洋等人，這樣一來，中紀委對大連官場的深挖中止了，這是利益集團內部的對等交換，也是中共中央第三巡視組調查無疾而終的原因。

消息人士表示，薄熙來說薄谷開來搞「文化研究」是假的，她只研究政治，並在重慶和北京之間往來如梭，她進出江澤民官邸像走平道一樣，薄熙來知道電話不安全，部下不可信，所以重要事情全由薄谷開來口頭傳達。

爾後的「打黑」，王鴻舉雖然未被雙規，但不得不引咎辭職，

退出重慶政壇，而由黃奇帆取代，而黃是江澤民推薦的，目的是配合薄熙來抓經濟和民生，因為他了解薄熙來：搞鬥爭是行家裡手，爐火純青；搞經濟建設則成事不足，敗事有餘。

2009 年是重慶「唱紅」最響的一年，2010 年是「打黑」最厲害的一年，薄谷開來認為，以「將軍後人合唱團」化解了歷史上薄家與多家的恩怨，如果能逼迫胡溫點頭全國推廣，就能壯大薄家的勢力。「打黑」不僅清除了薄熙來的異己，而且順應了民意，給私人企業的老闆們戴上「黑帽子」，再搶奪他們的財富「大蛋糕」，拿來給中南海的關係戶送人情。對於被打倒的官員，則是摘下他們的「紅帽子」，逼其舉起保護傘，承認罪行，逗老百姓高興。

不過唱紅打黑並沒有給重慶老百姓帶來多大的好處。2011 年重慶財政收入 2900 億，支出 3900 億，赤字 1000 億，這表明薄熙來已嚴重超前消費，正如 2000 年底他離開大連，把市政府弄得財政虧空一樣，他必須趕快離任高升，否則就露餡了，唱紅唱不下去了，打黑也沒有什麼油水了，這時的薄熙來，拚命也想擠進 18 大的中央常委，他已經走火入魔了。

王鴻舉敗陣　重慶「官不聊生」

唱紅打黑是誰的主意，這無關緊要，反正薄熙來這樣做了。薄熙來的「打黑」查貪腐，讓不論職位大小的重慶官員都惶惶不可終日，據說重慶有不少官員帶著毛巾、牙刷等生活必備品進辦公室，準備隨時被帶走審查。除以「打黑」威懾之外，薄熙來還喜歡玩弄權術，把重慶官員「折騰得不堪其苦」。按照薄熙來的

話說，他就是要讓重慶「官不聊生」。為了立威，薄熙來曾經半夜 12 點召集官員開會，要求半小時內趕到市委會議室。

2009 年 8 月文強被捕，成為重慶官場上被抓的最高官員。在此期間，重慶有大大小小兩千多名官員落馬，其中包括 8 名廳級官員，最後形成了「薄家班」的「文有徐鳴、武有王立軍、經濟有黃奇帆」的構架。

王鴻舉是土生土長的重慶人，是重慶本土官僚的代表。在薄熙來咄咄逼人的氣勢下，王也曾試圖讓自己和一幫兄弟平穩著陸，但最後他發現連自己都是自身難保。當時在重慶打黑新聞中，只有薄熙來與王立軍頻頻亮相，偶爾出現副市長黃奇帆的名字，市長王鴻舉的名字幾乎消失不見。

2009 年 11 月下旬，財經報紙《經濟觀察報》報導了重慶市長王鴻舉可能涉及黑社會案嫌疑人王天倫的一份書面批示。該報罕見的將這份批示的原件拍照後發在「經濟觀察網」網站上。

11 月 28 日重慶市高級法院執行局局長烏小青在重慶市第二看守所自殺身亡，很多疑點顯示，烏小青可能是「被自殺」。眼看火馬上就要燒到自己了，12 月 3 日，王鴻舉突然在重慶市第三屆人大常委會第 14 次會議上宣布辭去重慶市長職務，這離他任滿還有一年。

不過薄熙來並沒有馬上放過王，用其文字打手「鬼文子」在網路大作文章，稱「王鴻舉早不辭職晚不辭職，偏偏在重慶打黑進行得如火如荼，數百名幹部受牽連落馬的時候突然提出辭職呢？鬼文子斗膽猜測王鴻舉此舉不是單純的退位讓賢，而是引咎辭職，他的辭職預示著重慶又倒了一把大黑傘。」

當時薄熙來盤算，若能打下王鴻舉這樣一個中共正部級高

官，這無論是在重慶市還是在全國，都能產生震撼性的影響。不過最後王鴻舉在中共中央的保護下全身而退。2009 年 12 月 26 日，王鴻舉被任命為人大環境資源保護委員會副主任，到北京當官去了。一個月後，黃奇帆也轉正了。

第二節

薄瓜瓜擁綠卡上名校

　　薄熙來夫婦被抓後，其子薄瓜瓜在海外的動向受到關注。2013 年 7 月 29 日，在薄案庭審之前兩天，英國《電訊報》報導說，薄瓜瓜的名字出現在哥倫比亞大學法學院網頁的學生名單中，但隔日哥大隨即封閉該網頁。

　　哥倫比亞大學坐落在美國紐約市中心，歷史著名人物西奧多和富蘭克林、羅斯福都曾經就讀過該著名大學的紐約法學院。

　　薄瓜瓜入學美國最有競爭力和最昂貴大學的消息一傳出，大陸《財新》雜誌記者就在推特上發出哥倫比亞大學學生名單截圖。這個網站列出了薄瓜瓜的名字、學生號和大學電子郵件地址。

　　哥倫比亞大學法學院在美國排名第四，並且是美國最昂貴的法學院，2013 至 2014 學年學費是 5 萬 7838 美元。該校很多學生的學費都是由富有的父母支付，而一些傑出的學生接受擇優獎學金，一些學生獲得助學金。哥倫比亞法學院學生畢業時平均債務

為 14 萬多美元。

然而第二天 7 月 30 日，人們發現，哥倫比亞大學封閉了學生名冊網頁，一般人看不見哪些學生能入讀該校了，而且哥大校方拒絕解釋刪除學生名冊的原因。

巨額學費從何而來？

2013 年 9 月，薄瓜瓜進入哥大法學院攻讀博士學位，這是為期三年的課程，畢業之後可以考牌成為美國專業律師。薄瓜瓜一學年的學費為 5 萬 5916 美元（約合 43.36 萬港元），包括其他雜費總計 6 萬 234 美元（46.71 萬港元），再加上每年至少 2 萬美元的生活費，三年下來，近 25 萬美金的支出，折合人民幣 150 萬元。

薄瓜瓜 2012 年曾致信哈佛大學校報聲稱，自己就讀牛津大學、哈佛大學以及英國寄宿學校哈羅公學時，所需的學費和生活費均來自獎學金以及他母親薄谷開來任職律師時的收入。這與 2012 年 3 月薄熙來在重慶記者招待會上的說法相吻合。那時他突然接了一個神祕電話後主動對記者說，有人朝他家人潑髒水，他的兒子在海外留學「靠的是獎學金和薄谷開來收入」。不過很多證據表明，在這一備受爭議的事件中，薄瓜瓜也跟父親薄熙來同樣撒謊。

薄瓜瓜早就有綠卡

薄熙來被抓後，很多人關心薄瓜瓜的情況，因為薄瓜瓜是中

紀委制服薄熙來的一道金牌。有消息說，正是因為要保 24 歲的薄瓜瓜，薄熙來才服軟認罪。

早在 2011 年 4 月就有人在網路上表示，他請人到 ICE Agent，查到薄瓜瓜和他以前的戀人──陳雲的孫女陳曉丹──均有美國綠卡，只是沒有公布他們的綠卡號碼。

在美國，只要投資 50 萬美金，就很容易得到綠卡，特別薄瓜瓜是 2009 年美國經濟危機後到美國的，那時美國正缺錢，誰來投資，立馬就給辦綠卡。所以哪怕薄瓜瓜不讀書，他也能夠留在美國，因為他早就有美國綠卡了。

有人說，這是薄谷開來提前安排的。讓薄瓜瓜住在美國，哪怕北京當局有多少個獵狐行動，美國也是最難獵狐的地方。而且讓薄瓜瓜學法律，能有效地鑽法律空子。

第三節

薄家的奢侈生活

薄熙來家位於法國南部尼斯戛納的楓
丹‧聖喬治別墅。（AFP）

　　2012 年 8 月 9 日，薄谷開來在法庭證詞中透露了部分家庭
生活細節，使外界得以一窺中共政治局委員擁有巨大特權的私生
活。2013 年 9 月，一組薄熙來家庭奢侈生活照曝光，令不少網友
目瞪口呆。

　　2011 年 8 月，薄瓜瓜和幾個朋友去非洲旅行，他們從某航
空服務公司租用了一架私人飛機用於迪拜至乞力馬札羅的往返旅
程，費用共計 8 萬美元。此外，薄瓜瓜還通過某公司預定了非洲
境內的酒店和行程，費用共計 5 萬 841 美元，僅這兩項費用合起
來就是 13 萬 841 美元。

　　薄谷開來證言節錄：「瓜瓜旅行回來以後，給薄熙來的，我
記得很清楚，是一大塊肉，是非常稀奇的一種動物肉，這塊肉掛
在一個木頭架子上，瓜瓜說可以生著吃，但是薄熙來說得蒸熟了

才能吃，瓜瓜很生氣，說這個很貴，這麼做就把肉給糟蹋了，但是最後還是被蒸熟了，瓜瓜一片片削下來，我和薄熙來都一起吃了，感覺味道還是不錯的，這塊肉我們整整吃了一個多月。這次瓜瓜去非洲旅行的費用，是徐明支付的，薄熙來都知道。」

網友猜測這種肉乾為非洲特產小吃「比爾通」（Biltong）生肉乾，也有網友猜測為價值 500 歐元一公斤的伊比利亞火腿。

庭審中，薄谷開來證實她讓大連地產商徐明出資在法國尼斯購買一套別墅，包括裝修在內價值高達 300 至 400 萬歐元，作為經營性物業，將來留給薄瓜瓜，作為穩定的收入源。

徐明還作證說，除了旅行和其他開支外，他為薄瓜瓜支付了多種費用，包括總額約 30 萬元人民幣的信用卡帳單，及價值人民幣 8 萬元、類似「賽格威」（Segway）的兩輪電動車。薄谷開來公開對薄瓜瓜說，要買什麼就找徐明，讓徐明出錢買。法庭上還證實，徐明公司一次就為薄瓜瓜透支的信用卡支付了 33 萬人民幣。

薄瓜瓜在國外行事高調，生活奢侈。早在 2010 年 6 月 1 日，《揚子晚報》就登出薄瓜瓜在海外衣衫不整的抱妞照。其在英國上學期間摟抱洋妞和滿大街撒尿的十多張不雅照片，曾在海內外網路上瘋傳，而薄瓜瓜的朋友們則記得他是一個花錢大方、不斷給人買酒的公子哥兒。

薄谷開來證言中說，薄瓜瓜 2011 年曾邀請哈佛大學的 40 多人來中國，其中包括一名副校長和幾名學者，旅行支出由大連地產商徐明支付。2004 年至 2012 年期間，徐明共為薄瓜瓜和薄谷開來支付了超過人民幣 320 萬元的旅行開支。

第四節

牛津：薄瓜瓜愛花錢到病態

薄熙來倒台後，媒體揭露大連實德集團董事長徐明是資助薄熙來兒子薄瓜瓜留學的財神爺，負擔了薄瓜瓜在英國和美國留學的高額學費。（新紀元資料室）

　　牛津一校刊曾用「愛花錢到病態」、「和書本關係緊張」形容薄瓜瓜。也有知情人士在互聯網上透露，薄瓜瓜在重慶擁有 20 多輛豪華車，包括 Ferrari、Bentley、Mercedez、Masarati、BMW、Land Rover 等。但有分析指出，薄瓜瓜被盯並被大曝豔照，說明高層早有人對薄熙來不滿。

　　薄谷開來被捕時，在中共的官方通告中稱薄谷開來與英國人海伍德（Neil Heywood）之死有關，並提到其子（即薄瓜瓜）與海伍德關係密切，外界據此猜測薄瓜瓜在薄熙來的案件中難逃干係，而哈佛大學辦公室對其行蹤保持緘默。

薄瓜瓜豔照網上流傳

　　曾有外國媒體報導，薄熙來的兒子薄瓜瓜與陳雲孫女陳曉丹

分手後，開始與前美駐華大使洪博培的女兒約會。2011 年 11 月 26 日《華爾街日報》報導薄瓜瓜在北京高調駕駛紅色法拉利，與洪博培的女兒外出約會。

美國前駐華大使洪博培（Jon Huntsman）在接受路透社採訪時表示，中共前政治局委員薄熙來突然落馬，不代表中共意識形態上將會有任何改變，只是展現中國政局殘酷的一面，他稱中國殘酷的政治鬥爭為「割喉政治」。

薄瓜瓜作風高調，曾高調接受傳媒採訪。2009 年，他在夜店與眾多女生相擁的豔照在網上熱傳，事件轟動一時。流傳的照片中包括一張袒胸露背照和一張與洪博培女兒約會的照片。在被媒體追問他對照片的反應時，薄瓜瓜稱這是自己「活潑的一面」。

牛津荒廢學業 無奈轉戰哈佛

薄瓜瓜在 2006 年前後入讀牛津貝利奧爾學院（Balliol College），英國《每日電訊報》引述知情人士的話，稱薄瓜瓜曾因荒廢學業而被導師要求接受額外評核。中共駐英大使為此率兩名官員拜會院長格拉厄姆（Andrew Graham），「他們說中國人很重視教育，薄瓜瓜的事令人非常難堪，也令他的父親和爺爺難堪。」

薄瓜瓜其後休學一年，搬到高級酒店暫住，後又入住據稱有金水龍頭與小葡萄園的豪華公寓，還有專人照顧。他在未上課的情況下考得不錯的成績令人生疑，因此未獲導師讚賞，校方還拒絕為他提供去美國哈佛大學攻讀碩士的推薦信。

2012 年 3 月 23 日，網友在微博爆料，指薄瓜瓜被牛津大學

勸退學後轉讀哈佛，過程中薄熙來與薄谷開來動用各種關係疏通牛津與哈佛，包括請香港頂級富人遊說牛津大學名譽校長彭定康，出一份無成績記錄的「上學證明」，哈佛才接受。

「獎學金」為富豪徐明提供

薄瓜瓜 11 歲便赴英國求學。薄熙來在 2012 年「兩會」上曾辯稱，薄瓜瓜是獲「全額獎學金」，此後有媒體致電薄瓜瓜曾就讀的英國哈羅公學，該校稱沒有全額獎學金。

薄熙來倒台後，媒體揭露大連實德集團董事長徐明是資助薄熙來兒子薄瓜瓜留學的金主，負擔了薄瓜瓜在英國和美國留學的高額學費。

英國媒體後來的報導稱，薄瓜瓜入學第二年即因成績差被退學。

哈佛肯尼迪政府學院不僅擁有大批中國留學生，還與中共政府有多個合作項目。最著名的當屬 2001 年由中共國務院發展研究中心、哈佛大學肯尼迪政府學院（KSG）、清華大學公共管理學院三方共同舉辦的「公共管理高級培訓班」。該學院以培訓政界人才而聞名國內。

第五節

傳惹出性醜聞 冤枉海伍德

2011 年，薄瓜瓜性騷擾美大使女兒的醜聞觸動一外媒記者 W 展開調查採訪。海伍德出面交涉，幫薄瓜瓜擺平了此事，並提醒他這事要是鬧大了，「你會被毀的」。中共法庭出具的海伍德的「威脅郵件」，故意隱瞞了郵件的上下文……2012 年 8 月 20 日，就在薄谷開來被宣布死緩的當天，《華盛頓郵報》引述薄家一名朋友的話說，薄瓜瓜此前給合肥法庭寫過一份證詞，強調近年來他都未和海伍德見面。言外之意，他沒有受到海伍德的威脅，他也不是海伍德被薄谷開來滅口的原因。不過，中共法庭並沒有接受這份證詞，於是，薄谷開來和中共合夥製造的謊言，一時還無人去揭穿。

不過海伍德的朋友們公開質疑有關海伍德曾威脅並拘禁薄瓜瓜的說法，認為荒唐可笑。他們說海伍德曾經非常細心地照料過薄瓜瓜在英國留學期間的生活。一位要求不透露其姓名的朋友說：

「如果海伍德真的威脅過谷女士之子的幸福，我願意吃下自己的帽子。」這句英國諺語意思是說，這事絕對不可能。

相反的消息稱，就在海伍德死前幾個月內，他還幫助薄瓜瓜解決了一個大麻煩，沒有海伍德的幫助，薄瓜瓜真的就被毀了。

傳薄瓜瓜涉嫌性騷擾洪博培千金

2012 年 8 月 9 日合肥法庭審理薄谷開來案，給出她的殺人動機是因為海伍德在 2011 年 11 月初的某一天，給薄瓜瓜的一封電子郵件中有句話：「You 'll be destroyed」（你會被毀的）。官方解讀為這是海伍德想要殺了薄瓜瓜，於是薄谷開來才想先殺了海伍德。不過後來有知情人解讀說，事實與薄谷開來的解釋完全相反，是因為薄瓜瓜幹了壞事，海伍德幫他解了圍，否則，這事傳播出去，「You 'll be destroyed.」（你會被毀的）。

早在 2011 年 11 月 26 日，也就是海伍德被薄谷開來殺死 10 多天之後，《華爾街日報》報導了一則消息，稱薄瓜瓜開法拉利名車，約會了前美國駐華大使洪博培女兒。不過在約會中，薄瓜瓜沒有表現出留學英國的英倫紳士風範，反而是動手動腳，涉嫌性騷擾洪博培千金，這讓洪博培非常生氣，差點釀成外交風波。據說那天薄瓜瓜不知把洪博培千金帶到哪裡去了，直到深夜都沒回家，電話也打不通。最後洪博培通過中共外交部才找到人。洪博培一家都有信仰，嚴禁婚前性行為，無論男女婚前都守身如玉。洪博培的惱怒可想而知。

《華爾街日報》的報導沒有具體說是洪博培的哪個女兒，當時人們猜測與薄瓜瓜約會的是 1988 年出生的艾比，或 1989 年出

生的伊麗莎白。

薄瓜瓜性騷擾大使女兒一事曝光後，薄熙來在 3 月兩會召開期間最後一次公開露面時還宣稱被人「潑髒水」，並駁斥其子薄瓜瓜開法拉利的傳聞。薄瓜瓜也曾在 2012 年 4 月 24 日通過電子郵件給哈佛肯尼迪學院校報發表聲明稱，從未去過美使館，也沒有紅色法拉利。

不過第二天 4 月 25 日，《紐約時報》的報導引述洪博培女兒艾比・亨茨曼・立雲斯頓（Abby Huntsman Livingston）寫給媒體的電子郵件，稱她的姐姐瑪麗安（Mary Anne Huntsman）曾與薄瓜瓜共進晚餐，且她和薄瓜瓜的一名友人也在場。

艾比表示，瑪麗安確實與薄瓜瓜共乘一輛車，不過她沒有注意該汽車品牌，無法確定是否法拉利。

傳海伍德為薄瓜瓜擺平性醜聞

薄瓜瓜性騷擾美大使女兒的醜聞，在北京權力圈子和外國人中流傳甚廣，當時一外媒記者 W 聽說這件事後就開始調查，聯繫有關的當事人，並向薄家求證。自然，這事很快就傳到海伍德的耳朵裡，他當時正住在北京。

海伍德怕夜長夢多，於是急切地找到 W，要求和他聊聊。不知是海伍德對有關當事人的「公關」起了作用，還是與媒體的「溝通」有了效果，W 記者後來對此事的調查進展不大。

據說，海伍德為薄瓜瓜做的最重要也是最後一件事，正是幫薄瓜瓜擺平了性騷擾美國大使女兒的事情，這事要是鬧大了，是會讓薄瓜瓜聲名掃地的。

回頭再看中共法庭出具的那個海伍德的「威脅郵件」，可以推測，海伍德是在提醒薄瓜瓜，再也不要幹這樣的事，否則，「你會被毀的」。

跳出來說，如果海伍德真要想「毀」了薄瓜瓜的話，他只需要袖手旁觀，讓這起性騷擾發展成一個外交糾紛，就足以讓薄瓜瓜身敗名裂，用不著去要了薄瓜瓜的命。這份郵件指的名譽上的毀滅，而不是生命威脅。當時海伍德主要定居在北京、偶爾回英國，而那時薄瓜瓜已在美國讀書，海伍德怎麼能對薄瓜瓜構成生命威脅呢？

海伍德幫薄瓜瓜取得讀書證明

相反，海伍德從薄瓜瓜十多歲開始就負責教他英文，並陪他在英國讀書，相傳兩人關係很好，海伍德就像照顧自己的家人一樣照顧薄瓜瓜。

作為薄家海外「管家」的海伍德，他從薄家領取工資的一個原因就是照顧薄瓜瓜在海外的讀書生活。除了安排薄瓜瓜到哈羅公學讀書，薄瓜瓜升讀牛津大學之後，海伍德還幫助薄瓜瓜在牛津大學舉辦各種舞會。而薄瓜瓜卻因在牛津大學多門成績不合格，被牛津大學勒令退學。

不過在大陸，薄谷開來還故意找到《中國青年報》，大肆宣揚薄瓜瓜如何學業優異，如何出了一本英文詩集，如何被評為「英國十大傑出青年」，而薄瓜瓜獲頒的所謂「大本鐘」獎，後來被識破那不過是一個用錢買來的虛假頭銜，而頒獎單位的發起人，則是一個從福建偷渡到英國之後更換了姓名的偷渡犯。

　　中共駐英國大使館曾為此向牛津大學求情，但沒有效果，最後還是海伍德想辦法把薄瓜瓜弄到哈佛大學繼續學業。不過哈佛大學需要薄瓜瓜在牛津的學業證明，牛津大學不願出具，於是中方通過香港頭號富商找到前港督、牛津大學校長彭定康，而彭定康是牛津大學的董事會成員，於是牛津才勉強為薄瓜瓜出具了一份曾在牛津讀書的證明，薄瓜瓜這才得以入讀哈佛大學。

薄谷開來和中共法庭都在說謊

　　關於薄谷開來謀殺海伍德的真實原因，官方稱是因為經濟糾紛，加上海伍德對薄瓜瓜的威脅，而谷出於護子心切才殺了他。不過早前《新紀元》的獨家報導，則給出完全不同大答案：海伍德因參與和知曉了薄熙來夫婦謀殺法輪功學員，活摘器官並販賣屍體的絕密信息，薄谷開來眼見海內外情報機構都在祕密調查此事，薄谷開來為了滅口，才在薄熙來的授意下，由薄谷開來和張曉軍出面毒死了海伍德。

　　王立軍出逃，也是因為他知道薄谷開來的這些醜聞，想以此來脅迫薄熙來保護自己，而薄谷開來看出同樣欠下法輪功血債的王立軍已有二心，也想殺掉王立軍，王為了逃命，才夜奔美領館。

第六節

為父辯駁 曾被美警帶走

2012 年 9 月 28 日，中共官方公布了政治局對薄熙來的審查報告，裡面羅列了薄的很多錯誤和罪行。兩天後，薄瓜瓜在社交網上發表聲明，對官方的指控提出質疑。

據《華爾街日報》報導，2012 年當年，24 歲的薄瓜瓜用英文通過 Tumblr 微博發表聲明說：「就我個人而言，我很難相信父親受到的指控，因為這些指控與我一直以來對父親的了解完全相悖。儘管我父親推行的一些政策存在爭議，但我所認識的父親信念正直、忠於職守。」他還說父親教育他「不要只關切一己之私，要有遠大志向。……希望司法程式能正常進行，我會靜待結果。」

薄瓜瓜 2012 年 5 月取得哈佛大學碩士，儘管有各種傳言說他曾經踏進北京首都機場後被姨媽勸回，或他出現在薄谷開來的審判庭上，但外界普遍相信，薄瓜瓜一直住在美國。9 月 30 日的《華爾街日報》報導，他們曾多次詢問薄瓜瓜對海伍德之死或對

母親薄谷開來被判刑的意見，但薄瓜瓜一直拒絕回覆。

一直拒絕回覆媒體質問

薄瓜瓜 12 歲出國，能講一口地道的英語，他廣泛結交的各國朋友中不乏有影響力的人。分析人士說，鑒於他對許多中共高層領導人的家庭生活內幕都有所了解，如果薄熙來受到非常嚴厲的懲罰，「薄瓜瓜可能會成為中共政府的一個有力的批評者。」有人甚至擔心，薄瓜瓜遺傳了父母「鋌而走險」的瘋狂性格，在國外進行「絕地反擊」。

布魯金斯學會（Brookings Institution）中國政治問題專家李成分析，屆時薄瓜瓜可能會通過美國媒體發聲，他的言論將很快通過與推特（Twitter）類似的微博傳入中國。此前李成還勸薄瓜瓜不要急於在媒體為自己辯護，於是薄瓜瓜開始學會低調。

曾被一幫神祕中國人盯上

2012 年 4 月 10 日，中共停止薄熙來的中央政治局委員、中央委員職務，由中紀委對其立案調查。2 天後，有消息稱薄瓜瓜在美國申請了庇護。

據英國媒體《英國每日電訊報》報導，美國官員在 4 月 12 日陪同薄瓜瓜自他在哈佛大學附近的公寓離開。專家表示，薄瓜瓜在美國可以獲得庇護。

據了解，24 歲的薄瓜瓜周四晚自麻州劍橋市的豪華公寓被美國執法機關接走。他當時身穿深色夾克，手拉一個行李箱，搭乘

一輛由配戴類似警徽的男子所駕駛的黑色休旅車（SUV）離開。

消息人士告訴《每日電訊報》說：「他看起來沒有嚇壞，但似乎急於跟他們一起離去。」「他很顯然等候他們的到來。」當時有一名女性友人陪著薄瓜瓜。

薄瓜瓜居住的這棟豪華公寓大樓高七層，設有門衛室、健身房和屋頂日光浴。他的公寓有兩間臥室，每月租金為 2950 美元。

該公寓位於哈佛廣場（Harvard Square）及中央廣場（Central Square）之間，附近有多家家具店，環境不錯。

此前幾天外界猜測薄瓜瓜可能尋求美國政府的保護。FBI 波士頓辦公室拒絕透露，是否是該辦公室的探員接走了薄瓜瓜。不過消息人士透露，那名配戴警徽的男子不是劍橋當地或哈佛大學的警察。

薄在周四晚約 10 點左右被接走。在那之前，他的女性友人告訴公寓的門衛，將會有人來找薄瓜瓜，並指示將開啟地下停車場的電子鑰匙交給該訪客。這名女子在薄瓜瓜離開後，收拾了更多的行李，駕駛薄瓜瓜的保時捷跑車離去。

12 日一整天，一幫神祕中國男人將車停在薄瓜瓜公寓外的消防栓前，明顯違反了美國的基本停車法規，顯示他們不熟悉美國的規則，可能是來自外地。

薄瓜瓜的母親薄谷開來此前幾天被中共官方指控涉嫌殺死英國商人海伍德，薄的父親薄熙來也被中共中央除去了政治局委員的職務。這一系列發展將中共自「六四」以來最嚴重的政治事件及高層分裂攤開在全球面前。

美國庇護法專家、退休法官艾因霍恩稱，薄瓜瓜有很充分的理由在美國尋求庇護。「如果你能確立有根據的恐懼，你在中國

可能被迫害，你就有庇護的資格。」

雖然移民官員們不應該考慮潛在的外交影響，但專家稱，這是不能忽視的事實，這將是一個「政治上的燙手山芋」，這涉及美國和一個敵對勢力間的關係。

然而，一名薄瓜瓜的親密友人告訴《每日電訊報》，薄想要回中國，「他要回國為中國服務。」這名友人還表示，薄瓜瓜尊重他的父親，很欽佩他的祖父。

薄瓜瓜就讀哈佛大學肯尼迪政府學院的公共政策碩士學位時，據他的哈佛大學同學表示，薄瓜瓜經常在課堂上發言，談到中國的事務時，迴避中國缺乏民主的問題。

一個學生說：「在第一年，他非常善於交際，主辦了多次的派對，但今年（2012年）他一直非常低調。」

薄瓜瓜住家附近一家餐館的僱員表示，他們稱薄為「中國佬」（The Chinaman），他經常用信用卡買外賣舉辦派對。

官媒一度高呼緝拿薄瓜瓜歸案

2012年9月2日，《北京晚報》發表題為《薄熙來案待宣判薄瓜瓜最新照笑容滿面被曝光》的文章。該報援引香港媒體報導稱，8月30日晚，哥倫比亞大學法學院聚會，薄瓜瓜到場，輕鬆聊天，「似乎沒受父親日前在國內受審的影響。」

該文稱，5天的庭審「暴露薄瓜瓜實則『涉案極深』」；薄瓜瓜是共犯，應受「全球通緝」，「以正視聽」。薄瓜瓜既然無勇氣為自己漂白，則更無資格自認「政治難民」，在海外為父母搖旗吶喊虛張聲勢。

雖然要求「召回」薄瓜瓜的《北京晚報》是一份「小報」，但中國大陸所有主流媒體還有許多電子媒體都轉發了這一文章。這一現實也是官方態度的表示。

針對官媒這一波向薄瓜瓜發起的「攻勢」，網民「六股河的風—草根論者」稱：「薄熙來案審理完畢，預計本月有可能宣判刑期。而遠在美國並入讀哥倫比亞大學法學院的薄瓜瓜又將開始他學習生涯。美女高管攜款外逃，可以發一百多道紅色通緝令火速抓回，而作為薄熙來貪腐案主要案犯，薄瓜瓜卻可以瀟灑入駐新的名校，與女同學們談笑風生了。這幅獨特的風景線詮釋了什麼？」

2012 年重慶事件的爆發，將薄家這個外表光鮮的紅色家庭一覽無遺地暴露於世人面前。

第七節

中美聯合追討薄家 60 億貪款

　　2014 年 9 月，接連出現三個指向薄熙來一家的信號：中美就聯合追款進行談判；薄熙來妻子薄谷開來死緩到期，大陸網站百度開放了「活摘器官」的搜索；大陸論壇上一篇關於薄熙來家族財產問題的帖子，一個多月沒被刪除。

中美聯合追款 涉及薄熙來家族

　　2014 年 6 月 26 日，美國與中共就《美國海外帳戶稅收合規法案》（FATCA）的實施達成一項初步協議。根據這個協議，美國會將中國大陸公民在美國銀行帳戶的信息提供給中共當局。

　　《大紀元》獲悉，中、美間就追繳中共高官海外資產，正在談判如何分成，最後達成的比例或許不會對外界公開。

　　中、美聯合追款，不但涉及到江澤民、曾慶紅和周永康家族，

也指向在海外有巨額資產的薄熙來家族。日本《朝日新聞》2012年曾報導稱，中共當局調查結果確認，薄熙來夫妻向海外轉移的非法收入從80億人民幣增長為60億美元（約合380億人民幣）。

薄熙來及妻子薄谷開來曾參與活摘法輪功學員器官，販賣屍體斂財等罪惡，這些資金很可能與此有關。據悉，現在薄熙來家族的錢都在薄瓜瓜手上。《朝日新聞》稱，有多處歐美高檔房地產登記在薄瓜瓜名下。

2013年1月4日，法廣披露，一筆高達43億港元的資金被懷疑涉入薄熙來的洗錢活動，據稱目前在薄瓜瓜掌控之下。

2012年3月薄熙來倒台後，薄瓜瓜曾利用其家族轉移到海外的巨額黑金，在海外收買吹鼓手為處於危機之中的薄熙來造聲勢。

百度放開「活摘器官」搜索

2012年8月20日，安徽省合肥市中級法院對薄谷開來、張曉軍故意殺人案作出一審判決，認定薄谷開來犯故意殺人罪，判處死刑，緩期2年執行。

2014年8月20日，薄谷開來死緩2年期已滿。9月7日，大陸最大搜索引擎百度再次解禁有關中共江澤民集團活摘法輪功學員器官及屍體展。

在百度網站上鍵入關鍵詞「薄谷開來屍體展」，會出現海外新唐人電視台報導的《薄谷開來、薄熙來參與活摘、販賣人體器官與屍體（下）》、《人體塑化公司免責聲明：屍體來自中國警方》、《紐約真人屍體展激怒華人》等文章。

2014 年 8 月 20 日，薄谷開來死緩 2 年期滿。9 月 7 日，大陸最大搜索引擎百度再次解禁有關中共江澤民集團活摘法輪功學員器官及屍體展。（網頁截圖）

　　此前的 7 月 29 日，中共前政法委書記周永康被立案審查。有消息稱，習近平當局計畫以政變和反人類罪起訴周永康。分析認為，周永康案可能會對薄谷開來的命運產生影響。

薄熙來財產相關網帖一個月沒刪

　　2014 年 8 月 2 日，有網民在大陸凱迪論壇上發表了一個帖子，追問：都快一年了，腐敗分子薄熙來的法國別墅收回來了沒？

　　2013 年 8 月 23 日，薄熙來案第二次庭審時，薄谷開來在證言中稱，位於法國戛納的聖喬治別墅自始至終都是她的資產。但薄熙來抵賴他與這個房產有關。2013 年 9 月，薄熙來被判處無期徒刑。

　　在薄熙來被判處無期徒刑一年之際，有人在大陸論壇上把這個事情再次翻出來，且帖子到 9 月 10 日都沒有被刪除，或表明習近平當局有意追查薄熙來的漏罪。

獵狐行動瞄準三大家族

第五章

薄家黑錢從何而來？

薄瓜瓜手中的錢從何而來？薄熙來家族是如何刮斂到這 60 億美元的？這裡面涉及到驚天的罪惡。

薄谷開夫婦 2007 年 1 月 17 日在薄一波弔唁儀式上。（新紀元資料室）

第一節

薄家通過販賣屍體斂財

薄熙來與妻子薄谷開來是活摘器官、販賣屍體的主謀，由於兩人的運作，大連成為中國最大屍體塑化加工基地。（AFP）

2012 年，薄熙來，這個中共貴族被開除黨籍，並面臨多項犯罪指控。

在中紀委掌握的薄熙來犯罪檔案中，活摘器官、販賣屍體這一滔天罪惡被深深掩蓋。事實上，正因為薄熙來與薄谷開來的運作，大連成為中國最大屍體塑化加工基地。

這些年，大連已經成為中國最大的屍體加工基地。這些「便宜」的屍體是從哪來的呢？按照中國法律規定，禁止買賣屍體，即使是死刑犯，他們因行為錯誤被判處死刑了，但他們身為人的基本人權還是受保護的。他們的身體未經允許不可隨意使用，即使有人向醫院教學捐獻了遺體，他們也只是同意把身體捐獻給醫院教學用，而不是拿來製成商業標本到處展覽。假如中共的法院、警察、醫院、殯儀館，參與了人體的非法買賣，毫無疑問他們已犯了罪。

薄谷開來做事特點：親力親為

2006 年 5 月，遼寧省丹東一農家小院被發現藏有 30 具屍體，老闆是個長得不錯的 40 多歲的女人；2004 年 5 月，在北京第一個屍體標本展覽時，開始來的觀眾不多，一位自稱「谷女士」的短髮中年婦女專程去獻花，還發表成新聞鼓勵大家來看展覽。

媒體尚無法確認這兩個女人是否就是薄谷開來，但很多人發現，薄谷開來本人做事有個特點：她喜歡親力親為。很多事原本可以交給別人做的，她卻一人包攬，親自去做，無論是給馬俊仁打假官司，還是謊稱勝訴在美國，哪怕是處理薄熙來的二奶張偉傑，薄谷開來也是親自到看守所以律師的身分審訊了張，隨後下令「處理」了她。

現在回頭看薄谷開來的很多事，她都是有預謀、有計畫地親自去做。比如為了掩蓋她充當第三者、破壞軍婚的事實。薄谷開來公開對大陸媒體說，她是陪中國著名藝術家傅天仇去金石灘考察時，才第一次見到薄熙來，看到他那麼勤奮地工作，她被感動後才和他談戀愛的。不過，海外很多報導已經證明早在就讀北京大學期間兩人就談戀愛了，薄谷開來甚至還因此做了人工流產。

那薄谷開來陪傅天仇去金縣做什麼呢？據《新紀元》調查，她是為了幫助薄熙來建成金石灘旅遊區，而親自出面陪同年近八旬的中國最高級別的雕塑專家到金石灘鑑定那裡的石頭是否具有觀賞價值。

金石灘原名涼水灣，雖然海水澄澈凝碧，沙灘柔軟金黃，礁石生動奇特，但卻是金縣最窮的鄉鎮。不懂農業的薄熙來想依靠旅遊業騙取政績，於是他動用一切關係來推廣金石灘，跟中央美

院一點不沾邊的薄谷開來專程請來傅天仇，想利用他的名氣來宣傳這個窮鄉僻壤。

2012 年 2 月在大連《海燕》雜誌上，作家徐鐸寫下了長篇回憶文章《金石灘，永遠的黃金海岸》，那時薄熙來不但利用關係在《半月談》雜誌上用「鄭重」的筆名發表風景照片，還請來很多全中國知名的文藝界人士，要求他們每個人為金石灘題詞作詩、給景點命名等。在 100 多個景點中，薄熙來親自命名的就有「貝多芬頭像」、「刺蝟覓食」、「大鵬展翅」、「仙人肘」、「神龜尋子」等。傅天仇認為，金石灘是神做的雕塑，「神力雕塑」一詞還寫進了他主編的《美術大辭典》裡，他多次到金石灘，為金石灘地學美學大會的召開奔走呼號。

當時薄熙來待在遼寧，薄谷開來就在北京幫他「公關」。

一年後，薄熙來得到了胡耀邦、江澤民、萬里、谷牧、錢偉長、張愛萍、馬文瑞、程子華、楊汝岱、程思遠、王光英等十幾位高官給金石灘的題詞做詩。薄熙來還下令讓 20 多萬金州人到金石灘植樹，由於風高浪大，土質鹽鹼高，樹種了一茬又一茬，樹死了再栽，不計血本地投入。

相對而言，讓金石灘充滿「文學之美」、「藝術之美」，就比種樹等硬體容易，於是那時的薄谷開來跟大連文藝界人士走得很近，通過他們，邀請了莫言、阿城、鄭萬隆、宋學武、張賢亮、葉楠，張石山、金河、王中才等一大批作家歌頌金石灘，很快就讓金石灘有點名氣了。

徐鐸還寫道：「許多人不知道，1985 年的春節，薄書記與愛人一起回到北京過年。就在大年初三這一天，薄熙來與愛人一起推著自行車手裡提著漿糊，拿著金石灘的招貼畫，走到顯眼處，

就貼上一張。招貼畫上是一行醒目的大字：『百聞不如一見，一見必遊金石灘』。在北京，旅遊局的同志們看到了這一幕……」薄谷二人的「親力親為」還騙得不少人感動。不過，假如親力親為幹的是殺人的勾當，那就令人唾棄了。

薄熙來扶植屍體塑化加工產業

大連是中國最早出現屍體塑化加工的地方，全世界沒有哪個城市像大連那樣同時具有兩個大規模的人體加工廠，用官方的話說：「這是得到當地政府大力支持的。」

儘管德國專家、塑化技術的發明人馮‧哈根斯的兒子魯力克否認他父親和薄熙來有私交，但人們看到的事實是：1995 年至1999 年間，哈根斯多次訪問大連。之後，並在大連投入 2500 萬美元，創辦了中國第一家生物塑化公司。

中國大連有媒體報導，大連市長薄熙來授予德國醫生哈根斯榮譽市民稱號。

而當時想在大連高新技術開發區投資的外商很多，許多外商找到了成功投資的「訣竅」：只要聘「薄谷開來律師事務所」為投資信息顧問，只要薄谷開來肯收其價值不菲的顧問費，那自己的投資就能得到大連官方的批准。

那時薄谷開來一般對前來諮詢的公司每家每年收取 50 萬人民幣的諮詢費，光這一項薄谷開來每年就能為薄家掙來數千萬的收入。而仗恃丈夫薄熙來的政治勢力，經薄谷開來「推薦」的生意大多能掙錢，薄熙來的死黨、財政管家徐明的發家史就是個例子。

當 1988 年徐明第一次見到薄谷開來時，谷剛剛違規開設了她的律師事務所，而那時的徐明還只是個靠漁業掙錢後想搞大建築工程的包工頭。由於徐明看準這個區委書記、新任副市長夫人「枕邊風」的效力，他一次就給了薄谷開來 50 萬人民幣的諮詢費，谷隨後也真的給他指明了「錢進道路」。

短短十多年裡，徐明從建築業改行成立大連實德機械化工程公司，1995 年又轉型到化工建材業，2000 年又收購了萬達足球俱樂部，同時開始向石化產業轉型，同年還成立了生命人壽保險公司，2001 年入股大連商業銀行，涉足金融業。

依靠薄谷開來的這些「成功運作」，昔日一文不名的窮小子變成了大富豪。2011 年在胡潤發布的《東北財富報告》中，徐明以 130 億元資產位列第五。因此徐明對薄谷開來佩服得五體投地，當薄谷開來到歐洲旅遊時，他帶著十萬美元的現鈔陪同，令旁邊的人都很詫異。

薄熙來對妻子也佩服有加，言聽計從，甚至不惜在兩會上公開向全世界宣布他對谷的「感謝」，據說薄的「唱紅打黑」就是薄谷開來一手策劃出來的。

1999 年 8 月江澤民到大連，薄熙來夫婦為討好江澤民以得到升官的機會，積極跟隨江迫害法輪功，之後大連監獄關押了大批法輪功學員，甚至包括大批外省市去北京上訪而被捕的法輪功學員。

一個月後的 1999 年 9 月，哈根斯從薄熙來手中接過「星海友誼獎」，薄市長還授予他「大連榮譽市民」稱號，不久大連醫學院還聘請他為「客座教授」。在大連建市百年活動及第 11 屆服裝節期間，哈根斯還被市政府邀請為特邀嘉賓參加了慶祝儀式。

在外商眾多的大連，哈根斯如此頻繁地得到薄熙來的「禮遇」，很快，哈根斯的屍體廠成立了，大連高新技術開發區批准其在七賢嶺建廠。

哈根斯在大連屍體加工廠曝光

2003 年 11 月和 2005 年 10 月，《瞭望東方周刊》女記者于津濤先後兩次深入調查了哈根斯在大連的屍體加工廠，發現從 1999 年 8 月到 2003 年 11 月，該廠從國外進口屍體八個批次（平均每個批次進口上百具屍體），出口五個批次（沒有出示出口屍體的數量，因為除了完整的塑化標本外，還有很多器官，人們也無法統計是否進出量相當）。第一次採訪後該廠沒再進口屍體，只是出口兩個批次的塑化標本，但數量不知。

2003 年大連市經濟技術開發區檢驗檢疫局一位負責人對于津濤說：「上百具浸泡在福馬林溶液中的屍體從大連海關入境？絕不可能！」哈根斯的回應則是他們有海運、空運兩條路徑，也並不僅僅從大連市進出口。針對哈根斯公司未拿到中共衛生部及國家質檢總局的出入境批文，就得到了十多次「出入境貨物通關單」，遼寧省出入境檢驗檢疫局的解釋是，「國家 230 號文件是 2003 年 8 月 26 日下發的，在此之前沒有此規定。」

不過此說法不成立，按照中國海關管理條例，凡是生物製品的進出口一定要經過檢疫局批准，另外，為了防止傳染病的擴散，國與國之間，別說人體了，動物、植物（包括植物種子）都禁止隨便進出口，必須經過檢疫局驗證沒有傳染病，230 號文件只是再重申了一次而已，而且 230 號文件是 2003 年 8 月 6 日下發的，

不是 26 日。

2005 年 9 月，遼寧省出入境檢驗檢疫局衛生檢疫處李建訓處長對于津濤說：「你們的報導出來後，2004 年中國新年前後，國家質檢總局、衛生部相關主管部門下派了一個調查組，對哈根斯公司的生產、產品進出口等環節進行了調查。」文章沒有說這個國家級別的調查結果如何，比如哈根斯不是從大連進口的屍體，那是從哪個城市進口的？哪些海關官員放行的？都有哪些批文呢？

誰能抗衡國家質檢總局的調查呢？答案很清楚，一定是在大連有實權的頭號人物，薄熙來在裡面起何作用？

不過有人進一步調查發現，哈根斯公司的屍體可能不都是從國外進口來的，而是可能直接在大陸收集的，這裡面聲音最大的是德國雜誌《明鏡》2004 年的報導。

哈根斯與隋鴻錦的密電曝光

2004 年《明鏡周刊》記者花了幾個月的時間發表了調查報告《與死亡交易》，呈現了不少證據顯示該公司的很多屍體來自於大陸。不過，由於該雜誌在其網站的一個新書預告中，措辭不嚴謹，被哈根斯公司提出起訴，《明鏡》對此道歉，但對《明鏡》記者的調查，該雜誌保留其真實性，哈根斯公司對此也沒有提出異議。

《明鏡》文章稱，2001 年 12 月 29 日，哈根斯的郵箱裡收到一封加密郵件，發件人是他的大連工廠的總經理隋鴻錦。隋鴻錦向他的老闆報告：「獲得兩件新鮮的屍體，很高的質量，今天早

晨到達公司。」隋另外提到：「這兩具屍體的肝臟幾個小時前，在醫院被摘除。」

德國記者通過現場調查還指證說：在哈根斯的三個「死亡工廠」中，僅僅大連的屍體工廠截止至 2003 年 11 月就庫存了共 647 個已完工的完整標本屍體，3909 個肢解屍體部分如：腿、手、陰莖，另外還有 182 個胚胎、胎兒和新生兒。

哈根斯還從隋鴻錦那收到一張「完整屍體價格表」，發現在中國購買屍體的價格比他想像的更貴。在一個註明八個城市價格列表中，重慶「第三軍醫大學」屍體報價為 308 歐元（約 3000 元人民幣），最便宜的是位於四川南充的川北醫學院，價格為 254 歐元（約 2000 多元人民幣）。不過 2003 年 8 月 5 日大連的一位經理克里斯蒂娜（Christina Bannuscher）告知哈根斯，還有 446 公斤沒有使用價值的肢體需要火化。克里斯蒂娜稱火化費用相當於約「七具屍體」的費用，共 1700 元，這樣算來，到 2003 年該公司每具屍體的價格僅為 180 歐元。

關於對屍體來源的質疑，哈根斯公司曾多次把一些媒體告上法庭，他們在法庭上拿出了全套捐贈資料，證明他們用來展覽的人體都是捐獻的，都有合法的捐贈證明。

隋鴻錦在大連設生物塑化公司

在大連，除了哈根斯在 1999 年成立的生物塑化公司外，還有隋鴻錦在 2002 年創辦的大連醫科大學生物塑化有限公司，後更名為大連鴻峰生物技術公司。兩者互為競爭對手關係。前者投資 2500 萬美元，是德國獨資，後者註冊資金為 100 萬元人民幣，

主管單位是大連醫大。兩家公司咫尺之遙，都設立在大連高新技術園區內。按城市規劃的常理，一山容不下二虎，在同一個城市批准成立兩個類似企業來競爭，這種情況很少見。這說明大連屍體行業很興旺。

據大陸公開報導，在短短幾年裡，鴻峰公司在海內外做屍體展覽，觀眾達 2000 萬人次，超過了哈根斯公司。官方沒有透露鴻峰公司的盈利情況，不過據說，隋鴻錦倒是從一名窮教師變成了億萬富豪，他還先後獲中共教育部科技進步一等獎、遼寧省科技廳、教育廳科技進步獎多項。2004 年末，隋鴻錦被中國科學院下屬的《科學時報》和科學網評選為「科普十大公眾人物」之一。

這兩家公司還發生了兩次法律訴訟。起因是 2008 年隋鴻錦接到美國第一展覽公司的電話稱，美國 ABC 電視台披露了九張死刑犯照片，爆料人自稱是大連鴻峰生物科技有限公司僱員，專門負責幫鴻峰公司在大陸收購屍體。他給出的九張照片清楚地顯示出幾個死刑犯在被槍決後的身體處理過程。

2008 年 2 月一篇題為《中共的創收「創舉」—利用死囚犯屍體製作塑化人體標本》的文章在網路上被大量轉載，文章不但有這九張照片，還介紹這名舉報人叫孫德強。孫也證實自己大學畢業後，負責為鴻峰公司收購屍體。

2010 年 2 月，在兩年之後，鴻峰生物分別在大連市旅順口區法院和美聯邦法院立案，起訴哈根斯生物和 ABC 電視台。他們拿出證據稱，孫某從 2000 年到 2009 年一直在為哈根斯公司工作。2011 年 1 月 22 日，隋鴻錦收到了 ABC 電視台的最終和解文本，ABC 也在官網上發布消息，對其原報導的事實真相做出了澄清。2011 年 7 月 20 日，隋鴻錦在他的博客中寫下了《一封來自大洋

彼岸的道歉信》，裡面稱「勞改基金會負責人吳某也終於沉不住氣了。……此次和解談判歷時 12 個小時，最終吳某不得不在真相面前向我方低頭認錯，並公開發表了道歉聲明。」

不過在中國國內的訴訟卻有所不同。2010 年 9 月，大連旅順口區法院作出一審判決，駁回了隋鴻錦和鴻峰公司的訴訟請求，隋隨後上訴。2012 年 6 月，大連市中級法院作出終審判決，認定哈根斯生物侵權成立，判決該公司賠償鴻峰生物經濟損失 450 萬，賠償隋鴻錦精神損害撫慰金 50 萬元。

人們很好奇，誰在幕後幫隋鴻錦打贏這些官司的呢？孫德強的工作單位在兩年後怎麼從鴻峰變成了哈根斯呢？他到底是為誰工作？

幾個時間和人物的巧合

2012 年 8 月 20 日，正當薄谷開來受審的敏感時期，一則有關屍體工廠的免責聲明在網上被廣泛轉載討論。大陸財經網更把「薄谷開來一審判處死緩」與「屍體工廠」同時放上當天焦點圖片新聞的第四條與第五條；22 日，大陸各大門戶網站同一時間刊載人民網文章《哈根斯公司疑用死刑犯做人體展覽引爭議》，同一天，《南方都市報》對屍體工廠的兩大巨頭：哈根斯公司公關負責人，以及大連鴻峰公司總經理隋鴻錦進行採訪報導。

《南方都市報》報導稱，目前哈根斯生物塑化（大連）有限公司位於大連市高新園區七賢嶺產業化基地高能街 27 號的兩棟廠房，已被雜草包圍，大門上貼著「2012 年 2 月 29 日封」的封條。而不久後這兩棟房子就將被拆，不留一絲痕跡。儘管二審勝訴五

個月了，但隋鴻錦還沒有拿到賠償款，因為哈根斯的工廠關門了，銀行帳號裡只有八萬元；最後在保稅區一個隱祕的角落發現了哈根斯還沒來及運走的集裝箱，裡面有一些設備和塑化標本。

哈根斯的公司被貼上封條的時候，正是重慶市副市長、前重慶公安局長王立軍2月6日進入美國總領事館事件後不久。調查發現，王立軍作為薄熙來曾經的得力副手，也和相關「人體應用」有很深關連。他曾在大陸首次進行「注射藥物後器官受體移植試驗研究」。在《遼瀋晚報》一篇文章中，王立軍還講述親自摘取器官的過程。2006年王立軍獲得中國光華科技基金會頒發的「光華創新特別貢獻獎」，他獲獎的原因之一是在錦州現場心理研究中心進行的數千例「藥物注射後器官受體移植研究」。

專家發現，王立軍做的所謂移植研究，就是從活人身上摘取器官後，研究不同的致死藥物注射液、不同的冷凍液配方、不同條件下，如何讓器官在冷缺血狀態下盡量保持新鮮，以便移植進他人身體後，能產生最小的排斥效果和最大的生命力。

因為器官被摘除後，必須在15分鐘內冷凍到零下20多度，並在24至48小時內移植到另一人體上。簡單的說，王立軍的研究，就跟當年納粹在毒氣室、日本侵略者的731部隊進行的生物實驗一樣，是徹底反人性的罪惡。

就在對薄谷開來被宣判的同一天，大陸網路博客作者「素顏格格」特意前往位於高能街的哈根斯的工廠進行探訪，在聊天中，她從當地一名哈根斯工廠前員工口中獲知，「德國老闆跑了，時間應該是去年（2011）的6月份。天天有工人到工廠鬧事要薪水，一連鬧了幾個月，但根本找不到人負責。可是鬧到2011年11月，忽然一天晚上，來了一群人，給了所有工人的工資，連補償都很

豐厚，有的工資開到 10 月份。一夜之間全部被遣散，而後留下幾個工人裝車，僅僅用了兩個晚上，這裡面就全部搬空。而後就開始找人消除這裡的痕跡，地下冷庫什麼的都被砸爛。」

「到了 2012 年的 2 月下旬，政府忽然出面，收回了這片土地，而後貼上封條。這片土地未來很可能被當做建設用地。但是據這位工人說，原來有很多建築商來看地，但自從哈根斯出名了，一個來看的都沒有。」這名曾在定型車間工作的員工告訴素顏格格，「每天加工的屍體不一樣，有的時候十幾具，有時候兩、三具。屍體看來各種年齡都有，還有 8、9 歲的小孩。這裡除了屍體，還加工動物。」

2012 年 2 月王立軍出逃 23 天後，哈根斯在大連的屍體加工廠門口被貼上了封條。2012 年 4 月，隋鴻錦的生命奧祕博物館從大連旅順開發區搬遷到金石灘，新址展覽面積 6000 平米，是大陸最大的私營博物館，全球最大的塑化標本博物館。

據一位參與薄谷開來毒殺海伍德案審判的旁聽者透露，薄谷開來 8 月 10 日在法庭上突然說了一句耐人尋味的話：這案子「終於讓這黑幕撕開了一角。」到底她指的是什麼黑幕呢？

相對於貪腐、謀反、殺人等罪行，參與活摘器官和人體販賣，涉及的是反人類、反天理的罪行，幹這樣事的人，已經不是人。連禽獸都不會把自己的同類開膛剖肚，更不會以此來展示給眾人，讓世人失去對生命的敬畏，能幹出這種邪惡之事的，只有魔了。

第二節

薄熙來墮落深淵之路

1999 年是薄熙來命運的重要轉折點，是薄熙來開始墮落深淵的一年。而影響他的人物便是江澤民。

2012 年 10 月 6 日《紐約時報》採訪了前中共政治局委員、重慶市委書記薄熙來的前妻李丹宇，並曝光了薄在 1975 年 7 月 14 日寫給李的一封情書。

報導從薄熙來給第一任妻子的情書開始

信中 26 歲的薄熙來仿照毛澤東的詞填寫了一首「沁園春・向前」，一展心中的志向：「閱青史，問中華兒女，誰來接班？……人民熱望，勇負雙肩。摯友同德，心熱如焰，自首不熄永相戀。擎戰旗，更笑望丹宇，奮力向前。」

37 年過去了，那個曾經被李丹宇視為「有理想、有抱負」

的年輕人，已經墮落到為了進入中共最高權力機關——政治局常委，不惜將自己的親生兒子李望知軟禁關押。如今李丹宇只希望「他能安度晚年」。

回顧薄熙來的一生，就好比莎士比亞戲劇中的人物在當代中國的現代版，同樣有復仇、婚變、情殺，還有無休止的嫉妒心、貪慾和極度膨脹的野心。不過這齣被稱為三千年難得一見的戲劇，不光有莎翁筆下的「性格決定命運」，更有當今大時代正邪之間的激烈較量和選擇。

1945 年當人們打開奧斯汀集中營，被累累白骨震驚得無語時，這時才想起逃出來第一位向西方社會呼救的魯道夫·弗爾巴（Rudolph Vrba）。

人類發誓：「NEVER AGAIN ！」絕不再讓反人類罪行在我們的沉默中肆虐，不過，如今「這個星球前所未有的邪惡」卻正發生在我們身邊、就在眼前。

曾跌入社會最底層 17 歲被關入監獄

薄熙來出生在中共建政前夕的 1949 年 7 月，其父薄一波曾任中共國務院副總理，主管經濟，是鄧小平時代中共八大元老之一。文革時，薄熙來和劉源、習近平一樣，都因為父母被打倒而跌入社會最底層。

《新紀元》周刊 2012 年 3 月 8 日在傳記「當代奸雄薄熙來」中介紹了薄熙來的經歷。他 17 歲時被關進大牢長達五年，官方的說辭是因為他的父親曾經是中共的叛徒，而他私藏父母的照片被發現，最後被江青點名關進監獄。不過民間說法是他們兄弟幾

人偷了一輛吉普車而被關進監獄。

中共監獄的殘酷給年輕的薄熙來帶來巨大的負面影響，他的性格由此變得陰險、殘暴，思想也走入了歧途：認定這世上強權就是真理，誰能掌握了權力，誰就能決定一切。

於是，他不顧一切地追求權力，婚姻成了一場「政治交易」。

1976 年，剛出獄幾年的薄熙來在一個修車廠當工人，而兒時夥伴李丹宇的父親則是文革期間的北京市市委書記李雪峰，雖然因為林彪案而不再受重用，但依然是中共的「革命幹部」，而且李丹宇是中共解放軍北京總醫院的軍醫，那時軍醫的地位非常高，而薄熙來在中共眼中只是一個叛徒的兒子。

於是，儘管在才智、相貌、性格等多方面存在較大差異，身高 1 米 8、能言善辯、野心勃勃的薄熙來，還是和相貌平平的李丹宇結婚了。

薄谷開來做第三者插足 薄熙來婚變

兩年後，薄一波在胡耀邦的竭力幫助下平反了，官復原職，薄熙來和李丹宇也搬進了中南海，而且薄熙來之後就讀北京大學歷史系本科，和中國社科院新聞系的研究生。據李丹宇回憶，那時的薄熙來每天還強迫自己看 8 頁英文書。

到了 1981 年 6 月 20 日，他們的兒子薄望知四歲生日的那天，薄、李的婚姻發生了巨變。當時薄家和李家的政治地位已經徹底改變了，儘管薄熙來摟著妻子、孩子痛哭了一場，但他還是執意要和李丹宇離婚，因為他對她「再也沒有感情了」，當時李丹宇驚訝得如雷貫頂，但性格倔強的李還是搬出中南海，和薄分居了。

外界不知道薄熙來的第二任妻子薄谷開來是何時介入薄的感情生活。薄谷開來的父親谷景生曾任中共解放軍總政治部副主任、新疆區委第二書記。1978 年薄谷開來進入北大法律系讀本科，後轉到國際政治學讀了三年碩士，她比薄熙來小 11 歲。不過兩人本來就是親戚，谷的四姐嫁給了李丹宇的哥哥。

薄谷開來對外宣稱，她是在薄熙來到遼寧金縣後才偶然間第一次見到薄熙來的。不過薄谷開來北大的同學多人證實薄、谷兩人在北大時期已經有戀愛或偷情關係，而且李丹宇也對《紐約時報》表示，她從 1981 年一直向外界控訴薄谷開來是破壞現役軍人婚姻的第三者，直到 1984 年在薄一波的干涉下，她才被迫和薄熙來離婚，但她向各級政府和婦女聯合會上訪卻沒有停止，多年後她依然到處控訴薄熙來的無情和薄谷開來的不義。

薄熙來和薄谷開來在大連撈錢 初識海伍德

1995 年薄谷開來開辦了開來（後改名昂道）律師事務所，凡是想到大連投資的企業，都得按照「潛規則」，聘請開來律師事務所的律師為其諮詢律師，每年上繳幾十到幾百萬的諮詢費，只有這樣才能通過薄市長「辦成」自己想幹的事。

據知情人透露，薄、谷二人通過這種權錢交易，每年收入在一億人民幣以上。

在這段時間裡，薄、谷夫婦倆認識了來大連淘金的英國人尼爾·海伍德。

海伍德不但幫他們的兒子薄瓜瓜輔導英文，還開始著手幫他們把大連貪腐的錢財轉移到海外洗白。

　　等到了 1998 年，就在這一年內，作者署名「薄谷開來」的兩本書相繼出版，雖然在封鎖消息的大陸，這兩本書讓薄谷開來和薄熙來名利雙收，讓他們跳出大連和遼寧，成為全中國的知名人物，但這也暴露了，薄谷開來是個撒謊成性的女人。這兩本書不但是薄熙來安排《東北之窗》的筆桿子們替她寫的，而且事件的真實情況都與書中的結論完全不同。

　　在《我為馬俊仁打官司》一書中，薄谷開來指控中國作家協會成員、報告文學《馬家軍調查》的作者趙瑜，在服用興奮劑等問題上「誣陷」了遼寧教練馬俊仁，但直到今日，薄谷開來號稱發現了「100 條不實之詞」的官司始終沒打起來，相反，馬家軍服用違禁興奮劑、亞運會上全軍覆沒，以及他做廣告的「中華鱉精」，早已為中國民眾所詬病。

　　第二本書叫《勝訴在美國》，官方介紹說：「事件起源於 1986 年，大連氯酸鉀廠購買的所謂國際先進設備其實是一堆廢鐵，為此付出的 500 萬美元無法追回。令人憤怒的是美方企業倒打一耙，控告中國方面侵犯其知識產權。

　　美國法院兩次做出缺席判決，索要賠償金達 1400 萬美元，並欲扣押中國銀行、中技公司等不相關在美中資企業的資產。引起了國內強烈反應，1997 年，北京開來律師事務所不取報酬，奔赴大洋彼岸，據理力爭於美國法庭，終於反敗為勝。」

　　不過，真實情況是，中國公司在美國聘請了一位美國執業律師，薄谷開來帶著兒子薄瓜瓜到美國旅遊，順便幫他們介紹中國公司的情況，並提了一些建議。但最後結果只是對方撤訴，大連公司不但沒收回那 500 萬美元，還得多花很多錢來支付美國律師以及薄谷開來母子美國之行的所有費用。

假如大連公司不打這場官司，中方也不需支付美國公司任何費用，因為那個美國不良公司已經破產，而且外國法庭的判決歷來對中國國內事務不具約束力。

薄家與江澤民的特殊關係

而另一方面，薄熙來的仕途卻不甚如意。讓薄熙來失望的是，無論他如何討好巴結中共中央高層，如何在大連種植綠草、大搞城市建設，他和妻子如何人為地製造新聞效應，他卻沒能如願以償地當上中共第 15 屆中央委員，而且他也沒有被進一步提升到省委，他還只是一個受某些人「欺負」的小小市長。

此前薄熙來還專門從北京請來報告文學高手，寫下十多萬字的《世界上什麼事最開心》，為他宣傳造勢，但還是以支持票為零票的紀錄落選 15 大。

中共官場的提升，很多時候並不取決於候選人的才幹，而是取決於中央高層、特別是最高領導的個人好惡與其私交。比如說江澤民的晉升，就是鄧小平等幾個大老的一句話，無德無能的江就坐上了中共的最高權力之位。

1989 年學生「六四」運動初期，時任上海市委書記的江澤民，因為最先查封了敢於講真話的《21 世紀經濟導報》，而被鄧小平點名進京，取代了不願向學生開槍的趙紫陽。據海內外很多學者調查，江澤民具有「二奸（日本漢奸、俄羅斯間諜）二假（假烈士後代、假地下黨員）」等嚴重身分問題。

令薄熙來特別沮喪的是，按理說，他和江澤民的私人關係已經非常特殊了。據海外媒體報導，1995 年春，鄧小平收到北京市

委書記陳希同為首的七個省級幹部舉報江澤民的信，鄧把信交給了薄一波處理，而薄卻把信拿給江看。江看後嚇得渾身大汗淋漓、面如死灰。當時只要薄一波一句話，江澤民的政治生命就會徹底結束。

但奸詐的薄一波一心想扶持兒子薄熙來，於是他和江澤民做了個交易：薄一波隱瞞江澤民的罪行，但江答應不斷提攜薄熙來。於是才有了薄熙來下放金縣，哪怕差點被當地幹部趕走，但他還是被提拔到了大連市長的實權位置。

到了 1999 年春，薄熙來更是心灰意冷了：無論他如何做「面子工程」，如何處心積慮地巴結江澤民等中南海大佬，他的官位還是沒有得到提升。不當更大的官就沒有更大的權力，也就無法撈取更多的錢財，也就無法實現自己勃勃的野心，那時的薄熙來很苦悶。

不過很快地，薄熙來發現，跟隨江澤民泯滅良心可換取升官的機會。

江澤民鎮壓法輪功的原因

1999 年 7 月 20 日，江澤民不顧中共中央政治局常委其他所有人的反對，一意孤行地發動了對法輪功的鎮壓，從此，中國上億法輪功修煉者的信仰自由這一基本人權被江澤民剝奪了。

法輪功是 1992 年 5 月 13 日李洪志先生從吉林長春傳出，是一種教人按照「真、善、忍」提高自己的修煉功法，通過五套簡單的動作，能迅速讓人淨化身體和心靈。據北京、廣州等地醫務工作者實地調查顯示，法輪功祛病健身有效率高達 98％以上，人

們學煉法輪功後，成為了社會上的好人，好人中的好人。

據知情人士透露，江澤民鎮壓法輪功的決定從一開始就受到中央政治局六個常委的反對。朱鎔基、李瑞環認為，對於一種「氣功」完全沒有必要大動干戈，更沒必要搞成另一場群眾運動。江還在自己的家裡遇到了反對，因為當時他的妻子王冶坪、孫子江志成都煉法輪功。但江澤地嫉妒心重，不能容忍學煉法輪功的人數多於共產黨員，江澤民猜忌又多疑的擔憂：「終有一天，法輪功取代共產黨。」

當時李瑞環說：「你這種擔心是不是你自己高抬了氣功？」朱鎔基還引用調查數據說：「法輪功能祛病健身，為國家節約了很多醫藥費，煉的人很多是中老年人和婦女，他們想煉就煉唄。」哪知江一聽，馬上像蛤蟆一樣跳起來，又喊又叫地咆哮道：「糊塗！糊塗！糊塗！亡黨亡國啊！」「滅掉！滅掉！堅決滅掉！」

為了讓其他政治局六個常委同意他鎮壓，江澤民還讓曾慶紅命令在紐約的特工送回一份假情報，謊稱：法輪功得到美國中情局每年數千萬的資助，法輪功有海外背景等。於是就在 1999 年 4 月 25 日法輪功萬人上訪的當天晚上，江澤民向上億法輪功群眾舉起了屠刀。

靠「六四」血跡爬上來的江澤民，無才無德，江自己都知道很多人不服他，於是他想學趙高，用「指鹿為馬」的方式，發動一場疾風暴雨式的、類似文革大批判的政治運動，強迫其他人都服從於他，這樣他才能建立起所謂「江核心」的權威。

江澤民早在 1996 年就讀過《轉法輪》（法輪功的主要著作），江知道法輪功教人「真、善、忍」、教人做好人。這樣的好人在江的眼裡就是「最好欺負的人」，他們「打不還手、罵不還口」，

用欺負法輪功來建立自己的威望，這就是江最初的算盤。

江澤民許諾薄熙來：鎮壓法輪功才能升官

　　江澤民不懂得信仰的力量，他最初安排「三個月消滅法輪功」，但鎮壓一開始就受到全國各地包括政府官員和民眾的抵制，因為人們普遍知道法輪功是好的。

　　當時中國大陸的法輪功修煉者超過一億人，儘管中共對外宣稱是 200 多萬，但中共公安部內部在 1998 年底的調查報告顯示是 7000 萬，超過當時中共黨員人數的 6400 多萬。

　　1998 年底，中共人大常委會前委員長喬石組織了一個調查，他將調查結果轉交給了江澤民，其結論是：法輪功對任何團體、個人和社會都「有百利而無一害」。

　　1999 年 7 月 20 日中共宣布取締法輪功之後，全國各地的法輪功學員到北京上訪。由於中共搞株連政策，一旦查明這名法輪功學員是某個城市、某個單位的職工，不但這個上訪學員會被關進派出所或勞教所，其單位領導、所在派出所的警察都要受到懲罰。

　　為了不牽連其他人，很多善良的法輪功學員拒絕上報自己的姓名和地址，當時到北京上訪的法輪功學員非常多，而且東北三省修煉法輪功的人數最多。

　　為了推行其迫害政策，1999 年 8 月 10 日至 15 日，江澤民藉開會之機來到了遼寧。此前江澤民是很少到東北。江澤民此行的主要目的是：為他個人發動的迫害法輪功政策找到積極執行、配合的地方官員。

　　而此時的薄熙來，正想討得江澤民的歡喜，只要江澤民答應提拔他，讓他幹什麼他都願意。薄熙來不僅違反中共中央規定，在大連市中心廣場樹立起江澤民的巨幅照片討好喜愛虛榮的江，同時在鎮壓法輪功方面對江做下了最積極的回應。

　　據薄熙來最信任的司機王某某披露，江澤民非常明確地對薄熙來表示：「你對待法輪功應表現強硬，才能有上升的資本。」當薄谷開來聽說這事時，馬上給薄熙來出主意，大連只有在鎮壓法輪功方面表現積極，薄熙來才能獲得晉升的機會。

　　認識薄谷開來的人都說，這位北大的政治學碩士，非常精明能幹，而且非常具有政治野心。她精明、行事決斷，常被人稱為「大連的江青」，後來薄熙來在重慶搞的唱紅打黑，據說就是薄谷開來的主意。

　　於是，薄熙來馬上加大力度鎮壓大連的法輪功學員，與此同時，在江澤民的批示撥款下，薄熙來擴建了很多監獄，將大批在北京非法逮捕的法輪功學員關押至大連，包括後來薄熙來就任省長的遼寧省。

無論多殘酷 只要江澤民需要 薄熙來都能辦到

　　大連很快成為中國迫害法輪功最殘酷的省份之一。據明慧網報導，1999 年秋，為了阻止法輪功學員去北京上訪，薄熙來下令在火車、汽車站入口處的地上，貼上法輪功創始人李洪志先生的大幅照片，上車、下車的人都必須踩在照片的頭上才能通過，凡是不願踩的，就被當成是法輪功學員，直接抓捕到派出所。薄熙來利用這個手段抓捕了很多人。

　　由於薄熙來曾被關在監獄裡五年，在變態報復心理作用下，他擔任大連市長後已經擴建修建了不少監獄，有空時薄還喜歡到監獄裡，看人受折磨已經成了他的一種樂趣。江澤民走後，薄熙來下令遼寧所有勞教所、監獄，「集中全部力量轉化法輪功」。

　　中共所說的「轉化」，就是強制讓法輪功學員宣布放棄信仰自由，表態不再修煉法輪功，於是，各種人類肉體能夠承受的極限酷刑被應用到法輪功學員身上。

　　據聯合國人權組織報導，2000 年 10 月，遼寧省瀋陽市馬三家勞教所的警察，將 18 位女法輪功學員扒光衣服投入男牢房，任其強姦，導致至少五人死亡、七人精神失常、餘者致殘。此事件在國際媒體曝光後引起了極大的反響。法輪功指導人依循「真、善、忍」修心，馬三家惡警挑釁叫囂：「什麼是忍？『忍』就是把你強姦了都不允許上告！」許多女學員告訴親人：「你們想像不到這裡的凶殘，邪惡……」

　　聯合國人權委員會的調查中記錄了這樣一個案例。王雲潔，女，40 歲。遼寧省大連市人，2002 年在商場工作時被綁架後，被劫持至遼寧省馬三家勞動教養院，遭到殘酷迫害。由於王雲潔

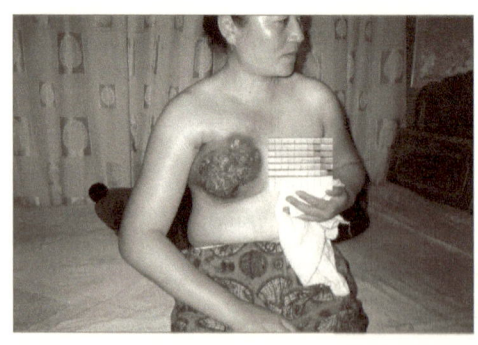

2002 年大連市法輪功學員王雲潔在馬三家教養院遭電擊，導致乳房潰爛。（明慧網）

不放棄法輪功，遭到警察們的酷刑和種種非人虐待，導致乳房潰爛，慘不忍睹，後來乳腺發生癌變，由於得不到及時治療，於2006 年 7 月不幸去世。

類似的酷刑在馬三家勞教所幾乎天天發生。女法輪功學員齊玉玲被電棍電乳頭，張秀傑被電棍電、打，還被電擊陰部，電得昏死過去。王曼麗被電棍電到失去知覺，李小燕被管教用四個電棍電頭、腳心，最後她的肉都電糊了，以此逼她轉化⋯⋯

然而就是憑藉這樣的酷刑，馬三家成為全中國轉化法輪功學員人數最多的勞教所之一。勞教所中行惡的管教人員因此得到江澤民、薄熙來的獎勵，被樹為英雄模範給予二等功、長工資等獎勵。

如馬三家的女所長蘇境從北京領得獎勵五萬元、副所長邵力獲獎三萬元，各大隊長都得了獎金，全體獄警被評為「集體二級英模」。

時任中央政治局委員、政法位書記羅幹、中共公安部長劉京等鎮壓法輪功的元凶多次親自到此坐鎮，中共司法部還撥專款100 萬元給馬三家，而與馬三家同一城市的以迫害法輪功手段殘酷著稱的張士教養院獲賞金 40 萬、龍山教養院獲賞金 50 萬。

薄熙來也發現：他越是積極地鎮壓法輪功，他越會得到江澤民提拔，也能從國家財政中得到越多的經費，越有利於他個人從中撈取錢財。

據大陸媒體報導，2000 年 7 月初，江澤民暗中直接指揮的中共中央「610 辦公室」的負責人王茂林、董聚法視察馬三家教養院。「610 辦公室」的另一負責人劉京也多次往返馬三家教養院，促使江澤民決定撥專款 600 萬人民幣給馬三家教養院，命其速建

所謂的「馬三家思想教育轉化基地」。

2003 年經薄熙來批准，遼寧省投資十億元在全省進行監獄改造，僅在瀋陽於洪區馬三家一地就耗資五億多元，建成中國第一座監獄城，占地 2000 畝。1999 年以前，馬三家連年虧損，連電費都繳不上，鎮壓法輪功開始後，當地政府對於從省內各地押送到馬三家的法輪功學員，按每人一萬元撥款。

積極參與迫害 換取江澤民信任

據知情人對《新紀元》透露，薄熙來以前在大連樹立「華表」等野心舉動，一直讓江澤民心存疑慮，不願提拔他，但隨著薄熙來積極聽命於江，江慢慢改變了主意，他開始重用薄熙來，一步步地讓他升官發財。

1999 年江巡視後不久，薄被提拔進了遼寧省省委，2000 至 2001 年期間薄當上了遼寧省委副書記、代省長，2002 年成為省長。薄熙來一當上遼寧省代省長，就下令新建擴建了瀋陽馬三家勞教所、龍山教養院、瀋新勞教所等，讓遼寧省成了迫害法輪功最嚴重的地方之一。

特別是當薄熙來選擇突破人類道德底線，最先參與活摘法輪功學員器官，並被法輪功海外起訴而且被判有罪之後，江澤民把薄熙來看成了江派在 18 大後政變後的權力接班人，因為江澤民很明白，這樣欠下法輪功血債的人，才能真正和江派維持這場原本絕不該發生的迫害。

這是薄熙來生命中最重要的轉折點，墮落深淵的開始，之後更是一發不可收拾。

第三節

活摘器官罪惡始作俑者薄熙來

在江澤民下令「打死法輪功學員算白死」不追究的免責保護下，薄谷夫婦在中國大連和遼寧最先犯下活摘被關押法輪功學員器官的罪惡，此後這個罪惡迅速在中國各省市蔓延。

江澤民為盡快把法輪功鎮壓下去，不但在 2001 年初命令羅幹從河南找了幾個人冒充法輪功在天安門點火「自焚升天」，編造了「天安門自焚偽案」，煽動民眾對法輪功的仇恨（《華盛頓郵報》還專門調查證實，那個被當場「燒死」的劉春玲，是個夜總會女郎，鄰居從來沒看見她煉過法輪功），還密令「610」對法輪功要「名義上搞臭，經濟上搞垮，肉體上消滅」，對於不放棄修煉的法輪功學員，「打死算自殺」、「打死白死」、「不查身源，直接火化」。

這些密令是中共「610」系統的警察投誠後公開的。如天津市原「610」官員郝鳳軍 2005 年 6 月在澳洲申請政治庇護時公布

此事，原中共駐悉尼總領事館政治領事、專門分管異議人士監控的陳用林，也多次證實這點。後來《大紀元》還從大陸消息人士獲悉，江澤民下發這些密令時是寫在一張白條上，沒有署名，但中央「610」的人知道這是江澤民的命令，並按此執行。

江澤民的這些命令嚴重違反了中共的現行法律，但由於「610」是類似毛澤東時代的「中央文革小組」，凌駕在法律之上，於是哪怕當時中共體制內人士反對，但敢怒不敢言，連胡錦濤、溫家寶等人都只有默默屈服。據知情人透露，一次政治局開會，江澤民要擴大「610」編制，胡錦濤提到擴大編制就得多發工資，會給財政帶來困擾，結果江突然情緒失控地說：「人家都要奪你權了，還談什麼編制？？」

由於打死法輪功學員不會遭到任何處罰，有了這道顛覆所有法制的密令，中共對法輪功的迫害最後升級到拿法輪功學員的器官賣錢的罪惡中。

中共的無神論，信仰的是唯物主義，因此不相信善惡有報，更不尊重生命。早在 1960 年代，中共就任意強行使用死刑犯的屍體，比如，把人的腦髓製成補品，給高級官員補腦，或拿人的屍體當生物原料等。

1984 年 10 月 9 日，中共頒布了《關於利用死刑罪犯屍體或屍體器官的暫行規定》，當法院判決犯人死刑時，醫院就會提前到監獄給犯人驗血，以獲取其器官信息。到了法警執行死刑當天，檢察院還要派人現場監督，所以醫院還要獲得檢察院的默認。

2001 年 6 月，來自天津武警總隊醫院燒傷科的醫生王國齊，曾在聯合國和美國國會上公開作證：在過去 15 年中，他先後從 100 多個死刑犯身上摘取皮膚和器官用於移植手術。當時中共外

交部否認中國醫院的移植器官來源是死刑犯，但又無法提供器官的來源。直到 2005 年中共衛生部長黃潔夫才被迫承認這一事實。因為中國不像西方國家，器官捐贈幾乎為零，中國人由於傳統觀念的影響，哪怕是死刑犯的遺體，家屬也希望能保存一個完整的身體，以便來生有個好去處。

薄熙來批准屍體加工廠 大連屍體販賣情況嚴重

就在 1999 年 8 月江澤民巡視大連後不久，薄谷開來就開始謀劃如何在鎮壓法輪功上撈取政治資本的同時，也能以此斂財。

公開資料顯示，1999 年 8 月，中國第一家屍體加工廠：哈根斯人體生物技術公司在薄熙來親自點頭下被大連政府批准成立。當時哈根斯公開強調，工廠之所以選在大連，就是因為得到當地政府的支援。

由於大連有豐富的屍體來源，加上利潤豐厚，很快在大連成立了第二家由隋鴻錦創辦的屍體加工廠，等到了 2003 年，中國大陸出現了十多家屍體加工廠，中國成了全球最大的人體標本輸出國。

當時遼寧不光有大連出口人體標本，其省會瀋陽更是人體器官移植的重鎮。海外人權組織調查，從 2000 年到 2006 年，中國至少有四萬多例甚至高達九萬多移植器官來路不明，而在遼寧多達五個海內外做廣告宣傳的網站上，人體器官被分類標價，眼角膜被標價 3000 美元，一個心臟被標價 18 萬美元。其中最大的網站就位於薄熙來管轄的遼寧省瀋陽。

薄谷夫婦在大連和遼寧犯下活摘器官的罪惡

2000 年至 2005 年間，江澤民鎮壓法輪功遭遇阻力，中國從中央高層到省部委官員消極抵制。由於薄熙來對江澤民迫害政策的竭力配合，在薄熙來擔任大連市長和遼寧省長期間，大連最先發生活摘法輪功學員器官、盜賣被殘害的法輪功學員屍體的罪惡，活摘法輪功學員器官罪惡最嚴重的城市在中國瀋陽，最嚴重的省份在中國遼寧省。

因販賣法輪功學員器官、屍體獲利巨大，再加上薄熙來、薄谷開來在大連及遼寧省殘酷迫害法輪功學員，同時有江澤民親自承諾「打死法輪功學員算白死」的不追究免責保護，活摘器官、販賣屍體成為大連最賺錢行業，當年從大連、瀋陽市及遼寧省委省政府高層，特別是遼寧省（包括大連和瀋陽）衛生局、軍警、公安和醫學系統、及黑道仲介等都參與其中。活摘、販賣法輪功學員器官和屍體在遼寧省高層、大連、瀋陽高幹子弟、醫學圈子內已不是祕密，知道的人很多。

薄熙來、薄谷開來、王立軍都參與了這項罪惡，他們當年跟大連醫學院緊密合作，大連、瀋陽和遼寧衛生局系統、武警部隊中的不少官員、醫療專家、高幹子弟都涉入其中。

蘇家屯活摘指控 發生在薄熙來主政遼寧

2006 年 3 月 6 日《大紀元》率先報導瀋陽蘇家屯血栓醫院祕密參與活摘法輪功學員器官之後，中共在經歷了 20 天的銷毀證據之後，3 月 28 日，中共外交部才首次回應並否認該指控，並邀

請國際社會到中國調查，但加拿大人權組織、美國華人媒體，如希望之聲電台、新唐人電視台等記者，到中領館辦理赴華調查的簽證卻被中領館拒絕。4 月 16 日美國調查團到中國看到的只是被中共精心布置後的蘇家屯醫院。

在中共外交部回應的前一天 2006 年 3 月 27 日，中共當局匆匆推出了《人體器官移植技術臨床應用管理暫行規定》，禁止人體器官買賣，但施行時間卻定在 7 月 1 日。外界質疑，既然人體器官買賣是非法的，應該立即執行，為什麼還要等上三個月？莫非有人需要時間來處理現有器官庫？

就在同一天，2006 年 3 月 27 日，一個叫魯道夫・弗爾巴（Rudolph Vrba）的 82 歲老人在加拿大悄然去世。身為當年逃離奧斯維辛集中營僅有的五名猶太人之一，弗爾巴於 1944 年 6 月首次向盟軍領導人披露了奧斯維辛集中營中的真相，讓毒氣室和焚屍爐等駭人聽聞的納粹殺人機器第一次為外界所知曉。

然而，由於過於善良而不願相信、麻木或被利益誘惑下的故意沉默，當時一些得知這一指控的高層人物卻隱瞞封殺了這個罪行，於是接下來又有 43 萬 7000 匈牙利猶太人被送入了集中營。

2006 年 4 月 7 日，《大紀元》在《蘇家屯事件曝光 奧斯維辛第一證人去世》的報導中，呼籲人們能從歷史教訓中得到勇氣，有評論稱，魯道夫・弗爾巴此時的去世是上蒼在警示人類關注中國的蘇家屯，不要讓延誤的悲劇再次發生。

然而，這樣慘烈的指控還是被很多國家的政要忽視了，直到六年後的 2012 年 2 月 6 日，薄熙來的手下馬仔王立軍出逃美國駐成都領事館後，活摘器官的黑幕才再次擺在國際社會的面前。而且就在中共審判薄谷開來的前夕的 2012 年 8 月 7 日，《大紀元》

獨家獲悉，薄谷開來、薄熙來就是中共活摘器官最初的主謀。

王立軍從事活摘器官 自曝行刑後幾分鐘摘取器官

2012 年 2 月王立軍闖入美領館，5 月份，美國國務院發表的人權報告中首次明確提到中共強制摘取法輪功學員器官一事。輿論普遍認為，王立軍已向美領館提供了活摘器官的內幕資料。

王立軍曾在錦州市公安局創辦的「現場心理研究中心」，從事器官移植實驗。2009 年，有王立軍手下擔任警察的目擊者證實了活摘法輪功學員器官的證詞，並證實王立軍曾下令對法輪功「必須斬盡殺絕」。王立軍手下的一個警察在 2009 年曾對「追查迫害法輪功國際組織」舉報了中共活摘法輪功學員器官的罪行。

王立軍曾在錦州市公安局創辦的「現場心理研究中心」，從事器官移植實驗。（追查國際提供）

這位警察作證說，2002 年 4 月 9 日，在瀋陽軍區總醫院 15 樓的一間手術室內，他親眼看到兩個軍醫將一名 30 多歲的修煉法輪功的中學女教師，在沒打麻藥的情況下，活生生地摘取了她

的器官，將她活活害死。

另外還有證據顯示王立軍直接參與了活摘器官，在《注射藥物後器官受體移植試驗研究》中，王立軍也是作者之一。

2006 年 9 月 17 日，位於北京、直屬於共青團中央的「中國光華科技基金會」，為遼寧省錦州市公安局「現場心理研究中心」授予「光華創新特別貢獻獎」並資助科研經費 200 萬元，其受獎原因之一就是藥物注射後器官受體移植研究。

王立軍在頒獎大會上說：「大家知道，我們所從事的現場，我們的科技成果是幾千個現場集約的結晶，是我們多少人的努力。……當一個人走向刑場，在瞬間幾分鐘轉換的時候，將一個人的生命在其他幾個人身上延伸……」遼寧省是中國第一個全面取消槍決行刑，以注射執行死刑的省份，。

美國死刑服務信息中心執行主任 Richard Dieter2012 年 8 月曾向《大紀元》表示，有關王立軍（向犯人）注射死刑針後幾分鐘摘取器官，是摘器官令其死亡：「看起來摘取器官成為其死亡的原因，如果此人在因藥物死亡之前就這樣做的話。」死刑犯人在死刑針注射後，「通常在 25 分鐘之後才宣布其死亡。」他表示，鑑定死亡的醫生不能參與死亡注射針行刑過程。

海伍德死亡的真實原因

《大紀元》獨家獲悉，無論是屍體還是器官買賣黑幕，都與薄熙來、薄谷開來夫婦有關，而海伍德的死也與這些黑幕有關。

早在 1990 年代中期，海伍德就在大連結識了薄熙來夫婦，並成為薄家的家庭教師並向海外轉移資金的仲介顧問。

據知情人透露，從 2000 年薄谷開來在英國開辦公司以來，海伍德就直接參與了薄谷開來盜賣屍體的罪行。正因為知道得太多，當中紀委調查海伍德時，為了殺人滅口，薄谷開來才殺死了海伍德。

不過中共官方為掩蓋活摘器官的罪行，以經濟糾紛以及「海伍德強行扣押薄瓜瓜」作為薄谷開來的殺人原因。但當時薄瓜瓜在美國讀書，海伍德如何在英國「扣押」薄瓜瓜呢？

「活摘」及「販賣屍體」的罪惡迅速蔓延全中國

最早在中國大連發生活摘及盜賣關押的法輪功學員器官及販賣被殘害法輪功學員屍體的罪惡後，由於利益巨大及江澤民鎮壓法輪功政策對此罪惡的保護，以及中國及海外器官移植市場上器官的極度缺乏，中國社會每年有 150 萬個器官需求，但每年只能有一萬個器官提供給移植手術（包括部分非法獲取的器官），這樣一來，非法盜賣被關押法輪功學員器官及屍體的罪惡迅速在中國其他省市和地縣蔓延開來。

之後，在中國各省市勞教所、看守所和臨時關押設施及監獄中，普遍發生了由中共政法系統、政府醫院（包括軍方及武警部隊醫院）和黑社會器官仲介聯手合作，活摘及盜賣被關押的法輪功學員器官和屍體的駭人聽聞的罪惡，中國從 2000 年到 2005 年間，器官移植手術向蘑菇雲一樣出現，中國一躍成為世界器官移植大國，僅次美國，排名第二。

在 2000 年之前的六年，中共官方數據顯示，中國六年總共的器官移植手術約 1 萬 8000 例，但僅 2005 年一年就有 2 萬個器

官移植手術。

2000 至 2005 年至少 4 萬多個器官無法解釋來源

　　薄熙來、薄谷開來的罪惡在中國各省市迅速蔓延。於是奇怪的事發生了。在大陸官方宣布的死刑犯數量逐年減少的背景下，鎮壓法輪功的 2000 年後，特別是 2003 至 2006 年四年間，大陸移植數量卻呈現蘑菇雲似的怪異的巨大增長，據「中華醫學會器官移植學會」主任委員陳實介紹，2002 年以來，中國移植業迅速發展，每年開展的器官移植手術超過 1 萬例，2005 年達到了創紀錄的 1 萬 2000 多例。名列美國之後的第二大器官移植國。然而很多國際醫學專家稱，中國實際移植量比美國多很多。

　　2010 年 3 月，《南方周末》記者在《器官捐獻迷宮》採訪中山一院副院長何曉順時得悉，「2000 年是中國器官移植的分水嶺。2000 年全國的肝移植比 1999 年翻了十倍，2005 年又翻了三倍。」而官方公布的數據 2000 年只比 1999 年翻了一倍多，隱瞞了九倍。此前一位瀋陽老軍醫爆料說，官方公布的移植數量往往只是實際移植數量的四分之一左右。

　　大陸由於器官來源充足，等候時間也大大縮短。為了達到器官組織成分和血型的匹配，在世界各地都是病人等器官，一等就是好幾年。在美國等待腎平均需要 1121 天，肝：796 天，心：230 天，肺：1068 天，胰腺：501 天，在 2000 年前的中國移植界也是這樣，然而自從 2002 年以後，國際上流行到中國去做器官移植手術，特點是在中國大陸無需花費等候器官的時間，所需配型的器官幾乎是隨要隨到。

　　比如天津「東方器官移植中心」在其網站上公開宣布：他們那做腎移植，最快一周，最慢不超過一個月，而肝移植也一樣。醫院記錄顯示，2005 年病人平均等待肝移植時間為兩周。上海長征醫院器官移植科的肝移植更快，平均等候供肝時間為一周。

　　國際醫學專家根據這些奇異現象分析，認定大陸存在龐大的地下活體器官庫，就是有事先都已驗好血型和做好相關資料檔案的活體器官供應者，一旦市場出現器官「需求」之後，這些活體器官供應者就被送入醫院強行摘取器官，形成器官市場上「隨叫隨到」的超短等候時間。

　　外界一直無法解釋大陸死刑犯增加數量有限，而被用來移植的器官卻呈現十倍以上的劇烈增加，直到 2006 年 3 月 9 日，《大紀元》曝光了《瀋陽集中營設焚屍爐，售法輪功學員器官》。化名皮特的大陸資深媒體人獨家爆料，稱在瀋陽市蘇家屯區有個類似法西斯的祕密集中營，關押著 6000 多名法輪功學員，許多法輪功學員離奇死亡，焚屍前內臟器官都被掏空出售。

　　2006 年 3 月 17 日，第二位證人現身。《大紀元》以《主刀醫生太太揭蘇家屯器官摘取黑幕》為題，進一步點明上述集中營就設在瀋陽市蘇家屯區雪松路 49 號的遼寧省血栓病中西醫結合醫院。證人安妮的前夫曾親自摘取了 2000 多個法輪功學員的眼角膜。從 2003 年開始，他開始出現精神恍惚，晚上盜汗作噩夢，床單濕透了一個人形。後來他才告訴家人，醫院大量摘取法輪功學員的腎臟、肝臟等器官，而這些學員幾乎都是在存活的狀態下被活摘器官。指使他活摘器官的人說：「你已經上了這條船了，殺一個人是殺，幾個人也是殺。」那時他們被灌輸洗腦，殘害法輪功學員不算犯罪，是幫共產黨「清理敵人」。

瀋陽老軍醫：36 個集中營

蘇家屯事件曝光後，大陸很快把「蘇家屯」三個字列入網路禁詞。2006 年 3 月 21 日，《大紀元》刊登了《瀋陽軍區老軍醫指證蘇家屯集中營內幕》，老軍醫指出：「蘇家屯地區的醫院僅僅是全國 36 個類似集中營的一部分，但是目前的法輪功學員基本上還是在監獄、勞改營、看守所較多，只有需要的時候才大規模調動，目前全國最大的關押法輪功的地區主要是黑龍江、吉林和遼寧，僅在吉林九台地區的中國第五大法輪功集中關押地就有超過 1.4 萬人被集中關押。……在我接觸的資料中，中國最大的法輪功關押地在吉林，只有代號是 672-S，關押人數超過 12 萬。」

他在指證中還提到，用封閉的鐵路貨車轉移法輪功學員，一次專列轉移超過 7000 多人，全副武裝，夜間進行。他本人親自接觸的假造的法輪功學員捐贈器官的資料就有 6 萬多份，許多的簽字都是一個人的筆跡。這類資料的保存期限是 18 個月，然後銷毀。該資料的保存機關為省級軍區，查閱資料須經中央駐地方專員批准。在進行器官移植的過程中，如果器官移植失敗，被移植器官人員的資料和屍體在 72 小時內全部被銷毀。整體的資料和屍體的焚燬，甚至是活人焚毀，都須經軍事監管人員認可。

當時大量的法輪功學員被祕密關押在軍事戰備倉庫、防空洞裡，這些軍事禁區成為迫害法輪功學員的集中營。在群山環抱的山脈裡有許多軍事用途的山洞，許多重要軍事設施、國防倉庫轉入地下深處。這些山裡的軍事設施大多都是絕密的，都能夠裝許多人，甚至小的都可以裝一個團的人（千人以上）。

大陸醫生承認活摘法輪功器官

2006 年 4 月 1 日，非政府組織「追查迫害法輪功國際組織」發表調查報告，確認「瀋陽存在龐大活人器官庫」，並公布了幾個大陸移植醫生的原始電話錄音。這些醫院公開承認他們移植用的器官來自於活著的法輪功學員，這其中包括東方器官移植中心、上海中山醫院、河南鄭州醫科大學第一附屬醫院、湖北省醫科大學第二附屬醫院等。廣州軍區武漢總醫院的那位醫生還不耐煩地說：「法輪功該用就唄，管他法不法輪功！」

類似的調查結果還很多。如 2012 年 5 月，追查國際調查人員以前任政法委書記羅幹辦公室張主任的身分，與中共政治局常委、主導輿論宣傳、屬於江派的李長春通話。李長春在電話中確認，有關活摘器官的事，「找周永康，他在管」。這再次證實活摘器官是以江澤民為首的中共官方行為，而不只是薄熙來等少數人的罪行。

由於活摘器官有巨額利益，很快從遼寧開始，全中國各地中共官方都在偷偷活摘法輪功學員器官。2006 年 5 月，《大紀元》根據明慧網資料，綜合報導了一系列法輪功學員被偷盜器官的具體案例，如《唐山市勞教所盜取法輪功學員器官》，《山東盜取法輪功學員器官罪行嚴重》；《河南新鄉盜器官謊稱屍檢市長受株連》。如河北秦皇島青龍縣土門子村法輪功學員宋友春，2003 年 12 月 2 日上午被抄家後被關進青龍看守所，14 天後被迫害致死。家屬證實，宋友春的遺體被掏空了所有器官。被懷疑有類似遭遇的還有法輪功學員趙英奇、陳愛忠、孟金城、賀秀玲、於蓮春、李梅等。

其中有這樣一個實例。2004 年 3 月 11 日，山東省煙台市法輪功學員賀秀玲因修煉法輪功遭到中共當局迫害被非法關押，並被看守所以「腦膜炎」名義送往煙台硫磺頂醫院。那天醫院通知家屬，賀秀玲已於 3 月 11 日早晨 7 點 45 分離開了人世，賀秀玲的丈夫、煙台海洋漁業公司職工徐承本，接到通知後，趕緊和幾個家屬在 11 點多來到醫院太平間時，大家看到賀秀玲的腰間有繃帶纏繞包著，腎臟被摘，但她的雙眼還流出了眼淚！

徐承本一看妻子還活著，急忙找醫生，可醫生置之不理。最後親戚都去找，醫生才帶著心電圖在 11 時 30 分左右趕到太平間，經測試，賀秀玲的心臟還在跳動，當心電圖測試紙跑出十幾公分長後，醫生急忙撕碎心電圖紙逃走了。由於沒有任何搶救，賀秀玲不久真的死了。

事後徐承本為妻子鳴不平，提出控告。警方得知後企圖以十萬元人民幣收買，令其不再上訴。徐承本不從，並在網上曝光妻子被活摘器官後，第二天即被警方抓補。兩年後，徐承本在洗腦班去世時皮膚潰爛，知情者認為他被下藥，慢性中毒而死。

中共軍方是活摘的主要凶手

2006 年 4 月 30 日，遼寧瀋陽老軍醫再度披露中共盜賣法輪功器官官方流程，以及活摘規模。他說，中共嚴重隱瞞了盜取器官規模，將 11 萬說成 3 萬。2000 年以後中國一直占世界活體器官移植總數的 85％以上，該資料是軍委上報資料的一部分，有幾個人還因此升為將軍。

2012 年 6 月，《新紀元》調查發現，這些被舉報的將軍就包

括中共解放軍總後勤部政委孫大發、總後勤部部長廖錫龍，因為總後算管理軍隊醫院的最高上級。

2006 年 5 月 10 日，就在活摘器官被曝光兩個月後，大陸媒體報導說，「接上級指示，全軍器官移植會緊急推遲」。負責承辦該會議的長征醫院器官移植研究所（全稱：解放軍第二軍醫第二附屬醫院（上海長征醫院）解放軍器官移植研究所）在其緊急通知中寫道：「接上級通知精神，原定於 2006 年 5 月 12 日至 14 日在上海光大會展中心召開的全軍器官移植學專業委員會成立暨首屆學術會議因故推遲，具體時間另行通知。」

這個會議的幕後負責人就是總後政委孫大發。在會議籌備過程中，孫大發還專程到長征醫院視察。

據追查國際調查，在中國 150 多家部隊醫院中，絕大部分都開展了器官移植。隨意瀏覽這些軍隊醫院的網頁不難發現，軍隊實施器官移植手術量相當驚人。

全軍器官移植中心主任石炳毅曾公開表示，2005 年全國進行了近萬例腎移植、近 4000 例肝移植，到 2006 年達到歷史最高峰：2 萬例，而 1999 年全國僅有 4000 多例腎移植，肝移植數幾乎為零。大陸所說的肝移植一般都是全肝移植，一個人把兩個肝臟都捐獻出來的只有死去的人，不過官方再度不解釋新增器官的來源，因為死刑犯沒有增加，中國也沒有腦死亡判定，也沒人捐獻遺體，那這些器官從何而來呢？

這個星球上前所未有的邪惡

2006 年 7 月 6 日，由加拿大前亞太司司長、資深國會議員大

衛‧喬高（David Kilgour）和國際人權律師大衛‧麥塔斯（David Matas）組成的獨立調查組，向國際社會公布了《中國活體摘取法輪功學員器官指控的報告》。報告從 12 個方面彙集了調查的起因、方法、證據、反證、可信度、結論及建議等。

最後得出結論，這項指控是真實的。這是「這個星球上前所未有的邪惡」。由於調查者在國際間具有極高的公信力，調查本身證據的真實、推理的嚴密，使報告的發布給國際社會帶來了巨大的震動。在進一步調查中他們確認：從 2000 年到 2005 年期間，中國大陸至少進行了六萬例器官移植手術，其中至少四萬多個器官極有可能是從法輪功學員身上摘取的。

2007 年 8 月 9 日，由 300 多名各國國會議員、法律專家、醫生、教授、記者、知名人士等組成的「法輪功受迫害真相聯合調查團」（CIPFG），在希臘點燃了人權聖火，提出「奧運不能和反人類罪行同時存在」，並在隨後一年裡，人權聖火經過歐洲－澳洲－新西蘭－南亞－非洲－美洲－東南亞，傳至全球 39 個國家 169 個城市，受到國際社會的普遍關注。

獵狐行動瞄準三大家族

第六章

傳薄瓜瓜運作攻擊溫習

掌握著 60 億美金的薄瓜瓜，在其父母被中共當局審判、判刑期間，仍四處活動，英國電視台一女製片人欺騙姜維平以及溫家寶被《紐約時報》指控貪腐等案子後面都有薄瓜瓜的影子。

（大紀元合成圖）

第一節

《紐時》拋溫家貪腐炸彈

2012 年 10 月 26 日，美國《紐約時報》在頭版刊登《總理家人隱祕的財富》一文，意指溫家寶「隱祕財富」。「耐人尋味」的報導時間點，將已戰火欲燃的中共高層再投下一顆強力炸彈——溫家寶被迫要求公開財產，胡錦濤陷兩難：公開財產，中共將面臨被民眾推翻的危機；不公開，中南海徹底喪失幾乎消失殆盡的威信，中共政權無以為繼。中南海「你死我活」的困獸之鬥，已進入「最後瘋狂」……

2012 年 10 月 26 日，美國《紐約時報》在頭版刊登了《總理家人隱祕的財富》，模糊地指出，溫家寶的家人在其擔任總理期間，獲得了 27 億美元的隱祕財富。此文如同一顆炸彈，幾小時內西方主流媒體、海外中文網、大陸官方以及溫家寶家人等，都從各自角度對其真實性進行了質疑或背書。據北京消息人士透露，當時中南海一片混亂，胡錦濤、習近平進退兩難。

質疑者：有人故意餵料

　　據 BBC 報導，《紐約時報》這篇文章的作者、駐上海記者巴爾扎克（David Barboza，中文名張大衛）在另一篇文章說，他挖掘了 10 個月才從大陸公開報導中收集到溫家寶家人這些貪腐證據。不過《美國之音》在「焦點對話：《紐約時報》驚曝溫家寶家族財富，耐人尋味？」的視頻中連線其駐京記者，證實在北京的外文媒體都收到一份非常厚的報告，包括溫家寶家人的經濟投資情況，甚至包括一些審計機構的認證。

　　據彭博社透露，彭博此前收到所謂曝光習近平家族貪腐的材料有 1000 多頁，其中把習近平親屬的公司報表都收集完全，甚至還有親屬的個人身分證複印件、家庭住址照片等，還有數年前共事人士的證據證言。這上千頁的材料顯示，習近平家族斂財數億美元，但彭博社發現很多爆料是錯誤的，如將習近平親屬控股公司的母公司的財產全部算到習家名下。

　　彭博社在反覆調查分析後承認，這些材料不能證明習近平曾用個人權力幫家族謀利，也沒找到習近平家族任何不正當經營的證據。這次爆料溫家寶的材料中也有同樣的情況，將一些似是而非的人造假成溫家寶家族的持股人，並將他人的財產轉嫁到溫家帳上。

　　就在《紐時》報導發表幾小時後，中共官媒於 10 月 26 日深夜通報了薄熙來因涉嫌犯罪被立案偵查並採取強制措施，在此十多個小時前，薄熙來剛被終止了人大代表資格。第二天 27 日，中共官方媒體刊登了一則消息，中共九常委全部現身參觀一場由北京展覽館舉行的圖片展。官方發布的照片中，總理溫家寶笑逐顏開，好像《紐時》的文章不存在似的。坊間認為，這是中南海

有意向外界釋放挺溫家寶並宣布黨內團結穩定的信號。

律師聲明 指控《紐時》報導不實

10 月 27 日，一封《溫家寶家人律師授權聲明全文》發表，這份由君合律師事務所律師白濤、國浩律師（北京）事務所律師王衛東簽署的聲明共六點，全文如下：

「受溫家寶家人的委託，現就《紐約時報》有關溫家寶及其家人的不實報導，發表如下聲明：

一、《紐約時報》報導的所謂溫家寶家人的『隱祕財產』，是不存在的；二、溫家寶家人有的沒有從事經營活動，有的雖從事過經營活動但沒有從事任何非法經營活動，沒有持有任何公司的股份；三、溫家寶的母親除了按規定領取的工資／退休金，無其他任何收入，也無其他任何財產；四、溫家寶從未在家人的經營活動中起到任何作用，更沒有因家人從事經營活動對他制定和執行政策產生任何影響；五、溫家寶的其他親屬，以及這些親屬的『朋友』、『同事』的一切經營活動均由他們本人負責；六、對《紐約時報》的其他不實報導，我們將繼續予以澄清，並保留追究其法律責任的權利。特此聲明。」

支持者與懷疑者的爭論

不久《紐約時報》把此文從首頁撤到內頁，但沒有刪除。相信《紐時》報導的人認為，這麼嚴謹的報紙，無論記者還是編輯都是崇尚職業道德的，哪怕有人支付這些記者與編輯們全家幾十

年的生活費，他們也不會違背原則報導不實新聞。

支持《紐時》者還說，中共貪腐是制度性的，只要還在那個體制裡，就難免被污染，特別是其家人。比如彭博社證實習近平本人清廉，但網上傳言彭麗媛曾就過年時購買了 100 條表面鍍金的金龍而到政治局進行解釋，她稱習氏家族總資產五億人民幣。網上還流傳薄熙來曾公開稱，政治局委員哪個家族的財產沒有一億以上，他願意把腦袋割下來。

中共幾十年來口頭上宣稱要公布官員財產，但至今沒有實施，據說政治局常委中的絕大多數都反對公布財產，李長春控制的《環球時報》2012 年夏天還公開宣稱「適度腐敗論」，曾慶紅更是公開說：「無論馬、恩、列、斯，毛、鄧，哪個規定了官員家屬不能經商？」有人調侃說：「現在中南海就跟賈府一樣，只有門口那對石獅子是乾淨的。」

不過懷疑《紐時》者表示，早在 2001 年 8 月 8 日，江澤民就在北戴河會見《紐約時報》董事長兼發行人蘇茲伯格、執行總編萊利維爾德，以及《紐時》駐京記者時說，「在我個人看來，《紐時》是很不錯的報紙。」於是很快《紐約時報》在中國的英文網站就被解禁了，而其他很多西方媒體一直被屏蔽著。從那以後，江澤民經常利用「出口轉內銷戰略」，與某些西方媒體保持密切關係，不斷利用西方媒體打造自己的威信，還找了一個美國猶太人銀行家庫恩寫了所謂的《江澤民傳》。

共同點：「他們全瘋了」

無論溫家寶及其家人是否清廉，人們對《紐時》報導的時間

點普遍認為「耐人尋味」。政論家陳破空分析說：「時機不同尋常，很顯然是中共黨內一派的故意放風，《紐約時報》跟進，18大白熱化，黨內左右兩派鬥爭，攤牌決鬥，倒薄派和挺薄派，魚死網破，你死我活。用經濟問題掩蓋路線鬥爭。中共向何處去？是改革生還是倒退死，也從這場大決鬥中看出端倪。」

美國之音資深編輯寶申評論說：「他們全瘋了，進入最後的瘋狂。」

習近平、溫家寶等人受到類似「質疑或攻擊」已非第一次，大陸網際網路最大企業「百度搜索」，早已在薄熙來和周永康操控之下，悄悄在網際網路上發起抹黑胡錦濤、溫家寶及習近平三人的活動，報酬是中共官方迫使谷歌退出中國市場，從而使百度一家獨大。

百度重慶業務主管被中紀委控制調查後，供出大量驚人內幕。2010年3月，薄熙來、周永康先後接見百度總裁李彥宏，他們做出了「相當縝密的攻擊胡錦濤、溫家寶和習近平接班的網路宣傳計畫。」

當時，北京時間每日凌晨一點過後，百度新聞、百度知道、百度貼吧、百度空間就會充滿習近平及胡、溫的大量負面消息，有的還配有醜化圖片，但到早上八點左右，所有負面報導全部消失。這些假消息包括：「胡錦濤之子涉嫌嚴重腐敗」、「習近平荒淫好色」，溫家寶的兒子溫雲松如何經商腐敗等等。

北京消息：胡習進退兩難

據北京消息人士告訴《新紀元》，《紐約時報》報導溫家寶家族27億美元的消息，在最中共高層引起極大震動。引起震動並不是因為所謂貪污數額，而是以前西方主流媒體從未對中國的在任領導人做

出這樣的指控性報導。政治局在一中全會之前緊急會議，專門討論這一問題。會議中，有兩種主要意見，一是按照以前的方式，由政府出面，施壓《紐時》和相關的記者編輯，並通過某些補救措施扭轉或挽回部分影響。二是不予理睬。

溫在會上再次提出公布個人財產，由中紀委對他及家族成員進行「公開調查」，但會議對此沒有回應。

胡、習雖然支持溫，但擔心一旦採取溫的意見，會引發連帶反應。比如調查如果是內部進行，外界同樣不相信，而所謂「公開調查」公開到什麼程度卻無法把握，對輿論影響也無法預測。如果調查溫，則其他人如何？其他外媒指控其他人怎麼辦？國內輿論怎麼辦？民心怎麼辦？如何應對引起的輿論危機？18 大代表會有什麼反應？是否會對 18 大權力換屆造成影響？

這些問題被提出後，都沒有解決方案，因此溫提案不可能被採納。習不想事情搞大，希望冷處理。

這位接近高層的消息人士還說：七中全會很沉悶，18 大政治報告無大爭論。過去十年如何定調無大爭論，但對 18 大修改黨章（非毛化）爭論激烈，有人激烈反對把毛思想拿出黨章。

薄熙來問題的材料在會議上被發閱，但不許帶出會場，有中央委員表示看了之後「很震驚」。

溫家寶是中共黨內力主嚴懲薄熙來及其後台周永康的代表人物，很多人懷疑在薄瓜瓜的身後，「餵料」者的背後是周永康、曾慶紅的人馬。

第二節

《紐時》事件的背後故事

2012 年 3 月 14 日的兩會記者會，溫家寶厲責薄熙來重慶模式是文革餘毒，隔天薄熙來下台。10 月 25 日江家幫動用特務力量製造《紐時》事件，攻擊胡、溫、習。
（Getty Images）

　　《紐時》事件是薄熙來案的同謀周永康、曾慶紅等江家幫動用特務力量對胡、溫和習近平的最後一擊。

　　《紐約時報》的報導踢爆了中共總理溫家寶及中共政法委書記周永康長久以來的針鋒相對，以及溫家寶是推動審理薄熙來、逮捕周永康的主要推手。多年前薄熙來、周永康一直夥同中國互聯網企業百度，悄悄在互聯網上發起放料溫家寶、胡錦濤、習近平負面消息的活動。

　　此外，周永康和薄熙來二人曾買通溫家寶的侍衛長、中共中央辦公廳警衛局副局長李潤田，監督溫家寶的一切舉動。而 3 月 14 日的兩會記者會溫家寶正式向以周永康為代表的江家幫宣戰，使得雙方的對立公開化。

周永康挺薄熙來 溫家寶公開宣戰

　　王立軍事件爆發後，薄熙來、周永康政變內幕曝光，政治局常委「一致同意」成立專案組對薄熙來立案調查，只有周永康態度勉強，原因是其家族在重慶和四川有龐大經濟利益，但最終也「無奈同意」。而此前薄熙來在「唱紅打黑」被中共質疑時，周永康曾多次高調力挺薄熙來。

　　2012 年 2 月 6 日王立軍進入美領館後，重慶方面開始並不知情，期間有人通知了重慶，才有了重慶警車包圍美領館，黃奇帆進領館要人，以及中共國安部也來人，在美國領館前上演國安部副部長與重慶市長「激烈爭吵」這一幕。周永康被指給薄熙來通風報信。

　　2012 年兩會期間，周永康再公開為薄熙來站台，一挺到底。3 月 8 日下午，周永康參加兩會重慶代表團的審議。3 月 9 日，《重慶日報》報導了耐人尋味的文章《周永康囑重慶團「今年具有發展重要特殊意義」》。

　　薄熙來也公開講出他的背後是政法委。3 月 9 日，「復出」的薄熙來表現亢奮，公開稱：「重慶的這個打黑實際上絕不是公安一家，是公檢法司等共同努力的結果，是由政法委協調的，並不是王立軍一個人的事情。」把周永康擺上了檯面。

　　3 月 12 日上午，周永康再到重慶代表團，參加審議最高法院、最高檢察院工作報告，再次肯定薄熙來的「重慶模式」。

　　然而轉眼到 3 月 14 日，溫家寶在其任內最後一次記者會上回答記者問題時，首次公開回應了重慶事件，並屬責重慶模式，斥其是文革餘毒，與周永康公開分裂。溫家寶在記者會上用林則

徐的「苟利國家生死以，豈因禍福避趨之」來表達他的意志，被認為是正式向薄熙來、周永康、江澤民等人宣戰。隔天 3 月 15 日，薄熙來下台。

薄熙來下台後，全球的目光都聚焦到薄熙來的大後台周永康身上，大陸網站盛傳「天線寶寶對決康師傅」的帖子。

2012 年 3 月 24 日消息人士透露，溫家寶不僅多次在中共高層會議上提出平反「六四」、平反胡耀邦和趙紫陽，而且提出了「平反法輪功」，但遭到江系周永康一派的人反對。

陳光誠事件 溫家寶和周永康再激烈對立

4 月下旬，盲人律師陳光誠突破層層封鎖，從山東逃亡到北京，四處躲藏，最後成功進入美使館。

陳光誠在視頻中向溫家寶提出三點要求，講述了山東當地政法委對他全家的迫害，並將矛頭直指周永康代表的政法委。有分析人士認為，陳光誠的勝利出逃，對溫家寶的喊話所提三點中，直指質疑周永康政法委的合法性，也是給胡溫出了一張拿下周永康的合情合理的好牌。

陳光誠進入美使館後，中美本來在 5 月 2 日已經達成協議，即陳光誠會留在中國上大學、被監控的環境將會變寬鬆、美國會定期派人檢查。因為陳光誠留在中國對周永康不利，在陳光誠走出使館不到幾個小時，周永康控制的政法委系統故意在陳光誠山東老家製造恐怖氣氛，恐嚇其朋友及家人，令陳光誠越來越感到沒有安全感，從而改變了留在國內的初衷，決定離開中國。

而這一突發變故，把中美雙方私下達成的讓陳光誠「自行離

開」加「下不為例」的協議曝光。周永康同時在自己控制的媒體
《環球時報》上用「不許美國干涉中國內政」、「挾洋自重」來
要挾胡溫。

海外民運人士郭保羅 5 月 21 日在推特上透露，在中美高層
就陳光誠事件的談判上，溫家寶起了關鍵作用。郭保羅的推帖寫
道：本月 4 日，希拉蕊決定面見中共國務院外事辦公室主任戴秉
國，戴同意再次磋商，等希拉蕊與中共總理溫家寶會談後，中方
官員問坎貝爾：「你確定這就是他要的？」坎貝爾答：「當然確
定。」當天中午新華社就發出消息，指陳可申請出國唸書。

隨後郭保羅在推特繼續發帖強調溫家寶是最後決定給予陳光
誠護照的人。有消息傳出，曾有中央特派員去探視過被「拘禁」
在北京朝陽醫院的陳光誠，這個神祕的中央特派員被外媒猜測是
溫家寶所派遣的。

溫家寶侍衛長被薄熙來、周永康收買

中共高層因薄熙來事件發生權鬥後，官媒證實總理溫家寶的
侍衛長換人，專責溫警衛工作的中共中央辦公廳警衛局副局長李
潤田去職，由副局長王慶接手。

李潤田多年來，一直以中辦警衛局副局長之銜跟隨溫家寶外
巡，3 月 9 日兩會時他還陪同溫家寶參加廣西代表團的討論會，
但《福建日報》報導，4 月 2 日至 3 日溫家寶視察泉州、莆田、
福州等地時，陪同的中辦警衛局副局長為王慶，顯示李在「兩會」
後已去職。

據英國《每日電訊報》報導，至今至少已有 39 人因涉及薄

案而被拘留,並全被被關押在河北省的北戴河。中央警衛局副局長、溫家寶侍衛長李潤田赫然在列。

中辦警衛局俗稱「中南海禁衛軍」,主要負責中共中央政治局、全國人大、政協高層和來訪重要外賓的安全工作。中共九名政治局常委前五人,每人相應配有一名副局長,專責安保。

高智晟律師突獲准會見家屬

自從 2004 年胡溫上台後,中國的各種政策、特別是鎮壓法輪功的迫害政策仍持續,不過主導鎮壓的依然是以江澤民為首的血債派,特別是掌控政法委的周永康。中共由此分裂出兩派。

過去六、七年裡,兩派的爭奪戰不斷上演。其中在高智晟律師的案子上,人們看到關於溫家寶奇特的一幕幕。

薄熙來被免除重慶市委書記職務當天(3 月 15 日),被中共強迫失蹤近兩年的中國著名人權律師高智晟的家人接到了當局的電話通知,准予家屬會見,但下令不許告知外界。3 月 24 日中午,高智晟的岳父與大哥在新疆沙雅監獄,終於見到了失蹤 22 個月、生死不明的高智晟。

高智晟的妻子耿和向《大紀元》記者表示,這次高智晟能與家人會面,跟最近北京高層動盪有關,與中國的大環境變化有關。「王立軍 2 月初出事,我大哥 2 月 24 日就去北京找他們。北京方面當時的回答就不同了,說是先回去等,他們會去安排,3 月中就得到准許,可以去新疆探視了。」

溫家寶訪奧斯威辛 劍指周永康

薄熙來事件後，溫家寶在訪問波蘭期間，參觀了當年德國納粹屠殺猶太人的最有代表性的集中營——奧斯維辛。溫家寶表示，歷史告誡人們，要反對戰爭、恐怖、種族滅絕和一切罪惡。

溫家寶的此次參觀奧斯維辛被外界認為有另外意圖。王立軍叛逃時踢爆薄熙來、周永康多年以來大規模活摘法輪功學員器官，其罪惡不亞於納粹對猶太人的滅絕罪行。

據海外媒體引述中共內部的消息說，溫家寶尤其對「活摘法輪功學員器官」一事最為憤怒。外界認為，溫家寶在奧斯維辛集中營內的講話提到的「反對恐怖」，就是藉以指控周永康把持的政法委、「610」對法輪功學員製造的恐怖。

溫家寶與周永康會議上攤牌

5月6日深夜，多位名人在微博和推特上傳「北京要出大事！溫家寶或將辭職」。此傳聞在當時引起轟動。《大紀元》獨家獲悉，這個消息傳出事出有因。事發自溫家寶與周永康在中共政治局擴大會議上上演「大決戰」，溫家寶本人確實這麼說過。

消息稱，在此次政治局的擴大會議中，參加方面有政治局常委、委員和地方大員、最高級別軍頭以及已經退休的一些中共元老如曾慶紅等。在眾人面前，溫家寶與周永康公開反目。

溫家寶繼續就薄熙來的事件質問周永康，並要求調查周永康。但是周永康拿出海外的溫家寶負面傳言，要求對溫家寶的妻子同時也進行調查，並稱「否則只是對我調查，在我黨中是沒有

信服力的！」曾慶紅也表示支持。

溫家寶則態度強硬回擊，可以對我溫家寶和家人進行調查，「如果我本人及家人有任何斂財行為，我馬上辭職！」但是周永康和曾慶紅沒有再堅持要求調查溫的妻子，因為關於溫家寶家人貪污的消息就出自周永康、薄熙來委託百度總裁系統編造的，這是周、薄策劃奪權的整體計畫中的媒體假消息策略戰的一環。

《紐約時報》助薄周最後一搏

隨著薄熙來的下台，周永康的徹底失勢，江派殘餘不甘心在18大之後失去中南海最高層中的位置，於是周永康等通過國安系統的特務等對美國等西方主流媒體餵料溫家寶「貪腐」材料，這些消息很多是舊聞新炒，其中有些被有意編造的材料在2007年就被薄周放在了百度上。上述相關材料再現《紐約時報》頭版，引起全球媒體聚焦。中南海立即緊急通報立案偵查薄熙來，官媒同時高調通告將薄從中共人大除名。

這是薄熙來案的同謀周永康、曾慶紅等江家幫動用特務力量對胡、溫和習近平的最後一擊。事件大大加快胡、溫、習對薄熙來案的審理速度，並大大加重江家幫遭處理的力度。外界高度關注18大前夕中南海再次地震，以及何時逮捕周永康等。

10月30日，北京高層向海外媒體透露，溫家寶正式致函給中共高層，希望中共中央對他和他的家庭進行專案調查，並願意「率先公布個人財產」。

分析稱，溫家寶的回應，使得18大即將召開前夕中國政壇再添新變數。

第三節

《紐時》事件後 江澤民被鎖定

　　為逆反頹勢，周永康作「垂死掙扎」，暗中運作《紐約時報》報導溫家寶的家族財富，未料卻引來胡、溫、習對江派殘餘加速反擊。2012 年 11 月 1 日中共第 17 屆七中全會確認對江派二名核心成員薄熙來和劉志軍的審查報告。江澤民成為關注焦點。

　　11 月 1 日，中共在北京召開第 17 屆七中全會，為一周後 18 大正式權力交接作最後準備。這次會議主要討論修改黨章以及現任中央委員會在 18 大上提出的工作報告等，並將確認對江派二名核心成員、前政治局委員薄熙來和前鐵道部長劉志軍的審查。

江澤民被 17 屆七中全會鎖定

　　由於周永康等在背後的「暗中運作」，《紐約時報》刊登被溫家寶家族稱為「不實」的報導，中南海高層開始鎖定江澤民。

18 大會議前夕，日媒爆出中共中央軍委撤銷了江澤民在軍委大樓的辦公室，七中全會的焦點也集中在審理江澤民暗中安排的接班人薄熙來和江澤民心腹劉志軍。

據悉，500 名中共高官在嚴密的保安措施下參加在北京舉行的 17 大七中全會的閉門會議，預計會議舉行 4 天。會上中共總書記胡錦濤將代表政治局述職。報導說，七中全會將審議對前重慶市委書記薄熙來與前鐵道部長劉志軍的審查報告，中紀委委員將列席會議。由於薄熙來與劉志軍已經被開除黨籍，會議將挑選兩名候補委員填補其中共中央委員空缺。

薄熙來政治生命終結

中共 18 大前的最後一次中央全會在北京京西賓館舉行。根據 9 月 28 日中共中央政治局《關於薄熙來嚴重違紀案的審查報告》，開除薄熙來黨籍的決定將在這次中央全會上確認。

中共官方新聞網站 10 月 30 日發布的中共第 17 屆中央委員會委員名單上，原重慶市委書記薄熙來的名字已被拿掉。在此之前，中共全國人大的一次常委會議終止了薄熙來人大代表的職務，從而取消了保護他不受法律起訴的豁免權。

9 月 28 日官方公布薄熙來共涉七宗罪：一、在擔任大連市、遼寧省、商務部領導職務和中央政治局委員兼重慶市委書記期間，嚴重違反黨的紀律；二、在王立軍事件和薄谷開來故意殺人案件中濫用職權，犯有嚴重錯誤、負有重大責任；三、利用職權為他人謀利，直接和通過家人收受他人巨額賄賂；四、利用職權、薄谷開來利用薄熙來的職務影響為他人牟利，其家人收受他人巨

額財物；五、與多名女性發生或保持不正當性關係；六、違反組織人事紀律，用人失察失誤，造成嚴重後果；七、調查中還發現了薄熙來其他涉嫌犯罪問題線索。

薄熙來除上述罪行，還涉及活摘法輪功學員器官，並販賣法輪功學員的屍體給屍體加工廠製成人體標本牟利的驚天罪行，為防止中共的執政合法性受到顛覆，目前中共一直為其掩蓋這些罪行。

江澤民在 1999 年開始對法輪功的迫害後，使得江系犯下對法輪功的血債，這是江系與中共高層其他派別在最根本的不同點。

薄熙來為了撈取政治資本，急於上位，主動討好江澤民與周永康，成為江迫害法輪功的「急先鋒」，是對法輪功實行「名譽上搞臭、經濟上截斷、肉體上消滅」的滅絕政策主要執行人。

重慶事件後，薄熙來被曝原本是江系在 18 大後在政法委的接班人，以繼續維持對法輪功的迫害政策。周永康和薄熙來密謀政變，取代習近平的陰謀，也是圍繞江派迫害法輪功的血債幫不被清算而展開，成為 18 大人事權力交接的搏擊點。

審議江澤民一手提拔的劉志軍

2012 年 2 月 12 日，新華社報導劉志軍正接受調查。5 月，劉志軍被開除中共黨籍，並移送司法。8 月，鐵路系統內部通報了原鐵道部部長劉志軍涉嫌「違紀」的六大問題。

據多名鐵路系統內部人士稱，中共內部通報劉志軍的問題既包括涉嫌收受賄賂等經濟問題，也包括政治問題和個人道德品德

問題，其中多項問題與山西女商人丁書苗有關。通報中最嚴厲的一項稱劉志軍為丁書苗謀取中標 30 億元的項目，對中間人在工程投標活動收取諮詢費知情。

除貪腐外，劉志軍還涉「7・23」溫州動車事故承擔法律上的「玩忽職守」責任。

中共鐵道部一直以來為江系勢力所掌控，被稱之為「半獨立王國」，曾擁有自成一體的警察、通訊、醫院、學校系統。

由江澤民一手提拔的劉志軍，於 2003 年被任命鐵道部部長，多年來，很多「罪狀」被曝光，但劉在官場依然「不動如山」。江澤民當政期間每到地方上視察，乘坐專列都由劉志軍全程陪同，劉鞍前馬後精心侍候拍馬屁，成為江派人馬中一個舉足輕重的人物。

有海外媒體曾報導，劉志軍在位期間，鐵道部系統在海外收回扣、貪污腐敗工程款、由鐵道系統倒買倒賣火車票總數額高達 600 億人民幣，並有很多人在瑞士銀行開帳戶。其中和劉志軍家族有關的有 120 億。

審四人幫涉及審毛 審薄熙來也涉審江

外界普遍認為將要面臨審判的薄熙來案是審判「四人幫案」以來涉及中共黨內級別最高、影響最大的一個大案。

原中共中央農村政策研究室研究員姚監復對美國之音表示：「當年審判四人幫，實際上有個五人幫，應該連毛澤東一起審，但是只審了四人幫，把毛掩蓋了，保護起來。這是與其他中共高官的審判的最大不同。」

　　美國華府中國問題專家石藏山表示，無論是審理薄熙來案還是劉志軍案，作為江澤民的心腹人馬，他們的罪行都和江澤民有千絲萬縷的聯繫，如果要審判薄和劉，就一定要審理江澤民，而七中全會的結束，接下來，江澤民將會立即成為下一個逃脫不了的聚焦點。

　　石藏山表示，周永康暗中運作，《紐約時報》報導溫家寶的家族財富，加速胡、溫、習對江派殘餘反擊。習近平「背傷」出來後，挺薄派和倒薄兩派的勢力分化快速，無論是軍方、政法委、黨媒、統戰部、宣傳部等要害部門，江派的人馬都在進一步地被全面加速清理。

第四節

爆料外媒記者與薄案的糾葛

《大紀元》調查發現，2012 年 10 月 26 日在《紐約時報》發文報導溫家寶家族財富的《紐約時報》駐上海分社社長張大衛（David Barboza）曾數次撰文替薄熙來家族「闢謠」、彭博社報導習近平家族問題的駐北京記者傅才德（Michael Forsythe）曾獨家報導江澤民接見美國星巴克公司總裁的假消息。

《紐時》、彭博社爆料溫習的九大相同點

《紐約時報》這次公布溫家寶家族「財富」與 6 月底彭博社公布習近平的內幕消息在操作方式上有九大相同點。

一、黑材料發布都選擇了西方有影響力的媒體；二、黑材料發布時間都選擇在周五，《紐約時報》中英文版是 10 月 26 日，彭博通訊社是 6 月 29 日；三、發布之前幾年就有類似的網路傳

言；四、多家西方主流媒體同時收到黑材料；五、黑材料目標人物都鎖定溫家寶和習近平的家人；六、都用巨額金額來製造噱頭。（《紐時》稱溫家寶家族財產 27 億美元，彭博社報導習近平家族財產大概 3.76 億美元）；七、黑材料看似非常詳盡，但都似是而非、未獲驗證。

八、主要報導記者都是兩大媒體的駐中國大陸或香港記者。張大衛（David Barboza）自 2004 年擔任《紐約時報》駐上海記者，主要負責採寫商業新聞。他娶華人張琳（Lynn Zhang）為妻，目前在上海居住。彭博社報導的四個記者分別是駐北京記者傅才德（Michael Forsythe）和駐香港記者 Shai Oster 和 Natasha Khan 以及駐紐約記者 Dune Lawrence；三個編輯是：Amanda Bennett、Peter Hirschberg 和 Ben Richardson。

九、周永康、曾慶紅對外媒記者都發出死亡威脅，以此來嫁禍習、溫家人。據《蘋果日報》10 月 28 日報導，傅才德的妻子洪理達 27 日在推特聲稱，消息報導出來時，他們夫妻曾遭「習近平家族人士」發出死亡威脅。博訊網 10 月 29 日也報導，張大衛在相關報導發表前在上海收到死亡威脅，致使他一度逃離上海到東京暫避風頭。消息人士稱，這是企圖嫁禍習溫家人的做法，目的是刺激媒體更強勁反彈，逼使媒體進一步擴大報導。

《紐時》記者曾數次替薄家「闢謠」

重慶事件發生以來，查看過去報導，發現《紐約時報》相繼有多篇報導替薄家「闢謠」，其中署名幾乎都為張大衛（David Barboza）或《紐約時報》駐京記者黃安偉（Edward Wong）。報

導包括：

一、2011 年 11 月 26 日的《華爾街日報》以《薄瓜瓜開著法拉利與洪博培的女兒約會》為題，報導薄瓜瓜在北京高調駕駛紅色法拉利，與時任美國駐華大使洪博培的女兒外出約會。

4 月 25 日，張大衛和黃安偉聯手寫成《名譽掃地的中共官方的兒子嘗試化解跑車醜聞》（Disgraced Chinese Official's Son Tries to Defuse Sports Car Scandal），為薄瓜瓜「申冤」。4 月 30 日，在薄熙來被辭去重慶市委書記一職後，兩人再合作而成一篇《反駁薄瓜瓜的紅色法拉利傳言》（Details Are Refuted in Tale of Bo Guagua's Red Ferrari）。

9 月 28 日，中共官媒新華社公布了薄熙來被雙開及數宗大罪，其中一條「直接和通過家人收受他人巨額賄賂」。這個「巨額賄賂」及薄熙來貪腐究竟多少數額，成為海內外媒體的聚焦點。

二、3 月份的路透社和《讀賣新聞》的報導中傳出，2 月份薄熙來怒而掌摑王立軍。據傳，王也告訴美國領事館官員，薄打了王一耳光。此後，海外多家媒體證實這個說法。而《紐約時報》6 月 7 日發表署名記者黃安偉文章《In Chinese Murder Mystery, Take 2 for Big Scene》中稱，薄熙來沒有摑王立軍一耳光。

中共喉舌新華社 9 月 19 日發表通稿《王立軍案件庭審及案情始末》，文中顯示 29 日上午王立軍受到薄熙來怒斥，並被打了耳光。當時在場的郭維國在訊問筆錄中稱：「打了王立軍，這個矛盾就公開化了。」

三、英國《每日電訊報》於 10 月 14 日引述兩名分別位於重慶和北京的消息人士的說法稱，24 歲的薄瓜瓜已於上周返回北京。其中一名經常提供正確情報的重慶消息人士表示：「薄瓜瓜

在飛機著陸之後立即被帶上警車，現在最有可能和調查小組在一起，他可能會出現在法庭上。」

10月15日，薄瓜瓜在全球眾多媒體中選擇了《紐約時報》的黃安偉，發電郵否認已經回到中國。黃安偉在推特發文稱，薄瓜瓜致函《紐約時報》表示，有關他返回中國的消息「完全沒有根據」。

目前網路盛傳，中共官方對《紐約時報》報導溫家財產一事的調查顯示，該文其實為黃安偉的所作，但因為黃是華人，《紐約時報》擔心黃會在事後受到中共政府的報復而決定由人在上海的張大衛執筆。

獵狐行動瞄準三大家族

第七章

周永康案的祕密

2014 年 12 月 6 日，中共官媒新華網報導稱，最高檢察院對周永康涉嫌犯罪立案偵查並予以逮捕。案件正在偵查中。官方通報中稱還發現周永康其他涉嫌犯罪線索，但通報掩蓋了周永康的核心罪行：政變與活摘法輪功學員器官罪行。

中共 18 大後，在習近平、江澤民的權鬥的過程中，周永康曾至少 2 次企圖政變、至少 2 次企圖謀殺習近平。（大紀元資料室）

第一節

周永康罪行大揭祕

2014 年 1 月 21 日海外傳出披露中共最高層領導人及其親友海外祕密資金情況的「離岸解密」消息,卻獨缺江派三大巨貪家族(江澤民、曾慶紅、周永康)。(大紀元合成圖)

　　獵狐行動瞄準的第二大家族就是周永康家族。在介紹周家海外資產之前,讓我們先來看看周永康的罪行揭祕。

　　2014 年 12 月 6 日凌晨,中共官方通報周永康被開除黨籍並移交司法處理。在中共當局公布的周永康六項罪名中,第一項就是違反「政治紀律、組織紀律和保密紀律」,在最後還補充了所謂「其他違法行為」。外界最關注的問題,是周永康到底具體違背了哪些「政治紀律」,洩漏了什麼樣的「黨和國家機密」,其他違法行為又是什麼?

動用情報系統 收集習近平和溫家寶材料

　　作為中共中央政法委書記,周永康不但掌管了公檢法司和 150 萬武警部隊,而且也掌控了中共內部多個系統的情報機構。

北京傳來的消息說，所謂周永康違反保密制度，是指周動用系統的力量，搜集習近平、李克強、胡錦濤和溫家寶個人和家庭成員的各種情報。

2012 年 10 月 26 日，《紐約時報》刊登了《總理家人隱祕的財富》，模糊地指時任中共國務院總理溫家寶的家人在其擔任總理期間，獲得了 27 億美元的隱祕財富。此文如同一顆炸彈，引起全球震動。

《紐約時報》這篇文章的作者，是該報駐上海記者巴爾扎克（David Barboza，中文名張大衛）。在另一篇文章中，張表示他挖掘了 10 個月，才從大陸公開報導中收集到溫家寶家人這些貪腐證據。

不過「美國之音」在「焦點對話：《紐約時報》驚曝溫家寶家族財富，耐人尋味？」的視頻中連線其駐京記者，證實在北京的外文媒體都收到一份非常厚的報告，包括溫家寶家人的經濟投資情況，甚至包括一些審計機構的認證。

彭博通訊社此前也收到所謂爆料，內容是涉及習近平家族貪腐的材料，總共有 1000 多頁。其中把習近平親屬的公司報表都收集完全，包括親屬的個人身分證複印件、家庭住址照片等，還有數年前共事人士的證據證言。這上千頁的材料說，習近平家族斂財數億美元，但彭博社發現這份爆料有很多錯誤，如將習近平親屬控股公司的母公司的財產全部計算到習家名下。

彭博社在反覆調查分析後承認，這些材料不能證明習近平曾用個人權力幫家族謀利，也沒找到習近平家族任何不正當經營的證據。

而有關溫家寶的材料中也有同樣的情況，將一些似是而非

的人造假成溫家寶家族的持股人，並將他人的財產轉嫁到溫家帳上。

來自北京的消息稱，直接指揮向外媒餵料的，是周永康的馬仔、中共「610 辦公室」主任兼公安部副部長李東生。消息說，李東生策劃了包括對國際媒體釋放攻擊溫家寶、習近平家族的材料活動，甚至承諾提供海外一些網站和出版社巨額資金，出版攻擊習近平陣營要員的書籍。

消息來源說，2013 年 12 月 20 日，李東生被雙規調查之後，很快交代了問題。這也是促使習近平決定打周老虎的最重要原因。

洩密：「離岸解密」事件

2014 年 1 月 21 日，一份含有 250 萬份文件的資料，被一個名為國際記者聯盟（ICIJ）的機構公布，該份資料發表了中共最高層領導人及其親友海外祕密資金情況，並被 ICIJ 總結成為《中國離岸金融解密》發布，引起國際輿論的極大關注。該報告稱，「至少有 5 名現任與前任中共中央政治局常委的親屬在英屬維京群島和科克群島等離岸金融中心持有離岸公司，其中包括現任國家主席習近平、上屆國務院總理溫家寶及李鵬、上屆國家主席胡錦濤以及已故領導人鄧小平。」

該解密資料稱資料來自兩間離岸仲介公司（源新加坡的保得利信譽通和維爾京群島的英聯邦信託有限公司）。當時很多外媒報導時認為這份調查報告被選擇性的餵料，而報告中，缺了中國第一大貪江澤民家族及曾慶紅、周永康等巨貪家族。

　　旅美經濟學者何清漣在美國之音上撰文《周永康洩露了哪些「國家機密」》，分析認為「這兩家公司因某種短處被中國國家安全部的特工拿捏，不得不在威脅下交出資料。有了李東生為彭博社提供有關習近平親屬相關資料的『前科』，外界將周永康系勢力向外媒提供信息作為假定，可以成立。」

　　由於中共的國安部門與公安部門獲得這些信息的可能性較大，「於是周永康等有辦法做點手腳，刪除江澤民、曾慶紅與周永康等家族成員的相關信息，再將資料外洩出去。」

　　她還通過時間吻合性，以及北京當局開始調查向周提供信息的國安部官員等來佐證上述的觀點。她分析，ICIJ 獲得 250 萬份離岸金融祕密文件的硬碟應該在 2013 年 7 月左右，「正好是外媒密集度報導中共高層家族醜聞的時間段之內，與李東生向彭博社提供資料的時間接近」。

「政治違紀」：竊聽中南海

　　2013 年 12 月，北京市國安局局長梁克和一些其他官員被邀請吃晚飯，被當場逮捕審問。有消息說，除梁克之外，其他人均被釋放。對梁克被免職的原因，北京市政府未作說明。據多家消息報導，梁克不僅涉嫌把來自安全局間諜網、電話監聽，以及線人提供的信息轉交給周永康，為其提供幫助；而且涉嫌竊聽中共中央政治局常委的行蹤。

　　現年 42 歲的梁克是周永康的心腹之一。2007 年 10 月，周永康出任中共常委、政法委書記、中央綜治委主任，2008 年 4 月，梁克即被提拔為北京市國家安全局局長。2008 年北京奧運會，

周永康擔任奧運保安工作協調小組副組長，負責北京奧運保安工作。梁克作為北京特務機關頭目，曾為周服務。

5月，路透社發表報導稱，周永康據信策劃了竊聽中共高層。據一名接近現任中共高層的消息來源和另外一名聽到梁克案件簡報的人說，在周永康的授意下，北京國安局局長梁克命令他最信任的人在中共「18大」前夕竊聽李克強、溫家寶、他們的家人以及助手的電話。消息來源說，最終被當局發現了竊聽，導致梁克被拘捕。

涉嫌操控政治暗殺和政變

2012年2月6日前重慶市公安局局長王立軍與薄熙來反目之後，為了保命攜帶大量機密文件出逃到美國駐成都領事館，使得江澤民集團的「薄周政變」陰謀曝光。

2012年3月，中共「兩會」結束後，專責溫家寶警衛工作的中央警衛局副局長李潤田突然被免職，引起諸多猜測。有消息稱，李潤田與薄熙來、周永康早有私通，曾向周、薄二人傳遞過大量有關中共高層及胡、溫的內幕消息，令胡、溫極為憤怒。

2012年3月19日，周永康發動「3‧19北京事變」，有消息說，搶奪薄、周政變證人徐明，只是周永康計畫的一部分，當晚周還伺機行刺溫家寶，但是胡、溫方面早已知曉並加強戒備。周永康在行動之前，其陣營內一關鍵人物倒戈，把計畫透露給了胡、溫陣營。

當晚，胡錦濤得知中南海突然被武警包圍起來，緊急調動38軍進入北京。當時軍人受命「粉碎陰謀分子軍事政變」。

有知情人稱，當時 38 軍的目標是北京市東城區燈市口西街 14 號，即中央政法委總部。還有知情人則肯定為玉泉山某處的周永康私邸。當時，槍聲從白馬寺附近的中央政法委傳出，該處有一個排的武警特種部隊把守。當時武警喝問趨近的 38 軍意欲何為，野戰官兵則回答稱：「奉軍委主席令徹查政變基地，緝拿政變首腦！」駐守政法委的武警威脅稱：「衝擊國家要害部門等同謀反，若不馬上撤退格殺勿論！」

武警然後又對天鳴槍示警，但很快被 38 軍制服繳械。當 38 軍進入中央政法委總部後，卻沒有找到周永康。此後，周永康失去中共政法委書記的權力。當晚之後，徐明在胡、溫的控制之中。

其他罪行之一：涉嫌殺妻、娶新歡

另外，官方通報中稱還發現「周永康其他涉嫌犯罪線索」。有分析認為，這等於是給周永康案留下一個「尾巴」，很可能涉及到周永康的殺人罪。

據悉，1990 年代周永康在北京時，時任副職，受一老和尚指點，為升任正職，數次打電話，叮囑其弟弟修繕祖墳。後來周永康官越做越大，周家祖墳多有中共官員前往掃墓膜拜。

有大陸媒體報導寫道，當地多名鄉人透露，十多年前，曾看到周永康長子周濱的生母王淑華在周家祖墳哭了一場，周家人請她回家吃飯，被她拒絕。王淑華是周永康的原配，和周永康育有兩子，分別是長子周濱和次子周涵，其中周濱於 1972 年 1 月出生，就是眾所周知的富商周濱。

對於王淑華的死因內幕，外界一直有諸多質疑之聲。有海外

媒體報導，周永康在中共四川省委書記任上期間，涉嫌製造車禍，謀殺他的原配妻子（周濱的母親）。原因是周永康當時的情人、現在的妻子、中央電視台主持人賈曉燁聲稱懷孕了（後來證實是假的），因而逼迫周永康離婚。

周永康在前妻死於車禍後，立刻娶了賈曉燁。據悉賈曉燁是江澤民的外甥女，周永康為了與江澤民搭親，謀殺髮妻。

也有消息說，賈曉燁其實是江澤民妻子王冶坪妹妹的小女兒，比周永康小 28 歲，北京大學畢業後不久即到中央電視台二台任職。周永康是曾慶紅的把兄弟，通過曾慶紅的介紹，周永康認識了賈曉燁。

周永康次子周涵現居四川成都，由於堅信周永康殺害了他母親，已經與周永康斷絕了一切關係。

曾有消息透露說，周涵在成都開了一家小書店謀生。周永康在視察成都時，盼望去周涵家看望剛出生不久的小孫子，但周涵堅拒開門，並告訴周永康永遠都不想見這個父親。

其他罪行之二：涉大規模活摘器官

除了涉嫌殺妻，周永康最大的殺人罪是活摘法輪功學員器官。據總部設在紐約的追查迫害法輪功國際組織（簡稱：追查國際）的調查電話錄音，前政治局常委李長春表示周永康主管法輪功學員器官被活體摘取事件。

另一段錄音是在 2008 年汶川地震後 5 月 29 日打的電話，對話中，周永康沒有否認把法輪功學員關押在戰備倉庫和防空洞。

前重慶公安局長王立軍交給了美國政府大量關於中共內幕的

各類機密資料，還有關於中共鎮壓法輪功的相關資料，其中包括活摘法輪功學員器官內幕的祕密資料。

　　來自北京知情人士的最新消息說，過去兩年，王岐山布署追查有關器官問題的黑幕。2014年3月份，中央軍委派出25個小組，到全軍（包括武警）300多家醫療機構進行全面清查，其重點之一就是軍隊和武警醫院參與器官活摘和器官黑市買賣的問題。

　　消息說，北京目前掌握的情況，已經令高層人士「瞠目結舌」，真實內情極其嚴重和惡劣。北京不敢公布這些資料，也不敢以此罪行懲處薄熙來和周永康，但卻必須埋下伏筆，以便日後可有推脫責任的後路。因此在周永康案，北京很可能也是參照薄熙來案對這一問題的處理，隱而不發，但預留後手。

第二節

周案官方未通報罪狀

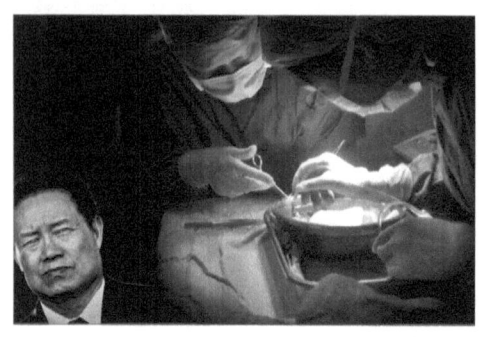

據「追查迫害法輪功國際組織」之前公布的 6 段調查錄音顯示，周永康及其主導的中共政法委系統直接指揮和參與了活摘法輪功學員器官的罪行。（大紀元合成圖）

2014 年 12 月 6 日，中共官媒新華網報導稱，最高檢察院對周永康涉嫌犯罪立案偵查並予以逮捕。案件正在偵查中。官方通報中稱還發現周永康其他涉嫌犯罪線索，但通報掩蓋了周永康的核心罪行：政變與活摘法輪功學員器官罪行。

12 月 6 日，中共官媒新華網報導，中共中央政治局會議 5 日決議，開除周永康黨籍，將其犯罪線索移送司法機關。

報導稱，周永康嚴重違反政治紀律、保密紀律；利用職務便利為多人謀取非法利益，直接或通過家人收受巨額賄賂；濫用職權幫助親屬、情婦、朋友從事經營活動獲取巨額利益；洩露中共和國家機密；本人及親屬收受他人大量財物；與多名女性通姦並進行權色、錢色交易。另外，調查中還發現周永康其他涉嫌犯罪線索。

從 2007 至 2012 年，作為中共政治局常委的一員，周永康是

前中共黨魁江澤民安插在共產黨體制內最有實權的心腹之一。早在 2012 年 3 月薄熙來倒台後，其幕後最大的靠山周永康就成為下一個看倒的焦點。周永康成為幾十年來被拿下的最高級別共產黨高官。

2 次政變未果 至少 2 次謀殺習近平

中共 18 大後，在習近平、江澤民的權鬥的過程中，周永康曾至少 2 次企圖政變、至少 2 次企圖謀殺習近平。

《大紀元》早有報導，中共江澤民集團核心人員都身負法輪功學員的血債，為了逃避被清算，不願也不敢放棄中共的最高權力。為了竊取中共權力，江派曾先後多次謀殺胡錦濤、習近平未果，多次發動政變也未果。

2012 年 2 月 6 日，與時任重慶市委書記薄熙來交惡的重慶市公安局局長王立軍，為了免遭如英國商人海伍德式的被殺人滅口，攜帶機密資料出逃到美國駐成都領事館。隨後，由中共前黨魁江澤民主導，江派二號人物、軍師曾慶紅主謀，前政法委書記周永康、政治局委員薄熙來實施的政變陰謀曝光，政變計畫因此中途流產。周、薄密謀政變的消息最早被美國媒體「華盛頓自由燈塔」曝光。

2012 年 3 月 15 日，政變主角薄熙來被免職；3 月 19 日，據多方消息，周永康為了與溫家寶搶奪薄熙來的「財政部長」徐明，發動了「3·19 北京政變」。報導稱，最早帶走徐明的是周永康的人馬。溫家寶命親信、中紀委副書記馬馼設法把徐明盡快掌握到中紀委手中。

據中南海核心層人士披露，3 月 19 日夜，「周永康調動北京地區附近的武警，規模非常大，包圍了新華門和天安門，並控制了中南海的新華門。」時任中辦主任、胡錦濤的大內總管令計劃也隨即調動中央警衛局的兵力進行抵抗。周永康調派的武警在中南海門前遲疑不前，未敢有進一步的行動。

胡錦濤得知中南海突然被武警包圍後，緊急調動中共 38 軍進入北京。隨後不久武警們即繳械。當晚，無論是中共政法委總部還是周永康的私邸，都未發現周永康蹤跡。

2013 年 12 月，據多家媒體報導，薄熙來事發被捕後，周永康為自保，竭力爭權，擺脫習近平追究。在北戴河會議前後，周永康至少兩次試圖暗殺習近平：一次是在會議室置放定時炸彈，另外一次是趁習近平在 301 醫院做體檢時施打毒針。

在北戴河會議上，周永康認為末日來臨，於是孤注一擲，策劃暗殺習。消息人士透露，這些暗殺由他的助理和警衛談紅進行。談紅在 2013 年 12 月 1 日已經被捕。

習近平上台後，胡、江鬥迅速轉變為習、江鬥，而且來勢凶猛。習近平為了預防不測，曾將他身邊原有的警衛排全部換掉，而且一度移居西山軍事指揮中心。

周被江澤民、曾慶紅和羅幹推上台

周永康在 1999 年至 2002 年任中共四川省委書記，從上任開始，一直極力推動並直接參與對法輪功學員的迫害，其任職期間，四川成為當時全中國大陸迫害法輪功學員致死人數最多的省份之一。

　　周永康對法輪功的殘酷迫害因此被前中共黨魁江澤民看中。通過時任中共組織部長曾慶紅的運作，毫無政法經驗的周永康從地方進入中共中央，進入政法系統。2002 年至 2007 年，周任職中共政法委副書記、公安部部長、黨委書記、武警部隊第一政委。

　　2002 年中共「16 大」上，為了維持對法輪功的殘酷鎮壓政策，江澤民退下前，讓曾經策劃了「天安門自焚偽案」的時任政法委書記羅幹入常。但是因為羅幹將在「17 大」退下，江澤民選中的政法系統的後續接班人就是周永康。

　　同樣的，在「18 大」，因為周永康將退下，江澤民、曾慶紅等安排了手握法輪功血債的薄熙來作為後續接班人。這也是此後被王立軍出逃美領館曝光的周、薄密謀「18 大」後聯手政變奪下習近平權力的根本原因。

　　2007 年的「17 大」曾慶紅退下之前，江澤民和曾慶紅極力推動人事安排，確保江派在常委會中擁有大多數席位，其中包括把周永康塞入中共政治局常委。周永康從 2007 年成為常委之後，為了迫害法輪功和打壓不斷高漲的民間維權運動，動用的「維穩」費用逐年增加。2012 年的「維穩」經費達到 7018 億元人民幣，超過一年 6703 億元的軍費開支。

　　在過去 10 幾年中，周永康所到之處都會成為法輪功學員遭遇綁架、酷刑甚至虐殺的重災區，除了在國內耗資相當於國民經濟總產值四分之一的資金打壓法輪功之外，江派還向國際社會輸出謊言與暴力，在香港、北美、澳洲和歐洲等許多國家和地區煽動仇恨，僱凶對海外法輪功學員進行暴力襲擊等。

周永康政法委「第二權力中央」

　　江澤民下台前，把政法委書記推上政治局常委的位置。為專門鎮壓法輪功，江澤民先後成立「610辦公室」和「維穩辦公室」，都歸屬政法委。「610」名義上屬政法委，可又是一個獨立的體系，權力如當年的中共中央文革小組；「610」通過政法委控制中共的公安、法院、檢察院、國安、武裝警察系統，並有權調動中共外交、教育、司法、國務院、軍隊、衛生等資源。政法委對中共在財政、軍事和外交上的控制，使其成為了中共第二個權力中央。

　　政法委增加了「610」和維穩兩大辦公職能後，使得政法委書記的職權空前擴大。羅幹成為政治局常委後，江又給予「政法委書記」可調動武警的權力。至此，以江澤民為後台的政法委成為實權大於胡錦濤和溫家寶的「第二權力中央」。江、羅為了在下野後不被清算，選中鎮壓法輪功的主力周永康進入17大政治局常委，掌控「第二權力中央」。

周永康主管活摘法輪功學員器官

　　周永康的「第二權力中央」直接指揮了對法輪功的迫害，特別是活摘法輪功學員器官的惡行。

　　2013年9月11日，總部設在紐約的「追查迫害法輪功國際組織」（追查國際）公布了題為《追查國際關於中共活體摘取法輪功學員器官證據專輯》。《專輯》公布了20個調查電話錄音，其中一個錄音顯示，李長春親口說，周永康具體管（活摘法輪功學員器官）這個事。

　　《專輯》披露，經持續的調查，活摘法輪功學員器官，是由江澤民、周永康等中共最高當局利用國家機器統一組織下的大規模、涉及全國範圍的群體滅絕性大屠殺，是在官方的組織和保護下，由司法系統和軍隊、武警、地方等醫療機構聯合進行的系統犯罪。

　　據加拿大前亞太司司長、資深國會議員大衛・喬高（David Kilgour）和國際人權律師大衛・麥塔斯（David Matas）於 2006 年 7 月 6 日向國際社會公布的《中國活體摘取法輪功學員器官指控的報告》顯示，有 6.5 萬法輪功學員遭活摘器官；《報告》總結，活摘法輪功學員器官的指控是真實存在的，是「這星球上前所未有的邪惡」。

　　「追查國際」7 月 26 日發布的追查公告指出，自 1999 年 7 月以來，中共對法輪功學員實施群體滅絕性迫害。特別是，中共在全國範圍以活體摘取法輪功學員器官的方式實施群體滅絕性大屠殺，使迫害達到了人性滅絕的地步。

　　公告指出，這場大屠殺是由江澤民、周永康等中共當權者利用國家機器在全國範圍內，對法輪功學員進行的群體滅絕性大屠殺。這場屠殺是在中共官方的祕密組織和保護下，由司法系統和軍隊、武警、地方醫療機構相互配合下進行的系統犯罪。在實施犯罪中，軍隊、武警醫院和器官移植中心為活體摘取法輪功學員器官的主要場所。近年來，周永康、江澤民等人在美國、法國、澳洲、西班牙等世界多地被法輪功學員以「反人類罪」和「群體滅絕罪」告上法庭。

第三節

周永康或被判死 江澤民危矣

周永康被移交司法處理，其兩項核心罪行：政變與活摘法輪功學員器官殺人罪背後的主使江澤民（左下）面臨受審下場。（大紀元合成圖）

周永康的貪腐淫亂等多項罪被公開，但其核心罪行未被提及。旅居德國的著名華人學者仲維光 2014 年 12 月 6 日對《大紀元》表示，周永康很可能會被快速判處死刑，江澤民也是岌岌可危。

大陸官媒 2014 年 12 月 5 日報導稱，周永康的罪行涉及巨額受賄、洩露國家機密、通姦及其他罪行等，並稱中共當局於 2013 年 12 月 1 決定查辦周永康，2014 年 7 月 29 日立案審查。對周永康的兩項核心罪行：政變與活摘法輪功學員器官殺人罪並未提及。

周永康或被速判死 江澤民岌岌可危

對民眾所關心的周永康被捕到被審判還會需要多長時間，以及以何種罪名入罪的問題，仲維光認為，中共現在說是把周永康

移交司法，又羅列了這麼多看似嚴重的罪行，意味著會很快的收拾周永康，應該會很快進入下一步程式。

他表示，周永康很可能會被判死刑，原因有兩點，一是中共官員的貪腐在民間積怨太深，而周永康又是中國老百姓最痛恨的人，所以快速處理周案會平息一些民眾對官員貪腐的怨氣。再就是周永康在中共黨內也是一個卑鄙無恥的角色，同時結下很大的仇怨。

談到在周永康案被宣布前江澤民的一次露面，仲維光說，這說明江澤民目前也是自身難保。中共內鬥史上，劉少奇和林彪在出事之前都曾露過面，就連周永康在被看管之前也露過幾次面。但露面並不能說明其地位就穩固了，恰恰相反，在這個敏感時刻，江澤民這個老得已經接近死亡的人還要被迫露面，不正說明他現在正處在風口浪尖上，也面臨和周永康同樣的下場，隨時會面臨死亡的境地嗎？

周的打手全部面臨死路一條

至於周永康案會涉及到的人，仲維光認為，一是會涉及到提拔他並給他最高權力的最直接責任者江澤民，再就是在其掌權時給其做幫凶的人。周永康做了 20 多年的官，手下有無數的爪牙。這些爪牙即使這次不會被直接牽連，也會被當作撫平民憤的替死鬼被現政權扔出來。

他分析，對周永康的這些爪牙來說，一是現政權想要對罪行進行切割，再就是這些人又會對目前黨內的人構成威脅，所以周永康的這些爪牙這次怎麼都跑不了。這些人包括以前「610 辦公

室」的人，還有各地公檢法的人，石油系統的人等等，可謂遍布
各地。這些人與其堅持不認罪而等死，還不如出來揭露周永康的
罪行以贖罪，包括活摘器官、迫害法輪功以及迫害民眾等等罪行。
一句話，與其等著死路一條，不如放下屠刀。

周核心罪行是無法迴避的根本問題

對於中共這次並未提及周永康參與政變和活摘法輪功學員
器官這兩項罪行，仲維光說，這是因為這兩項罪行正好戳到中共
最敏感的部位，涉及到其內部最核心的黑幕。其實中共活摘犯人
器官在過去一直都存在，只不過是被中共所掩蓋和隱藏。此事直
到大量活摘法輪功學員器官一事被揭露以後，才被曝光到國際社
會。

他表示，周永康迫害法輪功的罪行是涉及到中共對全國民眾
的鎮壓暴行的。因為在中共對全國人民的迫害和鎮壓中，鎮壓法
輪功最為主要，背後還涉及到對維權人士、民主人士及全體民眾
的鎮壓，這是每個中國人都可以看到的。所以，活摘器官涉及到
中共權力的最根本問題，一旦觸碰，就會使得整個局勢加速發展。
中共也明白這兩件事是無法迴避的最根本問題。但周案最後一定
會觸及這兩件事。

仲維光還說，目前中國民眾對於歷史上發生的「文化大革命」
等事件，包括中共 1989 年對學生和市民開槍，1999 年鎮壓法輪
功，到 2004 年《九評共產黨》的問世，再到如今如火如荼的退
黨大潮，以及目前所發生的一系列鎮壓和迫害，都在促使中國民
眾覺醒。人們已經能夠從更廣闊的角度來看中共，中國民眾也更

清楚要怎麼去做。民眾已經不會再把責任歸咎到某個中共高層身上，而是要徹底清算中共近百年來對中國人所犯下的罪行。中共現任當權者都很清楚，周永康的這兩項罪行會使得中共整條船都沉沒。所以目前中共也是在做最後的負隅頑抗。

周案還會向更大方向發展

仲維光表示，周永康案在此時被提出來移交司法，說明中共是在黨內鬥爭上做好了各方面的準備。就像薄熙來案一樣，看似迫不得已，實際上是因為中共內部鬥爭已經不可控制才發展到這種結果。還有一個更大的問題，這意味著中共黨內鬥爭還會向更大的方向發展。大家都清楚周永康案肯定是少不了江澤民和曾慶紅的，周永康能爬這麼高並且一直有恃無恐，案子也拖到2014年才點明，這後面都是盤根錯節的幫派集團在支撐。

至於周案會如何發展，仲維光認為這和中共以前的黨內鬥爭都是類似的。整個中共黑幫內一直都存在爭奪最高權力的鬥爭。《九評共產黨》一書中把中共的黑幫特性說得非常清楚。這種黑幫鬥爭還會繼續，直到中共倒台為止，因為這是它的特性。從當年毛澤東整劉少奇和林彪就可以看出來，這個集團如果不解體，必然是要不停地進行爭鬥。江澤民和周永康一夥利用中共這部機器來鎮壓別人，現在他們自己也面臨被別人用這個機器整肅的下場。可見中共內部的鬥爭一直就是這麼黑暗殘酷。

第四節

周永康案大事記

2012 年 2 月 6 日爆發王立軍出逃美領館事件，隨後以薄熙來為仲介，波及到周永康。（大紀元合成圖）

繼 2014 年 7 月 29 日中共中央前政治局常委、政法委書記周永康被正式公布立案調查後，中共官方 12 月 6 日凌晨終於公布開除周永康黨籍，移送司法機關處理。周永康案主要源於 2012 年 2 月王立軍出逃美領館事件。兩年多以來發生諸多相關政治事件，均是中共當局為拋出周永康做準備。

自從 2012 年 2 月王立軍出逃美領館後，中國政局就發生了巨變。圍繞薄熙來案件，中南海高層胡、習陣營與江系展開激烈搏擊。薄熙來被判無期徒刑後，《大紀元》隨即預測薄案將延燒至周永康。自 2013 年 12 月，中共通過非官方管道釋出「周永康被抓」消息後，海外媒體紛紛跟進報導，內容包括周永康參與政變、暗殺的黑幕以及中共高層分裂公開化的各種搏擊，一直到 2014 年 7 月 29 日，周永康被正式公布立案調查。12 月 5 日，中共政治局會議決定開除周永康黨籍，移送司法機關處理。

2012 年

2 月 6 日：

與時任重慶市委書記薄熙來反目的重慶市公安局局長、副市長王立軍，為了免遭如英商海伍德式的被殺人滅口，攜機密文件出逃到美國駐成都領事館。

該事件引發中共政局自 1976 年後最大的政治海嘯。《大紀元》即時準確預測薄熙來會下台，一周後，《大紀元》發表《王立軍骨牌效應砸到周永康》點出王立軍事件將以薄熙來為中心，波及到周永康。

2 月 9 日：

美國國務院發言人紐蘭證實王立軍到過美領館，是「自願」離開的；同一天內，中共外交部副部長崔天凱證實，王立軍的確到過美領館，滯留一日後離開。

2 月 14 日：

時任中共國家副主席習近平訪美期間，美國資深媒體人比爾·戈茨（Bill Gertz）在美國媒體「華盛頓自由燈塔」發表長篇文章，援引美國官員的話說，王立軍向美國方面提供了中共高層腐敗的材料，其中包括有關重慶市委書記薄熙來的材料，涉及政治局常委周永康，還有薄熙來這些強硬派如何想整垮習近平，不讓他順利接班的計畫。

3 月 8 日：

重慶事件爆發後一個月，薄熙來處境岌岌可危，時任政治局常委、政法委書記的周永康仍出席中共兩會的重慶代表團，力挺薄熙來及「重慶模式」。次日，在記者會上，薄熙來搬出了中共

政法委書記周永康，薄說，重慶的打黑「由政法委協調的」。

3 月 14 日：

前中共總理溫家寶在記者會上說，王立軍事件調查已取得進展，將嚴格辦理。溫家寶還批評重慶市委和市政府必須反思，並吸取教訓。

3 月 15 日：

周永康的政治同盟薄熙來被免去重慶市委書記一職。王立軍亦被提議免去重慶市副市長職務。《大紀元》發表《周永康在劫難逃的八大理由》，預告了周永康的下場。

3 月 15 日：

中共政治局委員、組織部長李源潮在重慶宣布薄熙來和王立軍被免職。

3 月 19 日：

薄熙來被免職 4 天後的「3‧19 事件」，是為搶奪薄熙來謀反的重要證人徐明，周永康調動武警發動「準政變」，被胡錦濤緊急召來的 38 軍平息。

4 月 10 日：

新華社公布說，中央決定停止薄熙來擔任的中央政治局委員、中央委員職務，由中共中央紀律檢查委員會對其立案調查。

4 月底：

陳光誠事件，全世界公開聚焦被周永康非法監禁 7 年的陳光誠奇蹟般出逃並揭露周對他的迫害，其後胡、溫與美達成協議，允許陳留在中國繼續從事人權事業並保障其安全。在陳離開美使館後，周立即繼續迫害陳，讓胡、溫極其難堪。

5月：

《大紀元》獨家報導，5月初，200 名中共高官參加一場在京西賓館舉行的會議，胡錦濤在會上決定，周永康形同「裸退」，交出權力，失去了指定政法委接班人的權力，讓周永康與薄案切割，等待「18 大」後下台。同時，中南海高層達成「默契」，周永康可高調露面來營造中共表面的「和諧」、「穩定」假象，以確保 18 大權力順利交接。

周永康表面「答應」了，但背後一直暗算習近平、胡錦濤，讓習近平一度非常被動。釣魚島事件讓胡、習與周永康之間的「協議」流產，周永康面臨再「定位」。

6月：

日本的東京都知事石原慎太郎罕見地試圖「購買釣魚島」。江派控制的統戰部也開始通過海外特務、情報部門在海內外煽動「保釣」，企圖以保衛國土為名給胡、溫、習以壓力，攪亂局勢，以延緩「18 大」，使得江派能延續手中的權力。同時，周永康也在暗中煽動為薄熙來翻案。

6月：

《大紀元》獨家獲悉，王立軍交給美領館的 6 大罪狀，其中包括由江澤民主導、曾慶紅出謀，薄熙來夥同周永康實施的政變；薄熙來指使及參與活體摘取法輪功學員器官的相關證據（錄音、密件等）；薄熙來掌權後，開展一次文革式的政治運動，「不惜犧牲 50 萬人，也要確保紅色江山不變天」等。

8月：

《大紀元》10 月份獨家報導，習近平在 8 月底的政治局會議上正式向中共中央請辭，並稱只願意做中央委員。

習近平請辭，震驚中南海。在巨大的壓力下，中共元老們紛紛出面調停。喬石、李瑞環、朱鎔基和在中共黨內相當有勢力的葉家代表葉選寧等都罕見達成默契，紛紛出面勸進習近平，並表態支援習近平。

在習近平「失蹤」的 14 天內（9 月 1 日至 15 日），最終定下的內容有：「18 大」時間表、無論從政治還是其他方面薄派都不能再「翻身」、系統地肅清文革餘毒、逐步摒棄毛澤東思想和馬列等事項。

9 月 1 日：

習近平自出席中央黨校秋季學期開學典禮並講話後，就從公眾視野中消失。

9 月 5 日：

習近平罕見取消了與美國國務卿希拉蕊會面的原定行程；同時還取消了和俄羅斯代表團會面。

9 月 7 日：

通過路透社向國際社會傳遞出中南海新的政治信號，習近平在和胡德平會面時候宣稱「不是薄熙來朋友」、「強調改革」。

9 月 10 日：

原本稱習近平將公開會見到訪的丹麥女首相，當天他並未出現。

9 月 15 日：

習近平到訪農業大學，是消失多日後的首次亮相，中共外交部未對此作出解釋，僅僅讓外界不要隨意猜測。

9 月 18 日：

中國大陸百座城市爆發歷來最大規模的反日遊行。9 月 20 日，

《大紀元》就第一時間報導該次反日遊行背後是，周永康和曾慶紅為阻擊習近平而策動，香港中共地下黨特首梁振英也有參與。曾慶紅和周永康在中日釣魚島問題上大作文章，鼓動反日暴力遊行，各地反日示威遊行出現大量毛左和毛的頭像及相關標語，很多證據指向公安系統直接參與。

一年以後的 12 月 9 日，香港《東方日報》頭版以《周永康借反日倒習》為題，報導「9·18」反日遊行內幕。

9 月 28 日：

中共政治局召開會議，確定 18 大的召開日期及對薄熙來案進行審議，但據官媒報導，時任政治局常委周永康並未出席這場會議，而是參加了公安系統的一個「英模報告會」，再次證實周永康的命運要被「再安排」。

9 月 28 日：

薄熙來被開除中共黨籍和公職，並移送司法機關處理。

11 月：

中共 18 大後，周永康快速退休卸任政法委書記。

2013 年

6 月 23 日：

四川省委副書記、省人大副主任郭永祥落馬。

8 月 22 日：

8 月 22 日薄熙來案公開審理，9 月 22 日一審宣判無期徒刑，《大紀元》報導周永康是薄案第二季主角。

2013 年 8 月 22 日薄熙來案公開審理，9 月 22 日一審宣判無期徒刑，《大紀元》報導周永康是薄案第二季主角。（AFP）

8 月底：

薄熙來案審結，周永康多名親信陸續被查。

10 月 1 日：

周永康最後一次公開露面，出席母校中國石油大學 60 周年校慶活動。《大紀元》此前報導，周永康在「18 大」前就已交出所有權力，並被調查和「軟禁」，之後周永康所有的露面都是為了平衡局勢，被「安排」露面的。

12 月初：

周永康被抓的消息被以「出口轉內銷」的方式公開出來。

12 月 5 日：

《大紀元》獲消息稱，周永康曾策劃政變，刺殺習近平，兩年之內用薄熙來替代，但沒有成功；而且也刺殺胡錦濤未遂。

12 月 13 日：

中共中央候補委員、四川省委副書記李春城被免職進行調查。據悉，其貪污賄賂贓款高達 10 億，涉買官賣官、貪腐受賄、籠絡領導、瀆職失政、以權謀私。李春城在周永康老巢四川經營超過 10 年，其涉及的多起腐敗案，同周永康家族利益密切相關，

是周的馬仔。

12 月 16 日：

《大紀元》獨家報導《前部級高官證實周永康被抓 罪涉三名前常委》，報導說此事高層已經全部都知曉，只是沒有對外正式宣布，宣布也只是一個時間問題。

周永康案直接涉及到中共前政治局常委江澤民、曾慶紅和羅幹，他們也難逃法網，最終都將接受審判。

12 月 20 日：

前公安部副部長李東生被調查，5 天後迅即被免職，李東生出事被視為周永康案的重要節點。

李東生是周永康案涉及的首名政法系官員。周永康的後妻賈曉燁由李東生介紹，周、賈 2001 年結婚，周因此重用李東生。

周永康 2007 年 17 大後任中央政法委書記，李東生則自 2009 年 10 月起調任公安部副部長，並兼任「中央 610 辦公室」主任。

在中共官方 3 次通告中，都罕見的列出了迫害法輪功團體的兩大隱祕頭銜（中央防範和處理 X 教問題領導小組副組長、辦公室主任），並放在了「公安部黨委副書記、副部長」之前。

「中央防範和處理 X 教問題領導小組」辦公室也叫「610」辦公室，是中共前黨魁江澤民為了鎮壓法輪功專門於 1999 年 6 月 10 日成立的非法組織，凌駕於中共法律之上、類似中共文革時期的「文革小組」和納粹德國的「蓋世太保」。小組組長先後由 3 個江派常委李嵐清、羅幹、周永康出任；江派人馬王茂林、劉京、李東生先後任辦公室主任。

從成立「610 辦公室」以來，李東生就是「610 辦公室」副主任；2009 年，劉京退休後，李東生升任「610 辦公室」主任，

成為正部級。

　　復旦大學新聞系出身的李東生畢業後留校任教，後到中央電視台工作多年，2002 年擔任中宣部副部長。李東生擔任央視副台長時，為討好江澤民和政法委書記周永康，操控中共央視鋪天蓋地誣衊法輪功，參與策劃震驚國際社會的「天安門自焚偽案」。

　　12 月 29 日：

　　中共中紀委消息說，四川政協主席李崇禧「正接受調查」。

　　和李春城與郭永祥一樣，李崇禧是周永康的舊部。周永康1999 年到 2002 年曾任中共四川省委書記，其間李崇禧被提拔，歷任省委祕書長、辦公廳主任，成為周永康在省委的祕書中官階最高者。

2014 年

　　1 月 25 日：

　　中國社會科學院主管的中國經營報社《中國經營報》刊發長文解構周濱岳母詹敏利的商業圈子，周濱黃婉夫婦、「地學泰斗」黃汲清及其子、吳兵、米曉東、中旭系、中石油等關鍵元素被複雜的公司存廢、管理層興替、資本運作連結在一起。

　　進入 2 月後，與周永康在公開報導中持續銷聲匿跡形成鮮明對照的是，其子周濱及周永康的祕書們涉及巨型貪腐網絡的消息不斷被官方及媒體公布。

　　2 月 18 日，中紀委宣布海南省副省長冀文林被調查。冀文林成為馬年首個被查的副部級官員，而其官方簡歷顯示，冀文林曾在周永康任國土部部長時期擔任其祕書，冀文林本人與早前落

馬的四川省原副省長郭永祥、中石油原副總經理李華林等關係密切。

在冀文林東窗事發後,《新京報》發表社論,「祕書幫」已經構成了一個腐敗權利網,而與這張網有關聯的還有李崇禧、蔣潔敏、王永春、李春城等人,占18大後落馬的副省級以上官員超過三分之一。這個網絡操控著石油能源、國民經濟命脈,染指政法、國土資源審批,乃至掌控多個地方的行政資源,是高級別、系統性、集團化的腐敗。

2月20日:

四川富豪、原四川漢龍集團董事局主席劉漢被提公訴,被視為周永康受查的前奏,其後被判死刑。

2月20日:

呂梁市委副書記、市長丁雪峰被免職。有接近案件的知情人士稱,丁雪峰的落馬係其兩年前買官案發,其中部分與公安部原副部長李東生案牽連,近期頻頻見諸於海內外報刊的「神祕商人」周濱等人也牽涉其中。

2月24日:

《中國經營報》披露,中石油國際事業有限公司黨委書記沈定成處於「失聯」狀態。至此,周永康曾用的「4大祕書」郭永祥、李華林、冀文林、沈定成全部被反腐風暴掃倒。這4人無論是在石油行業、四川商業還是周濱讀書等私人事務上,都與周濱及其妻家有千絲萬縷的關聯,因此輿論普遍稱此為「祕書幫的陷落」。

2月25日:

財新網再發報導披露周濱下屬公司涉案被查的內幕,詳細曝光四川涉黑富豪劉漢與周濱的關係。文章稱,周濱幫劉漢代持

電力公司的股份，水電站項目隨後得到縣州省三級發改委同意上馬，之後劉漢回購股份，但交易並沒有付錢。為了「攀附」和籠絡周濱，劉漢不惜一擲 2000 萬購下周濱的旅遊項目。

2 月 26 日：

《新京報》接力曝光周濱及其家人還通過代理人，涉足北京的公租房項目，並正在介入房地產開發。商人米曉東及周濱岳母詹敏利再次出現在承包公租房項目的公司「昀澄旭榮」的出資人名單上，但該項目因「程式問題」被擱置，現在還是一片荒地。

2 月 28 日：

上海《東方早報》通過其微信發表長篇報導《周濱之父周元根往事》。雖沒有指名道姓，但報導毫不避諱地點名周濱等人，披露周氏家世及往事，並指「周元根」在 13 年 4 月曾回鄉並說：「這可能是我最後一次來看望大家了。」14 年 2 月，周元根二弟周元興癌症過世，他也沒有出席弔唁。

3 月 1 日：

大陸財新網報導，神祕商人周濱（即周永康長子）、兒媳黃婉早在 2013 年 12 月在北京被捕調查。其岳父黃渝生也在同期失去聯繫。周濱的三叔周元青、三嬸周玲英和堂弟周峰也在同月被帶往北京。這是自周濱夫婦在 2013 年 9 月從美國被「帶回」北京之後，首次有媒體報導其被警方控制的具體時間。

3 月 2 日：

中共兩會期間，全國政協 12 屆二次會議新聞發布會新聞發言人呂新華在記者會上回應對周永康案的看法時，意味深長地向記者稱：「我和你一樣，在個別媒體上得到一些信息。」並聲稱無論什麼人無論職位有多高，犯法就要嚴厲懲處。還說：「我只

能回答成這樣了，你懂的。」

3月3日：

《新京報》指周元青（即周永康三弟）夫婦13年12月初，因涉中石油貪腐案被抓。

4月9日：

中紀委宣布對郭永祥進行立案檢查，郭永祥被開除黨籍公職。郭永祥的大兒子郭連星與詹敏利、周家白手套吳兵、米曉東等關係密切。

5月15日：

中石油公告稱，公司副總裁薄啟亮從4月26日起不再擔任副總裁。財新網稱，薄啟亮已經被帶走調查。此前，中石油伊朗公司總經理張本全也遭到調查。

6月30日：

中紀委宣布，蔣潔敏、李東生、王永春被開除黨籍。

蔣潔敏被認為是周永康在中國石油系統中一手培育起來的「門徒」之一，而王永春曾一度被認為是接替蔣潔敏執掌中石油的人選。李東生出身宣傳系統，以零政法經驗從中央台副台長升任公安部副部長，周永康的現任妻子也是由李東生介紹認識的。

6月30日：

江澤民「軍中最愛」、前中共中央軍委副主席徐才厚被開除黨籍，移送軍事檢察機關。

7月2日：

中紀委宣布，海南省前副省長冀文林、中央政法委辦公室原副主任余剛被開除黨籍和公職。公安部警衛局原正師職參謀談紅因被開除黨籍。3人被指均曾擔任周永康的祕書，其中冀、余兩

人曾擔任「專職祕書」，談曾擔任「警衛祕書」。

7月8日：

中紀委宣布，海南省委常委、副省長譚力被調查。譚力是繼冀文林之後，海南省2014年下馬的第二個副省級官員，也是18大以來，又一名具有四川背景的被查官員。譚力被曝曾收受劉漢百萬財物賄賂。

7月16日：

財新網披露又一名與周家相關的人物——賈曉霞。她是周永康妻子賈曉燁的妹妹，曾經是中石油在加拿大的負責人。報導指，2013年年底，周濱及賈曉燁失去自由之後，賈曉霞的行蹤也開始變得飄忽。

此前，財新曾引用搜狐財經的報導稱，賈曉霞是由2014年早前落馬的、曾主管中石油海外業務的副總裁薄啟亮一手提拔的。薄啟亮則是依靠與蔣潔敏的關係在中石油系統中任職。

《華爾街日報》報導，賈曉霞在2005年左右初到加拿大，負責協助管理中石油的拉美業務，同時參與了蘇丹項目，後來成為中石油在加拿大的代言人。中石油海外多名高管薄啟亮、宋亦武、李智明乃至賈曉霞的被查和涉事，讓中石油斥資200多億人民幣收購加拿大阿爾伯塔省阿薩巴斯卡地區的油砂項目蒙上陰影。

7月14日：

《南華早報》報導，多名消息人士稱，中共18屆四中全會將早於慣例在8月末開幕，會上可能正式公布對周永康的貪腐調查。

7月29日：

官方正式公布周永康被「立案審查」。

12 月 5 日：

中共政治局會議決定開除周永康黨籍，移送司法機關處理。

12 月 6 日：

官媒報導稱，最高檢察院對周永康涉嫌犯罪立案偵查並予以逮捕。

獵狐行動瞄準三大家族

第八章

周永康妻妹賈曉霞

為打擊中共貪腐官員攜款潛逃海外的現象，2104 年 7 月 22 日中共公安部開始了所謂的「獵狐行動」。周永康的小姨子賈曉霞，因通過收購外國石油企業和購買油田等項目，斂財高達數十億美元，也成為此次海外追逃的主要目標之一。

2014 年 7 月 29 日周永康被立案審查，周永康居留在加拿大的小姨子賈曉霞則行蹤不明。（新紀元合成圖）

第一節

賈曉霞成獵狐對象

周家父子黑金超千億

周永康案是最近國際和大陸媒體一直關注的焦點。周永康以中共政治局常委身分掌管中共公、檢、法、國安和武警系統長達10年之久，被外界稱為「維穩沙皇」，親掌 200 萬武警和 7000 億維穩經費，其權勢橫跨公檢法、司法、情報、媒體、民政、國企、軍隊等，權勢之大被稱為「第二權力中央」。

周永康的勢力滲透到中國社會的各個層面，其搜刮黑金手段之殘忍，駭人聽聞。2013 年隨著中石油貪腐窩案的曝光，揭出周永康家族的兩大金庫——周永康曾經掌控的石油系統和其曾經主政的四川省，一度成為周永康家族的兩大金主。

據悉，周永康涉嫌貪腐的金額高達數千億元，是中共建黨以來，涉及貪腐案件被查處的最高層級官員，除此之外還涉及謀殺、

政變等罪行。

周永康的兒子周濱因其父的權勢與影響力，專門從事賣官、減刑、調包死囚犯來獲取巨利。周永康父子曾一度以被非法關押的法輪功學員頂替死囚犯被執行死刑，在行刑時又活摘法輪功學員器官，而死囚犯被洗白後再回社會。

中石油成周家錢罐子

周永康自 1985 年從遼河油田上調石油工業部後，歷任石油工業部副部長、中國石油天然氣總公司副總經理、總經理，其在中國石油系統的勢力可謂盤根錯節，中國石油系統也成為周永康家族黑金的來源之一。

2013 年 8 月，中石油四大高管被抓。不久，原中石油董事長、國資委主任蔣潔敏落馬。蔣潔敏與周永康的關係非常密切，蔣輸送給周家的利益數目非常巨大。

蔣追隨周多年，主掌中石油後，更是利用職權討好周永康。蔣潔敏將中石油收購海外油氣田、向海外採購油氣田設備的項目，預先告知周的兒子周濱或其管家吳兵。周濱則利用美國公司介入生意，而這家公司實際上是在周濱妻子黃婉在美國的父母，藉助美國當地信用人出面開設的。

收購或採購對象一旦確定，蔣潔敏想辦法讓中石油暗中加價多付，令周氏家族大賺一筆。透過這種方式，蔣潔敏向周永康家族輸送了上百億美元的利益，周氏家族把巨款全部送到瑞士銀行洗錢，逃避美國監管。

賈曉霞一度行蹤不明

中共「獵狐 2014」行動開始一周後的 7 月 29 日,周永康被立案審查。周永康居留在加拿大的小姨子賈曉霞則行蹤不明。

據悉,2013 年 12 月,周永康的兒子周濱、妻子賈曉燁失去自由,賈曉霞就極少出現在公眾場合,行蹤開始變得詭祕。

2013 年 6 月 15 日,賈曉霞曾經以中石油代表的身分主持了第一屆加中石油天然氣講座。

2014 年 2 月 3 日,賈曉霞向卡爾加里的皇家山大學捐贈了兩個乒乓球桌,並與學校校長戴維打了一場乒乓球賽。之後,賈曉霞再也沒有在公共場合露面。有消息稱,賈目前仍在加拿大。

有加拿大媒體人表示,2014 年北京 APEC 會議期間,中共和加拿大商討了引渡條約,加拿大總理哈珀在北京 APEC 會議上對習近平明確表示,「加拿大無意收留逃犯,願意在遣返方面同中方開展合作。」有知情者透露賈曉霞是主要引渡目標之一,「今年哈珀到北京訪問,談了貪官引渡的問題,據說主要就是因為賈曉霞。」

據悉,因遠華走私案罪犯的前遠華集團創辦人兼董事長賴昌星被引渡回中國大陸之後,賈曉霞已經成為在加拿大最有名的潛逃者。作為周永康案的重要證人,賈曉霞可能面臨追逃,最終可能會被遣送回中國。此前有報導稱,周永康案事發後,賈曉霞拒絕回國協助調查。

賈曉霞依靠周永康發跡

賈曉霞 1976 年出生，原籍山西，畢業於上海復旦大學外語學院研究所。姐姐賈曉燁嫁給周永康之後，從未有過石油業工作經驗的賈曉霞被調入中石油。2003 年，賈曉霞出任中石油在厄瓜多爾一家分公司的新聞發言人，2006 年到加拿大負責協助管理中國石油集團的拉美業務，同時參與了蘇丹項目，後來升任中國石油集團加拿大公司負責人，直通當時的中石油董事長蔣潔敏。

賈曉霞 2006 年初到加拿大，改名瑪格麗特·賈（Margaret Jia），長期住在加拿大亞伯達省卡爾加里。

加拿大有兩個油砂項目，在連油砂儲量都還沒有探明的情況下，中石油就匆忙出資 40 億加元進行收購。要讓這兩個油砂項目有產出，中石油必須在未來 10 年間，為此持續投資至少 300 億加元才有可能看到石油。賈曉霞正是這次收購的幕後運作者。

有海外媒體報導，賈曉霞憑藉周永康小姨子的身分，通過收購外國石油企業和購買油田等項目，斂財高達數十億美元。

賈曉霞早已被視為是周永康夫婦在加拿大的代理人，周也曾經被曝在加拿大設有祕密帳戶，在加資產驚人。

陸媒財新網 2014 年 6 月報導，主管中石油海外業務的中石油副總裁薄啟亮 5 月被帶走調查，他是提拔賈曉霞的責任人。中石油海外勘探開發公司副總經理宋亦武、中石油在加拿大地區的實際負責人李智明等，也都被中紀委帶走調查。

中紀委自公布對原政治局常委周永康進行調查之後，涉及周案的中共高級官員人數已多達數百人。

2013 年 12 月，周永康的兒子周濱及其妻子黃婉被警察帶走，

周濱的岳父黃渝生在同期失去聯繫，周濱的三叔周元青、三嬸周玲英和堂弟周峰也被中紀委帶往北京。

周永康 1966 年畢業於北京石油大學，在中國石油系統任職長達 30 年，1985 至 1998 年期間一直擔任中石油的最高主管，還曾任四川省委書記、中共公安部長、中央政法委書記。他退休後被查處，北京中央部委、四川省和石油業眾多高官也先後落馬。

賈曉霞之子被禁離境

賈曉霞之子賈約翰，2014 年 1 月從加拿大赴上海參加朋友婚禮，被當局禁止出境，滯留中國。

《華爾街日報》11 月 25 日報導，賈約翰通過 Facebook 等社交媒體向他的朋友說，他也「不知道發生了什麼，但因為姨夫的關係，在問題解決之前不能離開中國。」。

美媒報導稱，大約 10 年前，賈約翰和母親賈曉霞離開中國到加拿大居住。他十多歲就擁有自己的房子，開著豪華轎車，常常出國打高爾夫球。據悉，賈約翰被滯留大陸前正在加拿大讀工商學位，但已經在加拿大一家和能源投資有關的企業擔任商業發展助理。目前，賈約翰在中國大陸並沒有被關押，只是不能離開中國。

有消息說，賈約翰已經是加拿大公民，但這一消息並未獲證實。他在中國也從未向加拿大駐中國使領館要求幫助。

《華爾街日報》記者在 2014 年 8 月份試圖聯繫賈約翰，但沒有得到回覆，隨後他的社交網站帳戶被註銷。賈約翰在 1 月時曾在中國留言表示，親戚幫他在一家房地產公司找到了工作，並稱自己「人生第一次徹底失落」。

第二節

周永康後妻賈曉燁的傳聞

2014 年 12 月陸媒曝光了周永康與後妻賈曉燁的正面合照。

　　由於中共封鎖信息，剝奪了民眾的知情權，於是很多可以公開的信息反倒成了人們猜來猜去的謎了。特別加上中共高層分裂，不同陣營、不同企圖的人都在網路上釋放各種訊息，以至於前政治局常委周永康的妻子情況，坊間流傳很多說法。

　　2012 年王立軍剛出逃不久，網路上就流傳，周永康現任妻子賈曉燁，比周小 28 歲。據說賈曉燁是江澤民妻子王冶坪妹妹的小女兒。當時賈以假懷孕為由逼婚，周為了攀高枝、巴結江澤民，不惜用車禍殺死自己的結髮之妻。娶了賈之後，周到處炫耀「我是江主席的人」，結果周永康一路從四川省委書記進入中共中央，最後成為政治局常委，為江澤民執掌政法委。

周永康殺妻 次子與周斷絕關係

周永康謀殺妻子王淑華的消息傳了一年多後，到了 2013 年 6 月，網路上傳出一些細節，說據北京消息人士透露，精心安排車禍謀殺周永康前妻的是周的前祕書、原四川省副省長郭永祥。

據周永康的兩名前司機供認，郭永祥在周永康授意下，精心安排以車禍的方式謀殺了王淑華，當時兩輛車從相反方向同時撞向她。兩名司機當時都是武警，被捕後雖然名義上判處了 15 至 20 年徒刑，但事實上兩人都沒有坐牢，而是都被安排到勝利油田。其中一名司機成為司機副隊長，另外一名調往山東中石油之後成為副總經理。這兩名司機被捕之後已向有關方面供認了謀殺的詳情與細節。

還有消息說，王淑華是周濱和周涵（或稱周寒）的生母，周涵一直相信母親被人謀殺，對此耿耿於懷。事發之後，切斷了和周永康的一切聯繫，在成都開一個小書店謀生。在他第一個孩子出生後，周永康碰巧到成都視察，想看望一下小孫子，但周涵關門拒絕見周永康，告訴周「永遠不想再見到畜生父親」。

傳賈曉燁險遭央視開除

後來又有被民眾認定為江派的媒體爆料說，賈曉燁不是江澤民的外甥女，「……元配才是老江的外甥女，現年 42 歲的周夫人賈曉燁，與老江無任何瓜葛。」文章說，「上世紀 90 年代末，在央視二台任職實習生的賈曉燁經常與攝影師一起採訪周而雙方熟識。久而久之，賈採訪周就不再帶攝影師同行。央視僅幾名與

賈關係不錯的女主播得悉周賈兩人的親密關係，但都祕而不宣。」

文章還說，賈曉燁「北大畢業，相貌平平，異常低調，毫不起眼。以至某年央視裁員，要炒掉賈，殊不知周的一個電話，電視台高層才恍然大悟，賈來頭之猛。而隨著周步步高升，賈幾年前亦已離開央視。」江派媒體這番表白，其實還是沒有抹掉周永康與江澤民的特殊關係。

資料顯示，江澤民之妻王冶坪出身於一個富裕家庭，其父是江澤民嫡母兼養母王者蘭的哥哥，也就是說江澤民的叔父江上青原本是王的姑父。家族經營工藝品，但後來家道中落。王冶坪畢業於上海外國語學院，曾任上海電器科學研究所文書、副主任、主任，在那裡她和江澤民結婚。至於賈曉燁的父母姓名，至今沒有公開。

2013 年 12 月 20 日，原公安部副部長、央視副台長李東生落馬後，網路上到處流傳說，李東生原本想把湯燦奉獻給周永康，結果周永康看中了賈曉燁。李東生還把王小丫獻給了最高檢察院院長曹建明，央視成了中南海的「後宮」。

等到 2014 年 7 月 2 日，中紀委通報周永康現任祕書余剛被「雙開」，余剛跟了周永康十多年。這時有消息說，余剛一度和湯燦結婚，但後來離婚了。

2014 年 7 月 29 日周永康被正式立案調查後，財新網報導說，「多個可靠信源告訴財新記者，2000 年前後，王淑華與周永康離婚。此後不久，王淑華遭遇了一場被外界賦予神祕意義的車禍去世。2001 年，周永康又娶中央電視台記者賈曉燁為妻。」文章在另一段裡重複強調說，「當地多名鄉人告訴財新記者，十多年前，曾看到周濱生母王淑華在周家祖墳哭了一場，周家人請她回家吃

飯，被她拒絕，她說離婚了，不是你們家人了。之後不久，王淑華不幸死於車禍。」

文章還說，「周濱繼母賈曉燁現年45歲左右，曾在央視二套財經頻道工作過。賈曉燁老家在山西，父母都是地方戲曲工作者。大學畢業後，賈曉燁進入央視做記者，從而有機會採訪周永康。周永康擔任四川省委書記後，賈曉燁很低調地嫁給了周。2002年10月，周永康返回北京，在17大上當選中央政治局委員，出任中共中央政法委員會副書記、公安部部長，賈也回到央視工作。

賈曉燁有個妹妹賈曉霞，曾就讀復旦大學外語學院。受周永康的蔭護，賈曉霞也進入石油系統，先後在中石油厄瓜多爾和加拿大分公司工作。」

周永康落馬後，才有消息說，李東生認識賈曉燁時，賈已是周的妻子。這時還流傳出一張賈曉燁的照片。據說周永康曾下令把有關賈曉燁的所有文章、信息和照片從互聯網上刪除。

周永康淫亂 北京圈內人眾所周知

關於周永康的好色淫亂，網路上也廣為流傳。有傳言他和400個女人有染，有的甚至說他在被抓前一天不知有人跟蹤他，還和央視某女主播淫亂，還傳出照片等。不管個別傳聞是真是假，周永康私生活的不檢點，就跟薄熙來的好色一樣，在北京圈內人已眾所周知。

據說王立軍出逃美領館之時，掌握了許多證據，其中包括許多周薄兩人染指女孩的情色錄影帶，而這些女孩都是薄熙來的富商密友、大連實德的總裁徐明所提供。徐明已招供，他負責安排

女性和薄熙來之間的淫亂行為。王立軍之所以掌握這些錄影帶，是因為他從大連時期就跟隨薄熙來，深知官場險惡，他收集了許多證據，還裝設針孔攝相機，偷拍頂頭上司薄熙來男歡女愛的過程，自從和薄熙來決裂後，這些錄像帶也成了王立軍自保的工具。

周永康長期接受薄熙來提供的女性，其中 28 名已經確認，包括歌手、女演員以及大學女生。周永康光是在北京，就有六處「行宮」可以淫樂。知情者稱，周早期從事石油工作時，便因性好淫樂被外人譏為「百雞王」。此外，薄熙來和周永康二人還共用情婦，傳稱一名原屬薄熙來情婦的女歌星，便曾被薄「轉贈」給周永康。

其實不管周永康的這些淫亂醜聞是否真實，與江澤民是否為親家關係，相比於周永康十多年來對民眾的暴力屠殺，人們看到周永康執行的都是江澤民的指令，周永康成了江澤民屠殺善良民眾的暴力工具。

第三節

蔣潔敏賤賣油田
張宏偉花 6 億撈人

蔣潔敏賤賣遼河油田 周永康獲利 17 億

2013 年 12 月 13 日，就在周永康傳被中紀委帶走的十多天後，海外網路流傳一個消息稱，中石油總裁蔣潔敏以 0.1 億的低價，把遼河油田賤賣給了聯合能源集團的董事長張宏偉。張宏偉之所以能得到這個優惠，是因為他賄賂了周永康的兒子周斌。

當時遼河油田雖然是 30 年的老井，但 2009 年地質勘探時發現有巨大的新油流，本來應該賣個非常高的價錢，但由於蔣潔敏是周永康的心腹，蔣僅僅以 1000 萬把遼河油田賣給了私人老闆張宏偉。2009 年遼河油田的東升油區每天生產原油 600 噸，但到了 2013 年增加到每天 1716 噸。周永康家族因此一年就賺了 17 億，其附屬也賺得金滿缽滿。

消息還說，有次在香港，張宏偉一次就付給周斌 8 億人民幣，「其中 6 億元是周斌幫助張宏偉找周永康去上海（2009 年 6 月

20 日），擺平在上海雇傭黑社會暴打維權律師嚴義明的撈人費。張宏偉雇傭的打手，其中的兩名主犯被周永康命令上海市公安局長張學兵，以證據不足為由釋放，從犯輕判三年、二年、一年不等。」

知情人還說：另外的 2 億元是張宏偉給付給黃炎買遼河油田高升新井區的私下介紹費。周斌通過其舅父（遼河油田管理局副局長）運作，將高升油田新勘探擬開發且價值千億的石油資源賣給張宏偉。國有資產就是這樣流失到張宏偉這個資本大鱷手中。

1954 年出生在哈爾濱農村的張宏偉，起初靠蓋房子起家，東方集團最早是個鄉村建築隊，後來成為一家投資控股型企業集團，是大陸首家上市的民營企業，張宏偉還曾在民生銀行擔任副董事長，亦是聯合能源集團（0467）主席。他擁有近百億人民幣資產，在 2011 年福布斯中國富豪榜中排名第 61 位，並先後當過兩屆全國政協常委和兩屆全國工商聯副主席。

早前有海外媒體報導稱，2009 年張宏偉通過周永康的「大管家」吳兵認識了周的兒子周斌後，利用他們的影響力，於 2010 年從中石油董事長蔣潔敏手中得到了本來屬中石油談判收購的巴基斯坦油田。為了討好周斌，張宏偉還不惜與其共用心愛的女人。

此外，張宏偉和女兒張美英以及周永康的小姨子、中石油加拿大分公司的實際控制人買曉霞也互有洗錢來往。買曉霞實際控制著中石油高達百億美金的資產。

證券維權第一人被黑社會暴打

為何張宏偉要花 6 億賄賂周永康呢？這就涉及到張宏偉最早

起家時一起創建東方集團的原始股東。

2009 年 4 月 14 日，被稱為「中國證券市場中小股東維權第一人」的嚴義明律師，在位於上海徐家匯民生大樓的辦公室遭到三名歹徒襲擊，造成他右肩肩胛骨骨折，並有多處外傷。消息傳出，一時間此事在證券市場掀起巨大波瀾，4 月 24 日四名犯罪嫌疑人被上海警方帶回上海。但不久兩名嫌犯被保釋出來了。

2009 年 5 月《新京報》等媒體紛紛報導說：東方集團上市前的兩名原始股東王鴻林和褚景春，實名向上海市公安局徐匯分局遞交了舉報信，稱原東方企業集團書記、監事會主席遲某的司機韓某，勾結黑社會對嚴義明律師採取了暴行。

事件起因要追溯到 19 年前的 1990 年 2 月，東方企業集團獲准發行股票 3500 萬股，其中內部職工股 310 萬股。部門經理王鴻林分到 14.88 萬股的職工資產股，司機褚景春分到 4.35 萬股。

1993 年 12 月，東方集團發行 4000 萬股股票，並於 1994 年 1 月在上交所公開上市。王鴻林在舉報信中說：「上市後，現在的東方集團根本不承認我和其他原始股東的權益，東方集團的人說由於上市公司虧損，原始股東的股份不值錢。從 2006 年起，大概 30 位原始股東組成了維權班子，由嚴義明律師代理維權。」2007 年 3 月，以各原始股東為原告、以東方集團及其法人張宏偉為被告的維權案件在哈爾濱市南崗區法院立案。

但在維權過程中，韓某一直不讓原告和嚴義明聯繫。法院立案之後沒多久，韓某召集全體維權成員開會，稱東方集團嚴重虧損，這些股票根本不值錢，張宏偉願以每股一塊錢收購股票，不轉讓的就是廢紙一張。在韓某的勸說下，幾位原始股東就跟東方集團簽了一份協議。但很快發現被騙了，於是再次起訴張宏偉。

　據嚴義明回憶，那年中國新年前，韓某曾威脅他本人，如果繼續代理維權的話，就會找人「做」了他。後來嚴義明在辦公室被暴打。

　2009 年 5 月 5 日中午 11 時中國新聞網和騰訊財經網發布了暴打嚴義明凶手的照片和文字說明，稱凶手已經交代了幕後黑手，但一小時後，中國新聞網就對此闢謠，稱凶手拒不交代委託人是何許人也，直到四年後，周永康落馬後，人們才知道這兩個黑社會人物背後的大靠山是中國最大黑領、政法委書記周永康。

第四節

賈曉霞藏匿加拿大

中石油加拿大項目被中紀委盯住，繼中石油海外勘探開發公司副總經理宋亦武、中石油在加國實際負責人李智明被帶走調查後，曾擔任中油國際加拿大公司總經理的周永康小姨子賈曉霞也傳出已經被抓，但消息尚未得到官方證實。

財新網 曝中石油加拿大油砂賭局

2014 年 6 月 10 日，財新網刊登《中石油的油砂賭局》一文。文章稱，2009 年 8 月，中石油全資子公司——中石油國際投資公司（中油國投），與加拿大阿薩巴斯卡石油公司簽署協議，購買阿薩巴斯卡位於加拿大阿爾伯塔省阿薩巴斯卡地區的麥肯河（MacKay River）和道沃（Dover）兩個油砂項目，交易總價為 39 億加元。

但與其他幾個項目收購時對方已具備穩定的規模產量不同的是，阿薩巴斯卡公司披露的項目細節中，截至 2009 年年底，其對麥肯河和道沃項目分別打了 132 口和 176 口探井，但沒有探明儲量（proved reserves）。而在資產併購時，探明儲量是衡量資產價值的主要依據。

有不願透露姓名的國際能源業人士表示，對中石油收購阿薩巴斯卡油砂項目的做法感到不解。保守估計，未來十年間，中石油要為加拿大兩個油砂項目花費超過 300 億加元的資本開支和操作費用。

研究機構 IHS CERA 2013 年 10 月的一份報告稱，算上勘探開發、產建投資以及 10% 的回報率在內，加拿大地區使用 SAGD 技術開發油砂的新建項目盈虧平衡油價約為 80 美元／桶，比委內瑞拉重油、美國緻密油和墨西哥灣原油高出 15 美元／桶。

周永康妻妹曾任中石油加國老總

2014 年 5 月，主管中石油海外業務的中石油實權人物副總裁薄啟亮被帶走調查，被認為是中紀委針對中石油腐敗窩案的調查，已從國內業務延伸到其海外業務。

5 月 17 日，「搜狐網」發表標題為《周家陰影下的薄啟亮》文章稱，薄啟亮違規提拔周濱（周永康之子）後母賈曉燁的妹妹賈曉霞為中石油加拿大公司總經理。據知情人向搜狐財經透露，整個中石油最大實權派就是薄啟亮，其負責的海外業務占據中國石油「半壁江山」。

知情人透露，2013 年 6 月 15 日，賈曉霞以中石油代表身分

主持了第一屆加中石油天然氣講座後，就再也沒有公開露面，現已離職，隱藏在加拿大卡爾加里。

此前也有多家媒體報導，賈曉霞曾就讀上海復旦大學外語學院，因為周永康的關係被調入中石油。沒有任何石油工作經驗的賈曉霞成為中石油加拿大分公司的首席代表，並且直通當時的中石油董事長蔣潔敏。

消息稱，賈曉霞作為周永康夫婦在加拿大的代理人，手上掌握著中石油動輒上百億美元的資產收購和合資項目，賈曉霞在加拿大至少斂財數十億美元。

一名曾在中石油工作的人士稱，中石油在加拿大花幾十億美元收購的項目，之前說是資質良好，結果輪到中石油自己開採，才發現其實資源貧乏。

周永康案的一條漏網大魚

加拿大《金融郵報》日前引述消息稱，周永康案發後一直銷聲匿跡的周永康小姨子賈曉霞已經被捕。報導還稱，由於相關人等遭調查，中石油與卡爾加里阿薩巴斯卡油砂公司（Athabasca Oil Sands Corp.）的油砂交易極有可能毀約。消息最初來源是親共媒體《旺報》的英文電子報：Want China Times。

2014 年 6 月，大陸「財新網」曾刊登《中石油的油砂賭局》一文，揭露中石油歷時四年，耗資 40 億加元，在加拿大的麥肯河（MacKay River）和道沃（Dover）兩個油砂項目收購中，並沒有探明儲量，而在資產併購時，探明儲量是衡量資產價值的主要依據。此外，未來十年間，中石油還要為加拿大這兩個油砂項目

花費至少300億加元才有望看到產出。整個交易被國際專家認為不啻為一場賭博。

7月16日財新網的另一篇跟進文章中，指原定於6月完成的油砂區塊收購由於宋亦武等相關中石油高層的被抓目前仍未最終交割。

財新網的報導稱，中油國際加拿大公司的總經理一職由賈曉霞擔任，她是北京神祕富商周濱的阿姨，長期居住在加拿大阿爾伯塔省的石油重鎮卡爾加里。賈曉霞曾就讀復旦大學外語學院。之後進入石油系統發展，先後在中石油厄瓜多爾和加拿大分公司工作，在加拿大華人商界頗為活躍。

但2013年12月周濱及賈曉燁失去自由後，賈曉霞的行蹤也變得飄忽起來。有加拿大能源業人士向財新記者證實，目前賈曉霞仍滯留在加拿大卡爾加里市，但已鮮少在公開場合露面。

2013年底，中共通過非官方管道，對海外媒體釋放關於周永康及其妻子賈曉燁被抓的消息，2014年3月，被視為習近平陣營風向標的大陸傳媒「財新網」首次公開證實，周永康的兒子周濱及其妻子黃婉已於2013年12月初被警察帶走。周濱的岳父黃渝生同期失去聯繫，周濱的三叔周元青、三嬸周玲英和堂弟周峰被帶往北京。

如今賈曉霞成為周永康案的一條漏網大魚，也就成為獵狐行動的主要目標。

中石油、中石化作為壟斷企業，多年來一直盤剝大陸百姓，而其黑幕卻被官方掩蓋著。下面幾章我們將重點介紹大陸汽油為何比美國還高1.3倍，中石油的股票為何坑了大眾，中石油的高官們是如何糟蹋國有資產的。

獵狐行動瞄準三大家族

第九章

高油價背後的黑幕

周永康家族依靠石油而暴富，在其家族貪腐的上千億資產的背後，卻是老百姓在高油價的盤剝下的苦苦掙扎。本章節介紹周永康身後的中石油，如何利用壟斷地位而操控汽油價格。

周永康父子掌控的中石油系統，一度為周氏家族輸送百億美元的利益。（大紀元合成圖）

第一節

壟斷導致高油價

大陸油價是美國油價的 1.3 倍

2013 年 3 月 17 日，就在中共兩會結束的前一天，香港媒體報導說，北京出租司機抱怨中共當局沒聽到他們的心聲。2013 新年前習近平曾與北京的出租車司機代表會面，討論北京截車難問題，多名司機反映了泊車難、油價貴等問題。會面結束後，有司機表示，一個月來情況沒有改善。

很多司機反映，由於油價高，物價上漲，而出租車費並沒有睡物價上調，「以前吃一個速食 7 塊、8 塊，現在是 16（元），原來吃一籠包子七、八塊，現在 30 塊，你看車價漲了多少？」由於油價高，很多司機每天要出車 12 到 14 個小時才能盈利。

同樣的痛苦也體現在工薪階層上。2013 年 2 月 25 日，家住廣州的小李去油站加油，發現 93 號汽油又漲到 8.09 元／升了，

油站價格表又變成 8 字開頭了。原來官方再度調高了油價，汽油每升零售價上漲 0.24 元。

讓他納悶的是，就在同一天，國際社會的油價都因為全球油價的下降而出現下降趨勢，唯獨大陸的油價不降反升。比如美國油價下降折合為人民幣 6.20 元／升，而台灣，汽油價格在 7.32 元／升。

專家解釋說，是因為大陸調價機制的滯後，「台灣是一周一調，而大陸定價機制是至少 22 個工作日，加上國際油價上漲超過 4% 這兩個條件，主要是政府調價，對國際油價變化的反應較為滯後。」於是人們預計今後大陸油價可能會變成 10 天一調。

不管多少天一調，有個事實是不變的：汽油在中國大陸有點像奢侈品，相對價格之高，普通百姓難於承受。不過大陸官方一直咬定：中國的油價在全球屬於中等水準。大陸官媒新華網報導稱，據發展改革委監測，2013 年 1 月 25 日當周，各國油價每升折合人民幣分別為：韓國 11.08 元、日本 10.49 元、美國 5.56 元、法國 14.01 元，英國 12.98 元，台灣 7.15 元，香港 12.98 元，北京的 92 號、95 號汽油或普通汽油為 7.81 元。

儘管大陸油價在全球屬於中等水準，然而官方沒有講述的是，大陸百姓的人均收入在全球卻屬於下等水準。聯合國統計顯示，大陸人均收入遠遠低於全球平均值，而只是全球平均人均收入的一半。比如大陸百姓平均收入只是美國人的十分之一，但用的汽油卻是美國人的 1.3 倍，淨值就貴了 30%，還不算相對價格比例。

比如說，2007 年台灣人均收入 GNP 折合 1.7 萬美金，按購買力算折合 2.9 萬美元，而大陸人均收入 GNP 是 1100 美元，換

算過來，台灣人均收入（按 CNP）是大陸的 16 倍，按購買力算是 26 倍，哪怕是花同樣的 7 元錢購買汽油，相對於他的收入，油價所占比例也比中國低 16 倍或 26 倍，也就是說，油價相對便宜了十多倍。所以官方的這個辯白是不成立的。

對於大陸的高油價，中石油、中石化這「兩桶油」辯稱是因為稅收高，2009 年中石油還拋出「裸油價」的說法，稱假如不考慮稅收，大陸油價比美國還便宜一點，很多所謂專家也為當局辯護：原因是美國零售價中，稅賦只占 12％至 13％，但大陸卻高達 28％到 30％。不過這些專家們沒有說的是，英國油價中稅收占了 55％。中國稅收並不算高的。

比如在美國，成品油稅費各州的徵收範圍、納稅環節和稅率均不相同，有按定額徵收的，也有按從價定率徵收的，稅率一般都較低。各州雖然有些差別，但平均在 12％至 15％，高度市場化。以其中一種銷售稅為例，最低的科羅拉多州為 3％，最高的路易斯安那州為 10.75％。此外，美國成品油價主要與美國原油期貨指數（WTI）而非「布倫特」指數掛鉤，因為布倫特的價格遠高於 WTI 的價格，所以美國國內成品油價相對較便宜。

由於大陸油基價是由政府決定，在國際油價節節攀高時，國內外油價落差加大，政府忙於財政補貼石油企業，而當油價暴跌時，國內油價又跟漲不跟跌，政府管制反而導致這些企業、消費者等各方利益受損而怨聲載道。

另外，中共政府給予中石油大量補貼。從消費者角度看，富人往往要比窮人消耗更多的油氣資源，政府的管制和補貼等於是公共財政分配向富人的傾斜，不利於弱勢群體。

由於國營石油企業的壟斷和政府的包辦，它們成了只賺不虧

的穩盈利企業：贏了是自己的，虧了就有政府補貼，結果出現了石油國企只賺不賠的現狀。

大陸網民曾評出 2007 年度「全年笑話新聞」，各大媒體紛紛轉載。排名第一的笑話新聞是鬧得沸沸揚揚的「華南虎」。陝西農民周正龍自稱拍到「華南虎」，經當地政府「鄭重宣布」、專家「鑑定認可」，成為最轟動的全國「新聞」。結果卻被網友揭穿：所謂「華南虎」照片，原來翻拍自年畫。「正龍拍虎」成為新版成語。所謂「盛世出國虎，虎嘯振國威」的諛辭，反而揭穿了當今「盛世」的十足假相。

排名第二的笑話新聞是，半年間狂賺 818 億的中石油公司，會同中石化公司，向政府彙報「政策性虧損」，申請國家補貼 50 至 100 億。排名第七的笑話新聞是：雲南省富民縣政府，用油漆噴山頭，展示「綠化工程」。其他笑話新聞，還包括前中共外長李肇星的「人權與挨餓」論，國家藥監局局長鄭筱萸被捕時的名言：「如果把我抓了，那中國就沒有清官了。」

所有這些笑話新聞，最大的特點是造假，突出中國整個社會的道德淪喪，從上至下的道德淪喪。當這些新聞被證明為笑話之後，沒有相關部門的道歉，沒有官員辭職，更沒有造假的當事人含羞道歉。這在任何其他國家和民族看來，恐怕都是不可思議的事情。

破除壟斷 大陸油價能降 30％

《新紀元周刊》在 2012 年 6 月 21 日出刊的第 280 期的文章《大陸高油價中石油中石化的「難言之隱」》中分析說，這背後

有中石油等國企的壟斷帶來的暴利，還有巨額貪腐帶來的「難言之隱」，「迫使」他們強行把油價維持在高價位上，假如打破壟斷，大陸油價至少會下降 30％至 40％。

目前大陸兩大國營企業：中國石油天然氣集團（中石油）和中國石油化工集團（中石化），再加上新近的中國海洋石油公司（中海油），這三家構成了中國的三大油霸，直接壟斷控制著中國的石油市場導致了中國大陸的高油價，其中以前兩者規模最大而被百姓貶稱為「兩桶油」。

中石油、中石化這兩大巨頭在上游控制著石油資源的開採權，在中游控制著煉油企業的生產加工權，對外掌握著原油、成品油的進口權，下游控制著銷售批發權。民營企業只能在狹縫中生存，吃他們剩下的殘羹剩湯。

據全國工商聯石油商會介紹，相比之下，中國雖有民營的 6 萬座加油站（占零售市場的 53％），民營煉油廠 60 多家，每年煉油能力一億噸，不過由於原油被控制在兩家巨頭手中，民營煉油廠每年實際的煉油量只有生產能力的一半，即 5000 萬噸。

關於油價的高企，經濟學家郎咸平分析稱主要有 4 個原因：第一，中國油價裡實際一半以上是稅，（官方發改委稱，明面上中國汽油徵收的稅率大約為 30％）。如果都不含稅，一升汽油中國比美國便宜一元，但因為高稅收，實際零售價中國比美國還貴一元。第二，大陸零售油價不是只考慮國際油價，而是發改委規定，必須考慮兩桶油的「適當利潤」（石油價格管理辦法第八條）。第三，兩桶油壟斷了國際原油的進口權，就算國際原油價格再低，民企煉油廠也不能自己進口石油，就算民企算煉油效率再高，他也不敢降低成品油出廠價，否則讓兩桶油知道了，他還

想不想要原油了？第四，兩桶油壟斷了成品油批發權，並且占領了大部分零售加油站，就算民企加油站效率再高，他也不敢降低零售價，否則讓兩桶油知道了，他還想不想要成品油了？

2010年10月，在高油價的大背景下，中國還出現了蔓延全國的柴油荒。《每日經濟新聞》在題為《全國工商聯：油荒根源在於市場的壟斷》的文章中點出，「有報告稱，我國的石油進口占我國石油需求的51％，達2億多噸。根據商務部的規定，基本由中石油、中石化和中化公司進口。據了解，現在全國有八家民營企業持有進口原油的牌照。按照商務部的規定，所有進口原油必須交由兩大公司煉廠加工，進口時需持有兩大公司排產證明方可入關。幾大國有石油企業壟斷了上游的開採權，又壟斷了石油的進口，民營石油企業當然生存困難。」

全國工商聯石油業商會執行會長齊放表示，國內兩大石油集團有百分之五十的加油站成品油終端，但卻控制著百分之百的成品油資源。全國工商聯石油業商會副會長韓寶林也表示，實際上兩家石油巨頭掌握著我國石油批發價格的定價權。

據統計，2010年民營企業占全國成品油批發企業總數的22％左右，民營加油站占全國加油站總數的53％，民營石油企業銷售石油總量約占我國石油消耗量的1/3，民營石油企業從業人員300多萬人。但是，由於國有石油業過分壟斷、不正當競爭等原因，民營石油企業屢遭重創。

據全國工商聯石油業商會2010年的調查顯示，各類地方和民營煉廠的一次加工能力超過8000萬噸／年，占全國煉油能力的1/4以上，民營企業占全國成品油倉儲企業總數的約40％，但其中只有少量的煉廠能夠得到國家配置的原油，不到其加工能力

的 1/10。據統計，從 2008 年到 2010 年兩年時間內，民營石油企業近 50％破產和間歇性停業，基本處於虧損狀態，大量人員失業，社會資源極大浪費。

齊放甚至這樣假設，如果將國內兩大集團壟斷的煉油廠拿出幾個來股份化，讓成品油進入市場；假設讓山東、延長地煉可以從國外原油市場哪怕是將一小部分非國貿易的原油購入自行加工煉製成品油投入市場；如果也允許石化行業的央企內部競爭，中海油、中化集團可以將自己的原油、成品油或進口的原油、成品油投放國內市場，他斷定：國內油價可降低 30 ～ 40％。

石油商會副會長齊放曾公開表示，中石油、中石化這「兩桶油」的壟斷，是中國油價高企的「元凶」。他認為，只要引入競爭，打破壟斷，國內油價將減低 30 ～ 40％。他表示，「中石油與中石化均是『零庫存』運營，他們沒有承擔起儲油的責任和義務。兩大集團還存在買漲不買跌的現象，國際油價越高它們越買，國際油價下跌它們反而不買，這也導致國內油價被推高。」

第二節

對抗中央的中石油

中石油與中石化利用故意製造的「油荒」引發混亂現象，利用民眾的怨言，施壓國務院。（Getty Images）

製造油荒 脅迫國務院漲價

據專業人士透露，兩桶油的官員們不但業務能力不夠，經常出現買漲不買跌的現象，國際油價越高時兩桶油越買，而國際油價下跌時它們反而不買，這也導致國內油價被推高。不過除此之外，大陸的高油價還有個祕密原因，就是中石油和中石化的貪婪，他們利用權謀不斷增加私利，多次提出要提高油價，跟國家要大量補貼。

比如中國石油 2008 年獲得 157 億元中央財政補貼，2010 年底，大陸再次出現油荒，人們在加油站排隊好幾天也買不到油，原來這是中石油與中石化利用這個他們故意製造的混亂現象，利用民眾的怨言，施壓國務院。

2010 年最後幾個月，大陸多個城市再次陷入柴油荒。等待加

油的車輛排成長龍，而很多民營加油站根本無柴油可售。2010 年
上半年大陸柴油還過剩，到 11 月柴油荒卻突然而至，鬧得人心
惶惶。據官方報導，2010 年 1 至 9 月份，全國柴油的產量同比增
長了 15%左右，前九個月產能達到了 8900 萬噸。由於供應充足，
中國 1 至 10 月出口成品油 2290 萬噸，同比增加 19.8％。在柴油
荒開始露頭的 9 月，中國還出口了 290 萬噸成品油，10 月出口了
188 萬噸。

　　為什麼短短一兩個月內就風雲突變呢？中石油在其官方網站
上公布了六大原因，稱國際油價居高不下，國內成品油價格與國
際油價倒掛日趨嚴重，拉閘限電及民間遊資等因素是促使此次柴
油緊缺的癥結所在。不過專家對此解釋卻嗤之以鼻。

　　美國經濟學家草庵居士表示，「我們聽到紐約的油價或是北
海布倫特的油價，都是指輕質優質原油，其價格當然很貴。中國
無論是進口的油也好，自身產的油也好，用的是比較差的油，所
以煉油成本是很低的。而中石油他們用最高的油價來給他們核定
價格，所以他們怎麼算好像煉油板塊都虧了。」但事實上，中石
化並沒有虧多少。

　　「中國還有很多民營的煉油公司，他們都在賺錢。民營原油
公司進口油的配額很少，而且被逼不得不去進口燃料油。燃料油
比較貴，他們用燃料油來煉完以後，煉成柴油去賣，還能夠賺錢。
中石油能夠拿到那麼多國內的優質資源，結果反而還虧了，這怎
麼能解釋呢？」

　　2010 年是中國承諾降低二氧化碳排放量的驗收年。為了降低
排放量，很多地方強制斷電以完成所謂「節能減排」指標。廣東
一名油企負責人表示：「從 9 月開始，廣東、廣西以及江浙滬等

地開始對部分工業企業實施強制性拉閘限電。大量企業為了確保用電，開始使用柴油發電。」

柴油常被用作汽車、飛機、拖拉機等運輸工具的燃料，也可發電取暖。柴油比汽油含更多雜質，燃燒時煙灰更多，但柴油效率較高，也比汽油更環保和健康。據專業機構測算，由於限電所帶來的增量大約使柴油需求增加了四分之一，而近幾個月來因限電新增的柴油需求每月在 10 萬噸左右。不過很多人認為這個數量級並不會導致全國的柴油短缺。

關於「遊資炒作」，事實上，中國沒有真正意義上的成品油交易市場，原油、成品油資源包括地方煉油廠資源，絕大多數由國營兩大石油集團統購統銷，外人根本無法插手。

零庫存導致油荒

油荒的關鍵原因還是壟斷。一年之後的 2011 年 10 月，柴油荒再度爆發，並蔓延到北京、上海、陝西、浙江、江蘇、四川、深圳等多個地方。在各方壓力下，10 月兩桶油曾表示將增加生產量，但 11 月人們並沒有看到變化，相反，因無油可賣而被迫停業或倒閉的民營加油站的數目，比 10 月增長了一倍多。

一名與中石油、中石化關係緊密的石油專家表示：「它們（中石油、中石化）是零庫存運營，這在內部都下了文件的，因為屯油就是屯錢，一味追求企業利益是造成柴油危機的根本原因。」

石油作為主要能源，直接關係到國家安全。美國石油儲備可供使用大約為 150 天，日本石油儲備可供使用為 160 天，但中國作為世界石油消耗僅次於美國的第二大國，在每天耗油高達 920

萬桶，預計到 2015 年，每天的石油消費將達到 1160 萬桶的高耗油背景下，戰略儲備油更顯得異常重要。

目前馬六甲海峽堪稱東亞各國的石油生命線，日本和南韓100％進口石油都必須通過馬六甲海峽，中國現有石油海運航線主要有 3 條，即中東航線、非洲航線和東南亞航線，這 3 條航線佔中國進口原油的 85％，也全都必須通過馬六甲海峽，而目前管理馬六甲海峽的三個國家分別是新加坡、南韓、日本，中國並不在其列。

目前中國石油進口大部分運輸線路要經過阿拉伯海、印度洋、馬六甲海峽、南沙群島和台灣海峽等敏感地區，涉及國際政治、經濟、軍事和外交等複雜問題，其中海運進口重要通道馬六甲海峽是受美國控制的全球最重要戰略通道之一。

2012 年有報導稱，美國軍方正在制訂名為《區域海事安全計畫》的反恐新方案，根據這項方案，美國將向馬六甲海峽派駐海軍陸戰隊和特種部隊，以「防止恐怖分子襲擊」。馬六甲海峽連接亞、非、歐三大洲，是扼守中國海上石油生命線的戰略要道，誰控制了馬六甲海峽，誰就能隨時威脅中國的石油安全。

2004 年中國正式規劃建設國家石油戰略儲備體系，初步選定浙江寧波鎮海、浙江舟山、山東青島黃島、廣東大亞灣等地，中石油、中石化本應負責此事。

「儲備油本來也是兩大集團應該承擔的責任和義務，但它們搞零庫存運營。國家 2009 年才開始搞能源儲備，沒儲備油，中石油、中石化也不管。我們的儲備說的是半個月（有公開數據顯示為 21 天），其實連 7 天都不夠，為什麼我們頻頻出現油荒？問題關鍵就出在兩桶油上。」一位石油專家對大陸媒體這樣表示。

「我們的石油儲備連 7 天都不夠,馬六甲海峽最窄的地方不過 2 公里,如果我們的油輪在馬六甲海峽卡上 7 天,中國的經濟也將瀕臨癱瘓。」

2010 年 11 月 30 日,北京高級法院拒絕了美國駐華外交官列席旁聽華裔美籍地質學家薛峰「竊密案」的要求。2007 年薛峰因收集中國石油公司的商業數據,被中方逮捕,祕密關押兩年後,被判刑八年。外界評論說,中共不顧奧巴馬的關注而重判薛峰,顯示出將石油工業視為其核心利益而絕不容外人有一點窺視。

薛峰在中國西安出生,留學美國,擁有芝加哥大學博士學位,1990 年代在美國地球物理實驗室工作。據《華爾街日報》報導,8 年監禁非常接近竊取國家機密最高徒刑 10 年限度。45 歲的薛峰在接受法庭審判時面無表情,但他的律師和妹妹及家人表示震驚。薛峰是美國 IHS 能源公司的前東北亞經理,安排公司購買了一個有關中國石油工業的商業數據庫系統。但後來官方改口,稱這個系統是國家機密。

判決認為,薛峰收集了中石油下屬一些油田的信息和文件,還有一個包括 3 萬多口油井的坐標和儲量信息的數據庫。薛以 22.85 萬美元的價格把這些信息出售給美國諮詢公司 IHS。薛峰和 IHS 公司都辯稱,涉案的數據庫是可以進行商業操作的商品,不是國家機密。宣判時,美國駐中國大使洪博培也在法庭內旁聽。

抵制國資委 對抗溫家寶

面對 2011 年 10 月的油荒,儘管蔣潔敏宣稱中石油要加大生產量,但 2011 年 11 月初,中石油在一份內部報告中透露,稱其

主要煉廠平均開工率為 86.9％。從這一數據中人們發現，這個開工率是很低的，尤其在柴油供應緊張的情況下。很多人士評論說，這是由於中石油提出漲價要求沒得到滿足，於是開始鬧情緒，故意製造油荒。

國內民營煉油廠的油源主要有三大途徑：其一來源是中石油、中石化，進行委託加工；其二來源是延長石油，還有中石油、中石化在國內各大油田的邊角油；其三是進口的燃料油。在這三大途徑中，除了延長石油能夠相對寬鬆地保證油源外，其他兩個途徑都受到兩大壟斷巨頭的制約。

2010 年 5 月 13 日，在「非公經濟 36 條」頒布 5 年之後，國務院再次發布《國務院關於鼓勵和引導民間投資健康發展的若干意見》，簡稱「新 36 條」。國資委主任王勇公開表示，中央的意思是「必須打破壟斷，全民找油，藏油於民」，但中央的命令並沒有得到中石油的執行和配合，相反，蔣潔敏帶頭抵制溫家寶發出的國務院指令。

王勇說，在美國、日本等經濟發達國家，民營企業都會用自己的油庫配合國家建立石油儲備系統，以減少國家的投入。中國的民營石油企業擁有 1 億噸的油庫總設計能力，然而目前一半以上的設計能力都處於閒置狀態。

「民營企業完全可以滲透到中東，滲透到加拿大，滲透到哈薩克，如何讓他們擁有實實在在的進口權，打破三大集團原油進口的壟斷局面，中國的石油安全才能從根本上得到保障。」

然而現實是，有人公開對抗國資委的政策。

民營企業在中東、中亞等國家，與私人或者王室談判後，哪怕民營企業順利拿下油田並批量生產後，原油產量也無法進入中

石油所控制的輸油管道。「要走管道他們（中石油）不讓，走鐵路他們又和鐵道部有文件、有協議，鐵道部說我們只服務於中石油，你拿到油要進國內，就只能找中石油，不管你拿到的油有多便宜。」一位民營石油企業負責人對 21 世紀經濟導報這樣說。

據悉，途經馬六甲海峽前往國內各大港口的油輪，90％都是中石油、中石化租用於國外原油運輸公司。這意味著，國內民營企業試圖通過兩大集團尋租的運油船隊打入國內石油市場的可能性也就微乎其微。

「實際上，民營企業在國外能拿到便宜的油，比如在哈薩克，我們就能拿到 20 美元一桶的原油，但進不來，因此只能原價再轉手賣給中石油，而在美國和日本情況恰好相反，只要能給國家拿回油，國家就高興，但在中國，行不通。」一名民營企業負責人說。

由於中石油公然設障礙、搞阻礙，人們戲稱國資委讚此政策為「玻璃門」，即看得見摸不著的水中月、鏡中花，不能充饑的畫餅。

第三節

後台是「第二中央」

　　對於兩桶油的蠻橫，人們不禁要問：中石油、中石化與中共當局公開對抗？誰吃了豹子膽，敢違反中共國務院的命令呢？蔣潔敏這樣膽大包天，怎麼就沒人敢撤銷其職務，從嚴治理中石油呢？

　　祕密就在於：蔣潔敏有黑後台。

　　蔣潔敏一而再、再而三地搞零庫存，使大陸油荒經常發生，這背後不光有周永康的撐腰，還有中共國防部長梁光烈的支持，再深究下去，就是江澤民集團的「另立中央」帶來的中共內部深刻的分裂。

　　2004 年表面上江澤民退位了，但實質上戀權不退。2002 年中共 16 大時，江澤民強行把政治局常委人數從 7 變成 9，以便把其死黨曾慶紅、黃菊、賈慶林、李長春、羅幹安插進政治局常委，加上吳邦國、吳官正與江澤民關係也不錯，當時胡錦濤和溫家寶

可以說是孤家寡人，實際權力都在江澤民手中。

到了 2007 年中共 17 大上，江澤民還是強行把周永康塞進了政治局常委，加上原有的賈慶林、李長春、吳邦國，胡錦濤除了溫家寶，就只有習近平和賀國強還是中立，江派在中南海依舊是多數。

江澤民死死抓住權力不放的根本原因就是他在任時作惡太多，欠下的血債太多。江澤民甚至幾次派人要暗殺胡錦濤，因為他懼怕一旦喪失權力，就會被後來人清算罪行，所以江派不惜一切地垂死掙扎。體現在政治上，就是中共存在兩個權力中心，表面上是胡溫執政，背地裡卻是以周永康為首的江派第二中央把持權力。

江澤民在「六四」之後上台不久就開始強化政法委的作用，特別是 1999 年江澤民獨自發動第二次文革，嚴酷鎮壓法輪功。其後為了進一步打壓法輪功，江澤民在政法委的基礎上建立了綜合治理辦公室，在統管公、檢、法、司的同時，還有權干涉特務、外交、財政、軍隊、武警、醫療、通信等各個領域，綜治委就成了能夠調集全國幾乎所有資源的特權機構，使之成為在中共中央政治局常委會之外的「第二權力中央」。

2008 年 3 月，周永康擔任中央綜治委主任，到了 2011 年 9 月中央綜治委更名為「中央社會管理綜合治理委員會」，基本上囊括了所有管理部門，各級的中共黨委紀委、組織、宣傳以及人大常委會、檢察、法院、公安、司法、國家安全、人事、文化、工商、民政、交通、勞動保障等，都包括在綜治委中，那時的周永康，在掌控了超過國防軍費還多的維穩經費後，在以綜治委的名義，建立了類似「第二中央」的權力機構，胡溫的很多指令，

若得不到綜治委的支援，也就只能「政令不出中南海」了。

中共 17 大之後「第二權力中央」的把持者是時任中共政法委書記周永康，18 大前夕中南海激烈的權力搏擊焦點是：江澤民、周永康要將「第二權力中央」的繼位者薄熙來推進中共最高權力層，並策劃 2014 年通過政變，讓薄熙來替代習近平。

於是才有了 2012 年 2 月重慶公安局長王立軍出逃美國領事館，政治局委員薄熙來被撤職逮捕等一系列精彩劇目。即使到了 2012 年的中共 18 大，表面上也依舊是江澤民的人馬占了多數，劉雲山、張德江、張高麗、俞正聲都跟江澤民很近，7 個常委中江派依然占了 4 個。不過 18 大後，中共政局發生了很大的變化，江派只是徒有虛名。

詳細故事，請看《新紀元》新近出版的「中國大變動」系列叢書，如《中南海政治海嘯全程大揭祕（上下）》、《習近平元年殺機四伏》、《習近平對江澤民亮殺手鐧》等。

高油價背後的巨額貪腐

大陸油價高，除了壟斷、管理、稅收等原因外，中石油、中石化還有很多「難言之隱」：高層官員的很多非法支出，比如嫖娼、淫亂、奢侈等消費，都需要從油價中來。比如前些年熱爆網路的「中石油 AV 女優門」、「非洲牛郎門」、「天價吊燈、天價酒」、「中石油後宮」等貪腐案例，這些「額外開銷」，都增加了油價成本，令大陸的汽油、柴油價格一直居高不下。

比如早在 2011 年 10 月，大陸媒體上出現很多中石化的醜聞，有網友整理出了下面中石化 12 大雷人醜聞。

1.「俄羅斯豔女門」：2009 年 5 月，美國安捷倫公司被曝為了取得中石化投資的天津大乙烯和鎮海大乙烯項目的數千萬元的訂單，高價雇用了兩名美麗的俄羅斯姐妹花送給了中石化的採購部門——國際事業公司的一位官員。美國司法部經過一年多的調查確認，安捷倫公司在 2000 年之後 10 年間涉嫌向中國客戶行賄 8700 多萬美元，其中包括「俄羅斯豔女門」在內的行賄案件。

2.「裸油價」：2009 年 7 月，中石化連續兩次上調成品油價，輿論普遍質疑國內油價「虛高」，但中石化卻於 7 月 6 日假造了一份中美兩國成品油價對比數據，以說明國內的「裸油價」，就是油價不含稅油價，仍低於美國。民眾稱：中石化齷齪到這種地步，油價大漲時，掏空人民的腰包；大跌時，有國家補貼，穩坐釣魚台，如此無良企業，要它何用？

3.「天價燈」：2009 年 7 月，有網友透露在中國石化大樓的 10 餘層高的輝煌大堂中間的一個吊燈的價格花費 1200 萬元。中石化後來辯稱：只花了 156 萬。

4.「天價裝修」：2009 年 7 月，中石化被曝其四幢建築總面積 6 萬平米的辦公大樓裝修花費 2.4 億元，刷新了中國裝修行業的新紀錄。

5.「出租車死火事件」：2010 年 1 月，香港有超過 2000 輛出租車在中石化（香港）油站加油後，接連出現死火情況。調查發現有嚴重質量問題。

6.「93 號乙醇汽油」：2010 年 3 月，河南省安陽市內有上千輛汽車因加了中石化生產和銷售的 93 號乙醇汽油而送修：車輛輕則會出現加油不順、冒黑煙、尾氣刺鼻的情況，重則排氣管不斷噴出紅或黑色液體、無法啟動，最嚴重的會出現一些零件損壞

的情況。

7.「環評門」：2010 年 11 月，在所核查的 109 家中石化下屬企業中，有 15 家企業存在環境違規行為。

8.「天價酒」：2011 年 4 月，中石化廣東分公司總經理魯廣餘被曝揮霍 259 萬元公款購買天價茅台酒，一瓶價格最高達 23 萬 8000 元。中石化廣東分公司為此曾經開過三個會，要求各個部門追查洩密人，到底是誰泄的密，一旦查出要嚴懲。而中國石化集團稱是魯個人「自用」，只對其降職使用。消息引發軒然大波。

9.「超豪華酒店」：2011 年 4 月，媒體曝光了中石化在北京京承高速五環外順義郊區違規投資 8 億元建造名「和園景逸」的超五星級標準大酒店，酒店占地 1050 畝，其中 800 畝是一個森林公園。

10.「獎金門」：2011 年 4 月，中石化雲南分公司領導高層被曝違規年終獎等發放總額超過 640 萬元。

11.「天價名片」：2009 年 6 月份，有中層幹部爆料說，中石化河北分公司宣傳部兩名負責人專程到北京一家知名連鎖名片店花了 13 萬元定製了 500 多盒名片，每盒名片的合同價格是 260元，而正常名片價格在幾十元。

12.「工資門」：中石化河南油田分公司一張被洩露的工資表顯示，員工全年 12 月的總計稅前收入最高數額是最低數額的 45.17 倍。幹部比工人多掙很多，「領導一個什麼兌現獎就有 6、7 萬，我們工人一年到頭也沒有這個數。」

更多怵目驚心的貪腐淫亂詳情，請看後面章節。

賺 1334 億 百姓貢獻 600

2006 年 3 月，就在中石油巨額股票在上海上市的前一年，為了吸引投資者，這一年中石油給出的報表：2005 年一年獲利 1333.6 億人民幣，成為亞洲最賺錢的公司。面對以往一直高喊煉油虧本要政府高額補貼的中石油，當時很多人感嘆，一個公司如果壟斷到一定規模，就不存在風險了，尤其中石油這樣一個壟斷了世界最大市場的資源型公司，與掌握了硬通貨沒有太大的區別，賣油就跟印鈔票一樣，想賺多少就賺多少。

根據 2005 年的年報，中石油在煉油及銷售業務虧損 198.1 億元的情況下，獲得近 1334 億元的淨利潤，列名香港股市最賺錢的上市公司。此前的 2000 年 4 月 7 日，中石油在香港交易所掛牌上市，（代號：0857）全稱為中國石油天然氣股份有限公司，簡稱中國石油，（英語：PetroChina Company Limited，上交所：601857，港交所：，NYSE：PTR）。

簡介上說，中國石油天然氣股份有限公司是一家在中華人民共和國註冊的上市公司，於 1999 年 11 月 5 日由中國石油天然氣集團公司發起成立，2000 年 4 月 6 日在美國紐約證券交易所發行託管股份，2000 年 4 月 7 日在香港交易所掛牌上市，2007 年 11 月 5 日在上海證券交易所掛牌上市。公司董事長為蔣潔敏，副董事長兼總裁為周吉平。2004 年資產淨值為 4252.12 億元，純利為 1029.27 億元。中石油業務主要分為四大塊：原油的勘探與生產、煉油與成品油銷售、化工與銷售、天然氣與管道業務。

在 2005 年國際油價上漲勢如破竹，每桶 40 美元、50 美元、60 美元、70 美元的心理大關被層層突破。在油價帶動下獲利的

中石油，很快將前亞洲最賺錢的公司——日本汽車商豐田甩在後面。豐田 2005 年的淨利潤為約 874 億元人民幣。

中石油還因此名列全球四大石油巨頭。它超越了多年來難以撼動的西方競爭對手法國的道達爾和美國的雪佛龍。儘管距離全球頭號石油商美國埃克森‧美孚的業績還有距離（埃克森‧美孚 2005 年取得 361 億美元利潤），但中石油的利潤已直逼排名第三位的英國石油商 BP，BP2005 年利潤約為 1772 億元人民幣（約合 223 億美元）。

對於中石油 2005 年的大豐收，最高興的是其股東們。按照國際慣例，中石油一直保持穩定的派息政策，即每年約把 45％的利潤用於分紅。那些掌握中石油約 12％的外資股份，從中石油的分紅中每年所賺不菲。

短短 3 年時間，隨著財富驟增，中石油的股價也從 1.5 港元飆升至 7.8 港元，僅 2005 年漲幅就達 55％。其間，「股神」巴菲特的追捧一再成為推動其股價上漲的元素。中石油是巴菲特最中意的兩隻「牛股」之一，（另外一個是穆迪）。巴菲特在每年一度的「致股東的公開信」中透露，僅靠投資中石油他就賺了 14.27 億美元。而 2004 年，英國石油就已經從中石油股份的轉讓中獲利 85 億港元，同樣崇尚投資價值理念持有 8.4 億股中石油股份的鄧普頓基金，也賺得不亦樂乎。

不過這些外資大股東並不是最大的獲利者，因為中石油畢竟是國有控股公司，國有股占了 90％以上，也就是說，90％左右的紅利是派給了國有股。不過雖然名義上這些是全體國民都應該享受的紅利，但由於中國並不是真正的國有，廣大民眾並沒有從國營企業的盈利中獲得好處相反，反而是被索取了很多。

　　有專家估算，2005 年中國先後 5 次調高成品油價格，折合成一次漲價，以 15％的漲幅計算，每噸成品油至少上漲了 600 元，2005 年中石油生產成品油 7114 萬噸，僅汽油漲價一項，消費者就多掏了 427 億元給中石油，占到其整個利潤的近四分之一，如果加上柴油、航空煤油和天然氣，消費者至少多掏了 600 億元。而社會為此所付出的隱性成本更是驚人，據有關統計顯示，2003 年國內石油公司通過漲價得到了 300 多億元的利潤，而社會為此付出的代價則高達 2100 億元。

　　然而，在中石油的高層眼裡，卻根本看不到老百姓的功勞。中石油股份公司總裁蔣潔敏在回答記者提問時，聲稱中石油的主要利潤來自上游，即原油生產環節，而集團總經理陳耕則宣稱利潤來源於國內原油價格基本與國際接軌，石油科技創新能力不斷提高，石油「走出去」步伐進一步加快，以及上至中央下至員工的支持和努力四個方面，惟獨就見不到消費者的身影。

　　在央企實施利潤上繳之後，情況恐怕仍然不容樂觀。數據顯示，在國際各大石油公司中，中石油的開支預算達到 1490 億元人民幣，遠遠超過 BP 的 150 億美元，而中石油的行政運作成本能否下降也是未知數。而與這些公司相比，中石油在行政壟斷資源的前提下，所獲取的利潤並不值得誇耀，2005 年前 9 個月，埃克森 - 美孚公司的淨利潤為 254 億美元，比上年同期增長 50％；殼牌的淨利潤為 209 億美元，比上年同期增長 50％，都超過了中石油 2005 年全年 167.9 億美元的淨利潤。

　　有評論稱：「在有關主管部門不承認中石油的壟斷身分的情況下，討論中石油的社會責任已經無益。但為了不要侮辱大眾智商，請中石油及其遊說者不要再以國內成品油與國際市場原油價

格倒掛為口實，要求促進壟斷體制下的市場化。」

90%的稅後利潤哪去了？

有文章分析中石油成為亞洲最賺錢的公司，原因有很多。比如儘管國際原油價 2005 年一直在漲，但國內石油企業的原油價格往往是按照長線協議或者長線期貨交易來計算的。尤其中石油在國內擁有最多的石油開採權，在上游成本方面「省」了不少。另外中石油營利的原因還有：「有關部門對石油企業的『仁慈』。國內並沒有收取合理的資源稅，即使是在 2005 年 7 月調整了資源稅後，我國原油資源從價稅率也僅為 1.5％，仍然遠低於 10％ 的全球水準。而且 2006 年 1 月，國家恢復暫停了四個月的成品油出口退稅政策。三家石油出口巨頭有望從中獲得百億元進帳，而在 2005 年 12 月之前，石油巨頭已經從出口退稅中嘗盡了甜頭。」

說到這裡，回頭再看 2010 年夏天的柴油荒，為什麼在國內 9 月鬧油荒的時候，中石油還出口 290 萬噸成品油、10 月出口了 188 萬噸呢？除了為了故意製造油荒，以脅迫發改委提高油價之外，還有個原因就是出口能退稅，能掙更多的錢。

國營企業巨額利潤 被利益群體瓜分

中石油作為國營企業，按理說其利潤應該全民分享，但事實恰恰相反，除了油價上漲令百姓多花 600 億之外，中石油除了交稅，其紅利的絕大部分還留給了企業自己，而沒有和大眾分享。

也有很多評論表示，國企利潤直接分配給全體公民，一方面可以迅速拉動需求，促進經濟增長，另一方面又可以減少企業內部資金留存，防止企業投資主導的通貨膨脹，因而兼有促進經濟與抑制通貨膨脹兩者同等效果。現實中像中石油這樣的全民所有企業，到底是在為全民賺錢？還是在為他們自己，為他們的上司賺錢？90％以上的巨額利潤都哪裡去了，是不是被利益群體瓜分了？

2010 年，中石油等國企顯示稅後利潤近 2 萬億元，但只上繳了 440 億元的紅利，只有 5％的上交比例。

專家指出，按國際慣例，上市公司股東分紅比例為稅後可分配利潤 30％到 40％之間，國有資本向國家上繳盈利普遍高於這個水準，比如在英國，盈利較好的企業上繳盈利相當於其稅後利潤的 70％至 80％。而在中國，央企上繳比例最高的資源性行業及壟斷行業也只有 10％，何況實際繳納的只有 5％。

2006 年 3 月當中石油爆出 1334 億的盈利時，新加坡 DBS 證券的一份報告指出，中石油可能於 2006 年 4 月發行 A 股，報告預計中石油的發行比例不會超過 3％，因此集資額介於 400 億至 450 億元人民幣之間。不過中石油真正發行 A 股是一年後的 2007 年 11 月，由此拉開的股市大騙局更是令人震驚。

獵狐行動瞄準三大家族

第十章

股市圈錢黑幕驚天

2007 年 11 月 5 日，中石油股票正式在上海證交所掛牌上市。由於中石油上市所導致的資金排擠，當天中國股票市場大幅下跌了 5%，大量投資者損失慘重。

2007 年 11 月 6 日北京一股民。（AFP）

第一節

誰製造了開盤驚天一套？

　　2007 年 11 月 5 日，中石油 A 股（601857）在上海滬市上市，16.7 元的發行價，開盤卻爆出了 48.6 元的天價，開盤價幾乎是發行價的 3 倍，憑空上漲了 191.02％，大大超出人們的預料，一些中小投資者趕緊跟風買進。

　　不過這「驚天一爆」很快變成了「驚天一套」，當天中石油收盤 43.96 元，在首日套牢 700 億資金之後，中石油股價一直「跌跌不休」，2012 年股價更是屢創新低，8 月 23 日，收盤價為 8.88 元，幾乎只是開盤價的零頭。

　　據上交所 Topview 顯示，截至 2007 年 12 月 18 日，中石油流通 A 股股東合計 187.7 萬戶，其中，中小散戶合計持股 75.4％，大戶持股 6.2％，法人持股 13.2％，保險公司、基金和券商等機構合計持股 5.3％。顯然，機構投資者在高位大量減持申購新股獲得的中石油股票時，中小投資者卻不斷加入買中石油的行列，

結果上百萬人被套牢，如今坊間流傳一個傷心的笑話，投資者若想要收回當初的投入，要等180多年，中石油股票可當作傳家寶，子子孫孫等待多少輩子都無法解套。

連續的暴跌和深套其中，引發了投資者的強烈不滿，對中石油的暴跌內因的追問，引發了「機構操縱市場，外資投行做局」等多種觀點。2008年1月初，證監會和上交所分別召集券商、保險公司和基金公司的證券投資交易部門負責人等召開專題會議，求解中石油暴跌真相。會議的共識是，原因不在交易制度，而在於發行制度存在漏洞。

中石油成交資料顯示，在2007年11月5日至12月8日期間，幾乎每天賣出前五名的均為機構專用帳戶。其中上市首日，中國人壽的機構專用席位賣出36.2億元，中信建投及中信證券席位分別賣出30.2億元和8.7億元。除了保險巨頭，基金也加入了中國石油的拋售大軍，他們很快拋售套現，賺得盆滿鉢滿。

從2000年至2007年，中石油H股漲幅近乎達到了988%，並按淨利潤45%每年派息兩次，股息加股價共漲了10倍多，被稱為亞洲最賺錢的公司。但中石油A股，卻跌破發行價，被譽為天下「第一熊股」。

徵收石油特別收益金導致公司減少了445.82億元的毛利。石油特別收益金從2006年3月起開始徵收，徵收標準是當原油價格超過40美元／桶時，按超額部分的20～40%徵收暴利稅。公司2007年原油生產的毛利率為60.60%，按20～40%的比例徵收石油特別收益金後，新增利潤的一大塊就沒了。

《中國經營報》2008年5月11日在《是誰製造了中石油驚天一套》中，從分析中國石油（601857.SH, 0857.HK,

NYSE:PTR）的「投資利益生態鏈」發現，包括國際原油期貨炒家和大陸一級市場機構投資者在內的七類主體，都涉入製造「驚天一套」的過程。

I. 國際炒家：遊弋在生態鏈頂峰

2007 年 9 月 19 日 H 股市場上一些投資者的資金開始操作中石油。不到一個半月，中石油 H 股從 11.5 港元左右被炒到最高 20.25 港元，國際炒家順利出貨。從中石油 H 股 K 線圖來看，國際和香港炒家在中石油 H 股這波行情中，盈利超過 70％。據媒體報導，中石油 A 股主承銷商之一瑞銀證券的母公司瑞銀集團就曾參與其中。

這批資金利用中石油發行 A 股的時機惡炒 H 股，變相抬高 A 股發行價，為 H 股長期持有者爭取更大的利益，而短線和中線投資者則可以借機大幅套利。這一現象在中國人壽（601628. SH）、建設銀行（601939.SH）的 A 股發行過程中都曾出現。

此外，紐約、香港等市場的中國概念股指期貨，也是國際炒家獲利的重要管道之一。中石油的股權結構很特殊，A 股發行後，有 1579.22 億不流通的國有股、179.02 億 H 股和 40 億 A 股（2008 年 2 月 5 日前只有 30 億股可流通）。公司的整個股本結構，就像一個巨大的槓桿，可以通過控制較少的流通籌碼，控制公司的總市值，進而決定上證指數和滬深 300 指數，影響香港國企指數和紅籌指數，進一步控制紐約、香港等地中國概念股指期貨。

國際機構控制中石油價格走勢的手法是：每天利用收盤前 10 到 15 分鐘收集籌碼，用於控制次日開盤時段的股價走勢。從分

時 K 線圖來看，就是每天收盤之前的成交量比較大。這種做法的好處有三：第一，收盤價格較低，可以保證降低打壓成本；第二，手中籌碼拿得較多，可以控制第二天的開盤價，為第二天的下跌打下一個牢固的基礎；第三，成本最低。查閱 2007 年 11 月 19 日至 12 月 3 日，中石油每日收盤前最後 10 分鐘的成交量數據（見附表）及次日開盤走勢可知，在此期間，每天均有實力機構利用「最後 10 分鐘」收集籌碼。

此外，中石油在香港發行了多種權證，與正股相比，這是一個更好的獲利槓桿。國際炒家通過打壓中石油 A 股和 H 股，或者通過做它們的反彈，可以在權證上大獲其利。

上述幾方，是站在中石油股票利益鏈條最上端的食利者，是食肉動物，是老虎、獅子和狼。

2. 投行和券商：在中石油上獲利巨大

2000 年，中共政府手中持有 1600 億股中石油。當年發行 H 股時，以每股 1.28 港元的價格向香港和國際投資者出售了 17.58 億股，2005 年 H 股增發時，再向香港和國際投資者以每股 6 港元的價格出售了 3.20 億股國有股，總共售出了 20.78 億股，所得即 41.69 億港元。中石油在香港上市 8 年，國有股一直沒有在香港市場流通，也沒有實現國有股增值。而一回到大陸上市，中石油集團就將其在 2007 年 11 月 5 日前持有的 1579.22 億股國有股登記為 A 股，三年後即可全部流通。按照 5 月 7 日收盤價 17.94 元計算，這部分國有股價值已達 2 萬 7778.48 億元。以中石油 2008 年一季度末每股淨資產額 3.84 元計算，國有資產帳面溢價 367.19％。

在國際原油價格飆升和人民幣升值的雙重壓力下，發改委制定的成品油價格，令投資者的利益受損。因為國有股是不流通的，香港市場長期投資者的成本又低得離譜，結果就是國內投資者為國際炒家埋了單。

以「亞洲第一賺錢公司」的名義，投行將中石油這家 2007 年沒有任何成長性、每股盈利還較 2006 年少的公司，以每股 16.7 元賣給了 A 股市場的投資者。從這筆生意中，投行賺取的發行費用高達 5.57 億元。需要說明的是，中石油上市沒有造假，但公司 2007 年已經失去成長性的事實，被有意無意地淹沒在「亞洲最賺錢公司」的光環之下。因為如果發行不成功，券商要包銷。新股雖然都發行成功了，但券商的發行費要從上市公司手中拿，且發行費的高低與圈到的錢相關。而新股發行競爭激烈，導致券商主要從上市公司的角度考慮問題，而不是從二級市場投資者的角度考慮大家的市場風險。

中石油上市以來，至 2008 年 5 月 7 日共成交 3131.98 億元，按 3 的比例算，為券商提供了約 18.79 億元傭金收入，為稅務部門上繳印花稅約 18 億元。

3. 機構投資者：把痛苦留給了誰？

中石油 A 股的投資機構中，大體上可以分為境外機構（國際遊資），國內機構投資者、國內遊資、小盤股和題材股操盤機構等三部分。境外機構的利益，主要在於境外中國概念股指期貨和權證。

國內機構投資者、國內遊資在中石油 A 上的利益，主要有三

部分：一是網上發行中簽的股份上市後就可以拋售，一級市場投資者的利益，相當部分就在於此。新股第一天上市不設漲跌幅限制，機構和中簽大戶可以操縱新股上市價格，隨後適當進行護盤，就可以大拋特拋。這已經不是什麼祕密；二是網下申購的新股，三個月後（2008年2月5日後）可以拋，共10億股；三是將股價打低後，可以在低位撿到更多籌碼，並為以後的股指期貨做準備。

而中石油上市後的機構操縱，相對來說就複雜一些。《中國經營報》記者通過軟件獲取了一些數據，從中我們可以發現一些有意思的事情。

第一，機構也有被光環蒙蔽的時候，同時機構也炒短線。席位號為G25996（G字頭席位屬基金公司）的機構投資者，在中石油上市第一天共買入了2.46億元中石油，第三天斬倉，成交額為2.29億元，虧損1663.93萬元。在2007年11月20日至2008年4月3日期間，有類似斬倉行為的機構還有席位號為G26395的機構投資者、席位號為G23849的機構投資者等等。

第二，參與新股申購，只賣不買的做空機構。席位號為T20619（T字頭席位屬特殊席位）的機構投資者，是一家網下新股認購者。從2月5日中石油網下認購股票解禁到4月3日前，該席位共賣出中石油套現8.55億元，沒有一次買入。席位號為T23107的機構投資者，網上網下都參與了申購，且沒有買入。從中石油上市第一天到4月3日前，分5次共賣出中石油套現9.38億元。而在有限的資料中，中石油機構最大的空頭席位是T20666。這家機構自中石油上市第一天至3月19日，分16次共套現高達55.22億元。

　　第三，席位號為 T20471 的機構投資者有操縱股價的嫌疑。它是中石油最大的空頭之一，採用較為隱蔽的「曲線救國」方式套現。僅中石油上市第一天，這家機構就套現了 36.26 億元。2007 年 12 月份，該機構又套現了 1.59 億元。但 2008 年元月份該機構轉身護盤，分 7 次買入價值 9961.74 萬元的中石油。2 月 5 日，中石油網下認購新股解禁至 4 月 3 日，該機構開始大量拋出。至 4 月 3 日，該機構買賣相抵後，在中石油身上成功套現 53.67 億元。與此同時，這家機構在中國石化（600028.SH）身上也大展拳腳。中石油、中石化是一對難兄難弟，市場上它們相互影響。買賣中石化，可以間接護盤和影響中石油的價格。從 2007 年 12 月 26 日至 2008 年 4 月 3 日，這家機構買入中石化 13 次，賣出 9 次，動用了 4.95 億元資金，僅占其在中石油上套現金額的 9.22％。

　　而對於小盤股和題材股操盤機構而言，其主要的表現是自 2007 年 11 月 28 日至 2008 年 1 月 15 日期間同大盤藍籌股爭奪資金的問題。這一輪競爭，最終以監管層發布上半年推出創業板的消息告一段落，小盤股和題材股操盤主力勝出。市場認為股指期貨推出遙遙無期，大盤股主力奪路狂奔，加之中國平安（601318.SH）再融資事件，導致股指大跌。

4. 散戶投資者：被「宰」819 億元

　　根據 2007 年 11 月底的數據，中石油的投資者構成中，個人帳戶合計 179 萬，持股 23.73 億股，占 30 億流通盤的 79.1％，人均持股 1325 股；法人股帳戶戶均持股不到 5 萬股，持有比例為 15.97％；機構 124 家，持股 1.47 億股，占比 4.9％。可見當時中

石油的投資者構成中，主要是中小投資者。

中小投資者為中石油利益鏈條的最末端，也是最廣大的基礎，同時亦是最缺少保護的對象，在整個利益鏈條中是被屠宰的對象。

中石油 A 股第一次上市 30 億股，上市前三周共成交了 32.90 億股，換手率 109.67％，第一次換手完畢，期間成交金額 1368.68 億元，平均每股成交價格 41.60 元，一級市場投資者共獲利 747.10 億元。2008 年 2 月 5 日，第二批網下申購的 10 億新股解禁，至 3 月 4 日，再成交 12.30 億股，換手率 122.99％，第二次換手完畢，共成交了 292.91 億元，均價為每股 23.82 元，機構網下認購者盈利 71.15 億元。也就是說，一級市場投資者網上網下兩塊新股共盈利 818.25 億。而二級市場投資者的虧損額為 782.6 億元（41.60 元／股 ×30 億股 +23.82 元／股 ×10 億股 -17.59 元 ×40 億股），加上 36.79 億元的傭金和印花稅，共計 819.39 億元。

石油啟示：程式公正高於一切

中石油個案中的七類利益主體，國際炒家盈利超過 2500 億元，他們把原油價格上漲、美元貶值及人民幣匯率上漲等風險轉移到了中國。為了穩定國內油價及相關產品價格，中石油承擔了部分風險，影響到公司 2007 年和 2008 年業績的成長性。在中石油上市過程中，國家受益最大，投行等仲介機構為了拿到承銷費等費用，將中石油高價發行到一級市場。長期屯集在一級市場的機構資金和食利者，特別是其中的機構投資者，利用上市第一天不設漲跌幅限制的政策及媒體對中石油廣泛的宣傳，在中石油上

市前高調唱多，上市後轉而上演中石油版的「敦刻爾克大撤退」，以中小投資者為主體的二級市場投資者接下燙手山芋。個別參與網下申購的機構還涉嫌操縱中石油、中石化股價，為的是讓參與網下申購的新股賣個好價錢。最終的結果是，213.83 萬名中小投資者悉數套牢，至 2008 年 4 月 25 日虧損 819.39 億，平均每股虧損 20.48 元。「驚天一套」由此完成。

類似的過程在 A 股市場上並不鮮見，只不過中石油因為塊頭最大而特別突出。但問題的核心在於，一個正常的國企上市流通過程，何以通過一套看似規範化的運作，最後卻造成了 200 多萬中小投資者深度套牢的事實？

為防範「驚天一套」再次上演，至少有六個方面的現狀必須得到重視和改善。首先，國家的經濟政策，特別是對國際投資者的政策，應該從根本上改變方向，不能再讓中國公司和中小投資者為國際投機力量埋單；其次，投行和上市公司製造新股發行泡沫的現象，應該引起高度重視；第三，上市首日，機構利用不設漲跌幅限制的「空子」牟取暴利，將二級市場風險無限放大的事實必須改變；第四，A 股市場的監管嚴重不到位，導致大資金惡意操縱股價的現象屢見不鮮，中小投資者深受其害。這種現象不應再持續；第五，A 股市場上市公司質量問題，至今沒有得到多大的實質性改變；第六，香港投資者、國際投資者都可以以極便宜的價格買到中國第一流、第二流公司的股票，而 A 股市場投資者如果想買，必須付出 5 到 10 倍的價格。A 股市場投資者受「歧視」的現象，必須從根本上得到徹底扭轉。

不過在中共統治下，難以改變利益遭受少數據有權勢者共同分贓的局面。

第二節

中石油上市 股民遭重創

2007 年 11 月 5 日，中國石油天然氣股份有限公司（簡稱中石油）的股票正式在上海證券交易所（簡稱上交所）掛牌上市。當天，這個自從股票發行以來就一直頗受矚目的企業成了世界的焦點之一。

中石油 A 股當天以 43.96 元人民幣收市，使得該公司以市價總值 1 萬 35 億美元的規模，超越排名第二位美國埃克森美孚石油（Exxon Mobil）的 4876.82 億美元，成為全球市值最大的企業。

不過就在中石油成為成為全球市值最大的企業的背後，因為中石油上市所導致的資金排擠，當天中國股票市場大幅下跌了 5%，大量投資者損失慘重。

市值等於俄羅斯 GDP

中石油總共發行了 40 億 A 股，發行價為 16.7 元人民幣，發

行凍結資金超過了 3 萬億人民幣，佔中國銀行儲蓄的 20％左右。
發行 A 股後，中石油 A 股總股本 1619 億，按照上市首日的收市
價格，其 A 股總值達到了 7 萬 1181 億人民幣，再加上在香港股
市發行的 H 股約 3798 億港元，總市值超過了一萬億美元。

一萬億美元，如果當成一個國家的話，在全球國內生產總值
（gross domestic product，GDP）排名上可列在第 10 到第 11 名，
相當於美國的 10％，日本的 20％，佔中國 GDP 的三分之一，與
俄羅斯 2006 年的 GDP 相當。同時，中石油上市之後，僅僅該公
司一個公司的市值，便超越深圳股市的總市值，佔中國 A 股市場
總市值的五分之一。受此影響，中國股票市場的市值和 GDP 之
比，上升到 1.6 比 1，成為全球最高。

當天，上海和深圳股票市場受到中石油上市的影響全面大幅
下跌，中石油的姊妹公司中石化下跌慘重，大量普通股民慘遭重創。

1964 年，中國在黑龍江發現大慶油田，大慶油田現在正是中
石油的主要大資產之一。

截至 2007 年 6 月 30 日，中石油股份公司資產總計為 8794.7
億元，資產負債率為 28.6％。2007 年上半年公司實現營業收入
3927 億元，營業利潤約 1059 億元，基本每股收益 0.42 元，全面
攤薄淨資產收益率為 13％。

上市前夕，中石油在香港公布 2006 年全年盈利 1422 億人民
幣，成為「亞洲最賺錢企業」。

然而，中國企業聯合會 2007 年 9 月對外發布的《中國企業
發展報告（2006）》中，2006 年中國五百強企業總盈利 6428 億
人民幣，排名第一的卻是中石化，全年盈利只有 218 億人民幣。
而中石油排名第三。這個矛盾的數據一直沒有看到企業聯合會和

企業的解釋，因此被市場投資機構理解為中石油的一種公關操作，把盈利挪到上市之前的時期，以引起市場關注。

虛弱的中石油股價

股票價格和其他商品價格的形成機制是相同的，都受供求平衡的驅使。因此，用 40 億可以流通的 A 股來衡量 1600 億不能流通的股份，中間便有了很大的可疑。這 1600 億由中國石油天然氣總公司持有，在招股書中，這間中石油的母公司保證，在三年之內不會收購中石油目前流通的股份，也不會出售或委託其他機構管理本身持有的巨額股份。

中國股市中，許多大型國有企業母公司持有的股份是不能輕易上市交易的，這些被稱為國有股的股份，形成了股票這個資產市場中一個不能流通流動的部分。正因為如此，用中國股票價格來衡量「總市值」是一個虛假的概念。

另一方面，2007 年以來中國的高通脹，已經帶動了中國社會的資金走向。80 年代末中國的高通脹，刺激中國居民大量搶購商品，包括電視機等日用品被爭搶一空。2006 年以來的通脹趨勢，刺激的是一種「投資恐慌」。中石油價格正是在這樣的前提下形成的。

事實上，中石油目前的股價，不但超越國際股市上類似石油企業的 12 至 15 倍市盈率標準，甚至比中石化也高出一大截。對於一般的中國投資者來說，買入中石油是預期短期內該股票還會被繼續炒作，一但短期熱度下降，中石油股價應該會向中石化靠近，世界第一的總市值也必然「水落船低」。

由石油部轉制而來

中石油公司是中國石油部轉制的產物。1988 年 9 月 17 日，中共國務院成立中國石油天然氣總公司。1998 年 3 月，中共的第九屆人大批准對中國的石油石化工業進行改組，分別組建中國石油和中國石化兩個特大型企業集團公司。1998 年 5 月 26 日，中國石油天然氣總公司、中國石油化工總公司在北京舉行劃轉企業交接儀式。同年 7 月 27 日，中國石油天然氣集團公司和中國石油化工集團公司正式宣告成立。

另外，中國石油天然氣總公司還成立了中海油公司，形成了中國石油化工行業的三足而立格局。

按照中共有關部門的設計，中石油公司擁有中國的大部分油田、天然氣田和運輸管道，而中石化則擁有煉化廠和下游分銷系統。不過，在 90 年代後期，為了形成競爭，中國石油天然氣總公司再次劃分勢力範圍，把北方十多個省市的石油煉化廠交由中石油，而南方油田交給中石化，包括加油站等下游分銷系統則兩家企業都可以全國競爭。

因此，中石油和中石化兩家企業，本質上不僅僅是石油企業，也同時是中國石化領域行政性質的公司——中國石油天然氣總公司的商業化企業。

美國投資專家出售中石油股份

值得留意的是，美國投資專家巴菲特（Warren Edward Buffett）在中石油 A 股正式上市並引起全球關注之前，提前拋售

了手中所持有的所有中石油 H 股在美國的預託證券。巴菲特 2004 年以大約 38 億港元的價格買入 23.39 億 H 股（2339 萬預託證券），出售獲得 315 億港元，賺了大約 277 億港元（約 35 億美元）。

巴菲特出售中石油之後，該股股價繼續上升。據中國媒體的報導稱，巴菲特如果選擇在中石油 A 股上市之後才出售持有的中石油，可以多賺 100 億港元，因此巴菲特表示出售時機「有些過早」。

巴菲特受全球股市投資者關注，據說是因為他投資決定非常準確。這位從 70 年代開始嶄露頭角的投資界大亨，堅持以「價值」來衡量所投資的股票。上世紀 90 年代全球瘋狂投資新科技股的時候，他固執地認為這種炒作違反了他的「價值」策略，因此從不參與。

投資股票，本質上是投資企業的一份資產。因此巴氏的投資策略說起來十分簡單，即選擇資產有「價值」而又有增長前景的企業，並且進行長線投資。據說他投資的股票通常持有十年左右。

巴菲特否認他沽售中石油是因為政治的原因，因此投資專家分析說，巴菲特應該是認為相對於資產和增長前景來說，中石油的股價已經過高，因此才有出售的行動。中石油每股淨資產不到 4 港元，巴菲特顯然認為，以 13 元左右的價格出售十分划算，所以在持有了三年之後便選擇套現。

中國的石油公司還有潛力嗎？

考驗投資者的另外一個問題，是估測一個企業的發展前景。因此，中國的石油企業是否仍有前景？也可能是巴菲特做出的決定的原因。中石油公司的主要資產是油田，因此國際油價對這個公司的盈利占有絕對重要的因素。2007 年國際油價飆上接近 100

美元的高位，因此有人估計，巴菲特沽售中石油，應該也是對國際石油價格前景的一種估量。

據一位中國經濟專家表示，中石油的盈利接近 90％ 來源於石油漲價。1998 年，中石油公司盈利約為 600 多億人民幣，當年油價約為每桶不到 20 美元，2006 年國際油價 50 多美元，中石油盈利也正好超過十年前一倍多，這個幅度和石油漲價幅度相當。

但問題還不在於此。

中石油的職工人數約為 100 萬，超過美國埃克森美孚石油公司雇員人數 12 倍多，但盈利卻只有埃克森美孚石油公司的一半不到。

在油氣儲量上，中石油 2006 年儲量達到了 205 億桶，僅次於埃克森美孚的 221 億桶，排名全球上市公司第二。而在油氣產量上，中石油則排在埃克森美孚、殼牌（Shell）、英國石油公司（British Petroleum， BP）之後，名列第四。

主營業務收入和淨利潤這兩項重要的指標上，中石油和埃克森美孚的差距也很大。埃克森美孚 2006 年的主營業務收入為 3350 億美元，在全球 500 強中排名第二；而中國石油僅為 864 億美元，名列第 24 位。在淨利潤方面，2006 年埃克森美孚的淨利潤為 395 億美元，而中石油僅為 178.39 億美元。

從市盈率的角度分析，11 月初埃克森美孚的市盈率為 12.86 倍；而中石油招股價的市盈率達到了 22.44 倍，上市首日市盈率更是達到了 60 倍。

另外，中共加入世貿承諾 2006 年底全面開放中國石油化工市場。全球各大石油公司 2007 年開始將陸續進入中國市場。雖然聯合國能源機構估計中國的能源需求未來 15 年將大幅增加，

約占全球新增需求的 30％，但如果考慮到外國大石油企業進入中國攤薄中石油市場占有率的因素，中石油、中石化等企業未來十年的增長恐怕不可避免將大打折扣。如果以為中石油將繼續過去十年一樣的高增長，那肯定會大為失望。

壟斷行業黃金十年將逝

1997年，朱鎔基提出三年改革國有企業的整體方案，其中「抓大放小」，就是出售和放棄中小企業，而只抓好關係國計民生的大企業。

簡單來說，這些大企業就是壟斷企業。包括能源、通訊、金融等壟斷行業的大企業，由原先的行政部門改組為「公司」。這十多家壟斷行業國有企業的盈利，占據了中共中央級 500 家國有企業的 80％左右，其中中石油是最重要的一個。

中國的石油企業，正是面對這一問題的第一批企業。事實上，這也是中石油需要趕在 2007 年之內必須上市的原因之一。

美國媒體報導，一些企業準備以百億美元的資金量進攻中國的市場。從 2007 年開始的未來五年，外國石油公司將陸續完成他們在中國的布署。

中國的辦法是價格控制。目前，中國的成品油價格仍然由代替計畫委員會的國家發展改革委員會（簡稱發改委）制訂和公布，石油公司可以在公布價格的上下 8％範圍內「自由浮動」。中共發改委的石油定價部門官員，大多來自當年的石油部，和中國石油企業關係密切。因此這種定價權便成了中國石油企業的殺手武器。

壟斷企業對經濟的危害

　　一百年之前，在 1911 年 5 月份的一個下午，美國最高法院宣布了一項決定，判決裁決美國政府在與標準石油公司（Standard Oil）的訴訟中勝訴，標準石油公司必須被解散。標準石油公司的創始人洛克菲勒（John Davison Rockefeller），是美國乃至全球最富有的人之一，他的標準石油公司不但控制油田和煉油廠以及加油站，甚至壟斷了大部分的石油運輸產業。

　　上世紀初，中東石油還未被發現，世界剛剛進入石油世紀。美國石油產量是全世界的 85％，而其中的 90％，由洛克菲勒的標準石油公司掌握。這是一個巨大無比的企業。

　　根據美國法律的規定，對企業的制裁，必須是在被認定「不合理及危害公眾」的前提下才能做出。美國政府為了防止標準石油的壟斷，多次根據反託拉斯法提起訴訟，而官司綿延了好多年，在聯邦法院判決之後，在最高法院又進行了三次轟動的聽審，其間兩位最高法院的法官去世，最後終於做出維持聯邦法院判決的裁決。

　　標準石油公司被強迫分拆為七家企業，現在世界的埃克森美孚、英國石油等石油企業，都是被分解的七家公司轉變而來的。

　　丹尼爾·尤金（Daniel Yergin）在他的《石油世紀》（The Price）一書中寫道：標準石油公司解散之後帶來了意想不到的效果，就是科技方面擺脫了百老匯二十六號（標準石油公司總部所在地）的鉗制，煉油技術迅速突破，支持了美國剛剛起步的汽車工業渡過難關，而且保持了美國石油業乃至新工業的優勢。

　　美國崇尚自由資本主義精神，認為維持技術進步和中小企業

發展的生機，是經濟得以健康成長和社會獲得持續改進的重要因素。在反託拉斯法中，這一精神獲得了徹底的貫徹。美國並不為本國企業成為世界第一而雀躍。

而中國的情況似乎正好相反，中共政府極力幫助效率低下的國有企業，甚至維持它們的壟斷地位，即使是扼殺了中小企業的生機也在所不惜。為了國有企業能夠擠進世界500強，中共政府把國內金融資產的85%投入只占國民經濟產出不到一半的國有企業中，其中大部分投入壟斷性企業。有趣的是，而中國維持壟斷企業地位的原因，和美國拆散壟斷企業的原因正好相同。唯一不同的是，中共政府認為自己天然就代表了「公眾」。

壟斷企業綁架了中國經濟

2007年10月，中國從南到北多個省份的多個大城市出現了油荒，數以千計的加油站高懸「無油牌」，大部分地區無法找到低標號汽油和普通柴油，一些地區的經濟大為混亂。中國民眾不滿情緒再次指向了中石油和中石化兩家壟斷企業，認為這兩家公司為了向中共政府部門施加壓力，故意「製造」了缺油的局面，逼迫發改委上調價格。

11月1日，中共發改委宣布成品油漲價，90號汽油每公升4.3元人民幣。中國石油企業的管理人員表示，這個價格仍然偏低，因為美國的價格大約在5.5人民幣左右。

1999年，當時中共國務院總理朱鎔基提出了一個稅改革方案。這個方案計畫把目前按車收費的養路費，改為按汽油使用量收費的汽油稅。這個方案的好處，是用車多的人多交稅，用車少

的人少交稅。因為在養路費的機制上，只要擁有車輛，不論使用多少都交納同樣的稅費。

這個方案在歐洲國家普遍實行，並且被認為更為合理。因為不但落實了富者多繳的原則，也更加限制了能源的浪費，促進節約。

不過這個方案後來終於胎死腹中，反對者就是石油公司。中共中央政府不能通過這樣的稅改方案也有利益上的考量。因為養路費由地方政府徵收，如果改成汽油稅，必然也要和地方政府共用。而目前中國對石油公司徵收「暴利稅」，僅中石油 2006 年就上繳 230 億人民幣的暴利稅，這些收入當然歸入中共中央政府。

一位不願意透露姓名的大陸經濟學者表示，「僅 2003 年國內石油公司通過漲價得到了 300 多億元的利潤，而由此匡算出的社會代價是 2100 億元。」他認為，破除壟斷頑症，使一些壟斷企業的利潤「回歸自然」，既可保證公平市場競爭秩序的客觀需要，也是惠及廣大人民群眾的好事善事。

一位網友在詳細分析了中國石油企業的情況後總結說：「上游壟斷掠奪下游競爭性行業，扭曲經濟結構肆無忌憚的漲價，使中國經濟和宏觀調控的複雜局面加劇。成品油漲價是因為壟斷，但下游產業卻是競爭性行業，不能漲價。比如公交和計程車，關係群眾生活，其價格調整要經過嚴格審批，油價從兩元漲到四元多，公交價格和計程車價格並沒有什麼提高，汽車製造業是國家寄希望的產業，但消費環境不良，加上油價上漲，更是雪上加霜。老百姓近兩年的工資並沒有顯著增長，翻倍上漲的油價讓大家很難受。可見，這是赤裸裸的掠奪，扭曲中國經濟結構，增加了所謂的膨脹壓力。儘管，中石油的滾滾暴利，讓國家，同時也讓某

些不可明說的利益群體歡欣鼓舞，但是，這種危害中國經濟的掠奪經濟思路，將貽害中國經濟的健康發展。」

「現代經濟基建在大量使用能源的基礎上，石油因此被稱為工業的血液。石油公司的高度壟斷聚斂社會財富，其實就是對下游產業的剝奪，更進一步地說，這種壟斷本質上就是綁架了整個國民經濟。」

第三節

坑害國人的圈錢術

大陸股市如同一個賭場,被幕後黑手操控著,而股市最大的贏家就是中共當局。(AFP)

中石油挖了股市最大萬人坑

2012 年 7 月 14 日,中國知名的財經評論人和企業家朱大鳴在他的博客中發表評論,稱「中石油挖了股市最大萬人坑」,文章寫道:「『萬人坑』中石油是 A 股市場上讓股民最傷心的股票,據計算,上周四,中國石油盤中創下歷史新低 8.75 元,相對於上市首日創下的 48.62 元歷史最高價,如今跌得已只剩零頭,最大跌幅高達 82%。中石油可謂中國 A 股市場的一個哈哈鏡,它悲劇色彩到底是誰塗抹上來的?

如果我們還不能看到中石油的讓多少資金打水漂,請看數字,如果以 8.75 元計算,中石油 A 股市值僅剩下 14133 億元,而上市之初其總市值曾高達 7 萬 8532 億元。近 5 年時間,中石油 A 股總市值蒸發了 6.4 萬億元。如今,滬市的總市值也就 15 萬億

左右，換句話說，中石油蒸發掉的市值相當於 0.4 個滬市。

記得當年中石油以第一市值的身分登陸 A 股市場，就占滬市超過 20％的份額，當時中石油成為市場上最牛的風標，股指上漲要看中石油的顏色。然而，隨著漫漫熊市的推進，中石油也慢慢的成為反向指標。

如今中石油成為萬人坑，它的 A 股股東 187.9 萬戶，這些股東很多人都成為中石油的炮灰，它展示了一個圈錢市的典型案例：股市不是投資市場，而是一個圈錢的融資市場。如果股市失信於民，最重要的不是市場失信於民，而是這個圈錢的制度傷心透頂。

股民對於市場風險的分配還是認可的，但是，對於人為造成的危險卻是氣憤不已。很多人或許說，股市有風險，投資需謹慎，問題是，這不是風險，這是危險。這不是市場造成的損失，而是人為製造的掠奪。」

文章還說：「中石油只不過是我們這個圈錢市的一個縮影。在這樣一個機制下，還扯談什麼藍籌股價值投資，歷史都已經證明，無論是證監會官員宣稱的引導價值投資，還是一些有心無意宣稱的價值投資，都證明是騙人的工具。明明是人為的市場，還宣稱是市場所需，市場經濟已經成為人為失誤或者掠奪的外衣，一件破爛不堪的人人皆知的外衣。

相關部門和大員們的信任是被自己禍害了，市場制度也被禍害了。更有甚者，這些人禍害了中國廉恥文化，還振振有詞的說這是與世界接軌。明明有錯拒不承認的老賴官員這些年我們見識的還少嗎？廉恥喪盡，無賴發言和行事，讓我們的市場經濟充滿著醜惡。

股市是我們社會的一面直接的鏡子，而中石油又是這種哈哈

鏡的經典。如果不對利益集團與市場進行有效切割，萬人坑的股票還會在市場上出現，這難道是我們發展股市的初衷嗎？翻開股市這本歷史巨著，我們看到的只有『吃錢』兩個字，圈錢赤裸裸，投資屬性幾乎等於零，糾正現在的各種亂象，我們的市場才能真正反映現實，促進中國經濟增長，達到股市本真的目的。」

「沒媽」的中國股市

《新紀元》周刊在第 243 期 2011 年 9 月 29 日出刊的雜誌中，發表了酈劍鋒的評論，把中國股市稱為沒媽的孩子，並對炒股行為作出反思。文章這樣寫道：

「中國股市是世界上獨一無二的，其特色在於『一買就跌，一賣就漲』。在內，有如墜入雲霧，深不可測；有如掉進迷宮，來回打轉找不著路徑。

不只一次聽人家信誓旦旦說：這輩子永遠不再進中國股市！因為自身教訓多多。20 年的現實在那兒擺著：七賠二平一賺，能夠不賠錢全身而退的幸運兒實在稱得上稀有難得，現在能夠不被套牢就是幸運了，就應該謝天謝地了。

只不過，用不了多久，又好了瘡疤忘了以往炒股的慘痛，再次進股市賭上積蓄。就像人抽煙，都知道不好，但總是禁不住誘惑。這樣的人太多太多。

原因在於：一、炒股不斷被主流社會宣揚炒作，好像是最便捷的可以快速發財改變命運的手段，是成功人士的選擇和一種時髦。現在各行業都不景氣，找個好工作不易。

二、僥倖心理使然。像摸獎券、買彩票一樣，說不定中個大

獎，下半輩子就不用幹活了，可以享清福了。

三、中國人的從眾心理。炒股者不在少數，特別城市居多，開戶者大約 4000 萬。投資吧，無合適的對象；存錢銀行吧，負利率時代每天貶值賠錢，物價居高不下通脹嚴重；搞房地產吧，本錢又太少。

在這種情況下，炒股似乎成了不少人的唯一選擇。

有一句話，『股市有風險，入市須謹慎』。對中國人來說，不僅僅是個風險的問題，因為入了股市，就等於中了埋伏中了圈套一樣，只剩被套賠錢的份兒了。

其實，最根本上，還是對中國股票市場的本質規律缺乏了解，認識不清。股市是經濟的晴雨錶，一定程度上反映了一個國家經濟運行發展的整體趨勢。經濟發展，股市隨之增長；反之，則下跌，很少大起大落。這是世界正常的股市狀況，它是經濟規律的反映。

但這些在中國都是例外。中國股市是由中共政府一手操辦的，一舉一動都在政府的掌控之中。中共什麼樣政府什麼樣？60 年來想必十幾億中國人都有切身體會。單從經濟方面看，按官方的說法，30 年來平均 10％左右快速增長，GDP 由『改革開放』初期的 3600 億元增加到如今 40 萬億，但百姓在經濟發展中受益幾何？只是『學習雷鋒幹革命』的角色！絲毫也享受不了其中的實惠之處。這樣不為人民幹事的政府來辦股市，可想而知結局會怎樣，這是不用思索就可得出的結論，而且是百分之百的必然。

我們舉個最典型的中石油的例子。這個亞洲最賺錢的國有大公司，每年淨利潤 1000 多億，2011 年高達 1600 億。其股票發行時 48 元，以後連年連天下跌，目前大約每股僅 10 元左右。以至

於有股民嘲笑要將其股票當作傳家寶留給後代子孫！在中石油身上，多少股民被坑被套？經濟規律跑哪裡去了？

打個比方，中國股市好比政府設的賭場，吸引億萬中國人設局參賭，讓上市公司與股民博弈。上市公司能否上市需政府批准，權力社會二者的關係就此可見一般。股民的命運就在政府與上市公司的『緊密』安排中被決定了。幾年前創業股上市，造就多少千萬、億萬富翁？只是這樣的富翁不是辛勤創業來的，而是被騙的廣大股民供養出來的。

聚眾賭博，乃非法之舉，但政府例外，美其名曰『股市』、『福彩』、『摸獎券』；挖人祖墳，人倫之大忌，政府也例外，名曰『考古』，什麼東西政府出面，非法就變合法，還堂堂正正。政府不出一文錢，坐著數錢。每年光是股票交易印花稅即達數百億元，2007 年更是 2000 多億，增加了 10 多倍。上市公司也不出一分錢，不停地『融資』。據統計，A 股市場 2009 年融資 4609 億元，2010 年 1.03 萬億元，成為全球融資第一。剩下的只有廣大中小股民出血出力，血本皆無，內心還不斷遭受煎熬。正如股民把白居易的《賣炭翁》改為《炒股翁》裡所慨嘆的，『一手股，千餘錢，狂奔跌停惜不得』。

因此，所謂『晴雨錶』，在中國只看到打雷下雨，很少有晴天的時候。這樣的股市，只能成為政府和上市公司交互勾結圈錢，洗掉人民財富的工具，這才是有中國特色的中國股市的唯一本質！

眼下的股市，人們都是一臉的無奈，束手無策。有人形容現在的 A 股市場就是『媽媽已經離家出走啦』，股市『像沒媽的孩子，就剩爹（跌）了！』即便如此，人們還是希望政府出面『救

市」。此豈非與虎謀皮之舉？

沒有媽只有爹（跌）的中國股市，只能是一個怪胎！再高明的醫生也回天無力。60 年的慘痛已經足夠促人猛醒，你可以對任何人、任何事抱有希望，就是不能對中共抱任何幻想。要想使股市走上正軌，就得首先使政治正常，社會正常發展，可這在當今中國還有多少可能？只有拋棄幻想，退出中共，解體邪黨，一切才能最終歸於正規，中國人民才能真正獲得希望。」

吃裡扒外 美股份紅是融資 4 倍

就在大陸股民面對中石油痛不欲生時，美國股東面對中石油卻是歡天喜地。

2012 年 8 月下旬，大陸媒體報導稱，中國石油在美國上市融資 29 億美元，但累計分紅卻達 119 億美元，分紅超過融資額度 4 倍，被稱為美國股民的提款機。

報導稱，中石油、中石化、中國移動、中國聯通四家公司，最近四年來向海外投資者分紅高達 7000 億，年收益達 130％，相當於每個中國人貢獻約 600 元人民幣。其中，中石油給美國投資者累計分紅 800 億。

2007 年，中石油 A 股開盤價報 48.6 元，股東有 188.4 萬戶，到 2012 年 8 月 23 日，收盤價為 8.88 元，年報顯示，截至 2011 年底，中石油股東人數下滑至 107.9 萬戶，也就是說 4 年裡有 80 萬股東離它而去。股價一路下跌，中石油成了 A 股「毒藥」，股民寧肯賠本也要「割肉」，散戶們對中石油的失望可見一斑。由於 A 股上市時大陸投資者比海外投資者多付出十倍以上的價格，

在同股同權的原則下分配收益時，A 股投資者相對而言所得分紅就會少很多。

中石油是一家按國際慣例分紅的公司，其分紅比例在 A 股市場是比較高的。以 2011 年為例，2011 年中石油分別在半年報與年報中推出每 10 股派 1.6229 元與每 10 股派 1.6462 元現金分紅方案，累計每股派 0.32691 元，占其 2011 年每股收益 0.73 元的 44.78％。由於中石油 A 股發行價高達 16.7 元，回報率僅為 1.96％，遠低於同期銀行存款利率，甚至還跑不贏統計局公布的 CPI。A 股股民對它失望也是意料之中的事。

但是對於控股股東中石油集團來說卻是回報豐厚，由於中石油集團持有中石油股票的成本是 1.33 元／股，按此計算，2011 年中石油的現金分紅對於中石油集團的投資回報率高達 24.58％。這是 A 股公眾投資者夢寐以求的。由此可見 A 股現金分紅真正回報的只是上市公司大股東，對於中小投資者來說，分紅意義非常有限，聊勝於無。

中石油在香港上市時，其 H 股的每股發行價僅為 1.28 港元，其 A 股的發行價 16.70 元，兩者相差了 12.56 倍。H 股發行估值水準較低，發行價也低，後市的增長空間較大；A 股發行價高，高市盈率大大透支了未來的增長空間。回歸 A 股的前六年，中石油平均每年拿出近 500 億元進行海外分紅，被國人稱為：「寧贈友邦，不予國民」。

中石油的高分紅比例，連巴菲特都吃驚。巴菲特曾在股東大會上感嘆：「中石油交易非常有意思的一點是，公司在年報中寫，他們將把利潤的 45％拿出來進行分紅。」這讓遍覽全球各類企業年報的巴菲特感到吃驚，環顧全球，其他大型石油公司中，相中

石油這樣陳於書面的慷慨僅此一家。

國企才是分紅最大贏家。據中石油披露，2008年、2009年、2010年三年間，公司用於分紅的金額分別為514.9億元、465.2億元以及629.9億元，共計達到1610億元。因為國企和政府投資者是公司大股東，占據了總股本的98％以上，其他股東三年加起來獲得的分紅總數不超過30億元。從此可以推斷，國企和政府投資者是中石油紅利的最大分享者，海外投資者次之。A股股民、中石油的國內消費者、國內納稅人成了冤大頭，默默地奉獻。

現在回頭來看，中石油H股的高分紅只是誘餌，吸引眾多大陸投機股民的蜂擁而至，目的就是要開出高得離譜的A股首日發行價，結果，絕大多數大陸股民真的就上當了，真的成了冤大頭，圈錢的替罪羊。

獵狐行動瞄準三大家族

第十一章

淫亂奢靡的兩桶油

2012 年 5 月初，中石油「AV 女優門」網路熱傳，隨後為了掩蓋不惜投注上百億刪帖費，中石油的淫亂醜聞及經濟黑帳，令人咋舌。剛進入 2013 年、在習近平反腐風暴的關頭，中石化的「非洲牛郎門」又在網路掀起轟動。兩桶油接二連三「出事」，長期盤據石油系的周永康被聚焦。

(AFP)

第一節

中石油 AV 女優門的台前幕後

中石油「AV 女優門」特大醜聞被網民熱炒，因涉及高層，據傳中石油數天內刪帖費已高達 100 多億，仍刪而不絕。圖為北京一網吧。（AFP）

　　中石油盤剝民眾的高油價，其中一個原因就是他們有很多「額外花銷」和「難言之隱」。

　　2012 年 5 月初，大陸網站論壇上出現了「中石油 AV 女優」特大醜聞曝光的帖子，如新浪博客裡的「最牛性賄賂」、貓撲網上的「中國男人的驕傲」等。「AV 女優」是對日本成人影片（Adult Video）中女豔星的稱呼。人們在震驚之餘，忍不住到處張貼傳播，很快，類似帖子鋪天蓋地般出現。不過沒多久，這些帖子都被刪除了。然而幾天後，一則「中石油 AV 女優門驚爆網路，刪帖費已達 100 億」（人民幣，下同）的爆料，再次震驚外界，這次人們受到的衝擊更大、更深。

　　人們在震驚之餘，有的對此爆料表示懷疑。倒不是不相信中共官員會那麼醜陋，而是不相信中石油這個到處哭窮的國營大戶，每年盈利才 1000 多億，哪來的上百億去刪除網路醜聞呢？

這刪帖費也太誇張了吧？

其實，這正是曝光中石油「AV 女優門」的目的：既曝光了性醜聞，又揭開了中石油的經濟黑帳，一箭雙雕。

對於 18 大前的人事搶位戰而言，此時此刻曝光此事，無疑是對中共高層石油幫的一記重擊。周永康在中石油工作了 30 多年，曾慶紅也在石油系統工作了幾年。事件發生一年後才曝光出來，背後無疑與周永康的落敗有關，對周的後事安排是最不利的。

四川石化 AV 女優性醜聞曝光

據網路曝光，這起「史上最牛性賄賂案」發生在 2011 年 6 月後的夏天，主角人物是中國石油四川石化有限責任公司的三名官員、以及案發後寧願花數百億隱瞞、也不處理犯事官員的中共高層。

貓撲網的帖子「嚇尿了：四川石化 AV 女優體驗特大醜聞曝光」，文章稱，作為中國石油壟斷行業的代表，中國石油天然氣集團公司（即中石油）近來醜聞不斷，先是大連石化一年四次發生火災，接著有中石油高管的「百萬豪車門」登場，而最近爆發的「AV 女優門」特大醜聞更是將中石油推上了輿論的風口浪尖。

四川石化是中石油在成都彭州投資 380 億元新建的一個集煉油和乙烯為一體的大型石化企業，是國內一次性單體投資最大的煉化一體項目。按計畫，四川石化的生產監測部需要購買上百台色譜儀用於質量監測，而正是採購這些色譜儀的過程爆出了令人震驚的特大醜聞。

內部人員爆料稱，在國際上眾多的色譜儀廠商中，日本島津

公司的產品不論是質量還是性能都表現平平，與同行業的美國廠商比起來有很大的差距，也缺乏在大型石化企業，尤其是大乙烯項目中的成功經驗。

2011 年 6 月份，惠生工程（中國）有限公司作為總承包商，主持了色譜儀的招標。兩家在業內享有盛譽的美國廠商直接參與了投標，而日本島津公司則是通過北京華爾達科貿有限責任公司作為代理商，參與了投標。很快惠生公司就宣布華爾達以最低價中標，雙方簽訂了總價格約 200 萬美元的色譜儀購買合同。

簽訂合同後，華爾達和島津公司就邀請四川石化生產監測部分管色譜儀採購的夏某、李某和惠生公司的項目採購經理侯某去日本「參觀訪問」。消息人士透露說，夏某、李某和侯某在日本受到了邪淫的 AV 女優性招待，貪杯好色的生產監測部副部長夏某回國後就在喝多了的情況下，幾次大談日本 AV 女優的美豔風騷。

華爾達精心安排的性招待得到了回報，夏某、李某和侯某在回國後很快就代表各自的公司與華爾達和島津簽訂了一份項目變更協議，在供貨價格不變的情況下大幅度降低了訂貨合同中色譜儀的配置，據稱降低的配置價值超過了 60 萬美元，當然，這 60 萬美元最後都變成了華爾達公司的利潤和夏某、李某和侯某等人的「傭金」，還有那些日本 AV 女優的服務費。

但如此低價拿標、再降低投標貨物配置的做法不僅嚴重違反了招投標法，也影響了將來色譜儀的正常使用，更大大增加了整個四川石化項目失敗的風險。島津公司負責石化色譜應用的技術團隊在得知這一消息後，認為在如此降低配置的情況下根本無法完成色譜儀的安裝調試工作，為了避免成為替罪羔羊，整個團隊

竟然在兩周內集體憤然辭職離開了島津公司，一時間在業界引起轟動。

爆料：涉及級別太高 案子查不下去

作者感嘆，中石油的官員們「為了自己與日本 AV 女優片刻的歡愉而置國家的數百億投資於不顧的做法，真是令人嘆為觀止，堪稱中國貪腐案例中的至尊經典！」不過接下來的後續處理才是中共貪腐案例的「經典」事例。按理說這樣的醜聞被曝光後，一般單位馬上就會開除和調查相關人員，60 萬美金的貪腐足夠把當事人送進監獄，然而中石油沒有這樣做。

正如中石油總部一位北京官員對海外媒體爆料說，「AV 女優門」關係到中石油高層各方的利益輸送，如果真正查下去，涉及的官員級別就太高了，所以只能收手。中石油現在處境尷尬，案子查不下去，又不敢「闢謠」。無奈之下只好悶聲刪帖，希望將影響降到最低。而各大論壇和博客網站見是中石油醜聞，就像發現了金礦，樂得合不攏嘴——遇上這「不差錢」的大戶，當然得好好掙一把。

於是刪帖費從 900 到 3000 塊的行規被抬高到幾萬直至幾十萬，一口價、不許還價，有個知名論壇竟把跟帖也算進去，每個跟帖算一筆，刪一個上千跟帖的要價 1000 多萬！有的網站上午說好幾十萬刪了貼，下午又再貼上去。再刪？對不起，再交幾百萬。還有網站在這個欄目上收了錢刪了，又在其他欄目貼出來。

史上最昂貴的「全球網路第一大案」

因為事關中石油醜聞，大家都知道不會打官司。所以一個月下來，刪帖還不到總量三分之一，中石油卻花費 120 多億了，但老總們還是下令不惜一切代價刪除與「AV 女優門」相關的全部帖子。

某網路高管笑稱，這是迄今最昂貴的網路事件。一高管還透露說：網路刪帖生意讓不少多年虧損的網站，一個月就把幾年的錢都賺回來了，算是「AV 女優門」的貢獻。目前各論壇和博客網站的主要收入不是廣告，而是刪帖，過去全國每年的刪帖總收入不過 20 到 30 億，如今中石油一個「AV 女優門」就過百億。這齣由「女優門」引出的醜聞，帶出了一個鮮為人知的、令人震驚的「中國特色」網路吸金黑洞。

6 月 8 日，又有知情人爆料說，中石油「AV 女優門」醜聞還在持續發酵，已演變成「全球網路第一大案」。目前不僅累計刪帖費已達 370 億元，而且所涉及的後台已經遠遠高於中石油總裁，直達中共政界最高級別人物。

有消息稱，惠生工程正是中共政法委書記周永康之子周濱的公司。

中石油財務黑帳 小金庫是刪帖門來源

一個月光花在 AV 女優上的刪帖費就高達上百億，中石油的財務報表怎麼做呢？仔細分析中石油公開的財務數據，不難發現，他們一直在造假。既然帳目都是編造的，假中添假也就不足

為奇了。

　　至於中石油為女優門花費的具體刪帖費是多少，外界無法證實，也許沒有 370 億，這裡面不排除有人炒作，因為目前百度網上還有很多這樣的帖子出現。不過不管是多少，這筆花銷都是不該存在的。到目前為止，人們從中石油混亂的財務報表中，看出許多「端倪」。

　　2012 年 3 月，官方公布的年報顯示「中石油 2011 年淨利為 1329.84 億元，日賺 3.64 億元；2011 年，中石化的淨利潤 716.97 億元，平均日賺 1.96 億元。中海油的淨利達 702.6 億元，平均每日賺 1.93 億元。其中中石油年報顯示，2011 年中石油實現營業額 2 萬 38.43 億元，共實現淨利潤 1329.84 億元，其中勘探與生產板塊，盈利 2195.39 億元；煉油與化工板塊虧損 618.66 億元，天然氣與管道板塊實虧損約 214 億元。」

　　對比中石油、中石化公布的 2011 年業績報告，會發現，中石油加工原油 1.33 億噸，虧損 600 億元，每噸虧損 450 元；而中石化加工原油 2.17 億噸，虧損 348 億元，每噸虧損 160 元。按照中石油宣稱的「生產越多，虧損越多」，為什麼中石化生產量比中石油多，而每噸虧損量只是中石油的三分一呢？

　　2012 年 4 月 16 日《證券市場周刊》發表文章稱，「中石油中石化被曝轉移利潤索要巨額補貼」，「兩桶油」吸錢方法：轉移利潤向國家索要巨額補貼。中石油至少超過 1000 億元成本轉移到上游的生產與勘探板塊，而中石化至少有 500 多億轉移到生產與勘探板塊。為此，煉油業務是虧損的，年年以此為由向國家要巨額補貼。」

　　於是出現了這樣的怪現象：中石油日賺 3.64 億元，成為最賺

錢的公司，但與此同時，中石油依然向中共中央申報虧損，要求國家補貼，並要求政府減稅。在 2010 年 10 月，中石油、中石化甚至製造「油荒」，脅迫政府提供成品油的零售價。很明顯，以周永康為首的石油幫高官，經常故意跟國務院作對，形成無法無天的獨立王國。

有員工爆料說，中石油有很多小金庫，很多收入都是沒有納入會計審核的，假如高層要用小金庫裡的數百億為自己遮醜以保住官位，這有什麼不可能呢？而且這些嫖娼費用最後都會「轉移」成生產成本，讓每位百姓來分擔。

周永康本人就是個酒色之徒。20 年多前他為了攀高枝、與江澤民妻子王冶坪的姪女結婚，不惜製造車禍害死了自己的髮妻，也就是周濱的母親。據香港《蘋果日報》引用知情人士透露，周永康在中石油任職期間，因淫亂成性而有「百雞王」的外號。在四川，周不但與女星有不正當關係，更在酒店長期包養一名服務員。

據薄熙來的家臣、大連實德集團董事長徐明招供，他為薄熙來和周永康提供的美女不下 100 人。為方便淫樂，周在北京等地有六處「行宮」。據說，王立軍還祕密偷拍了兩人的淫亂場面。後來周永康得了膀胱癌，不得不做手術來保命。

刪帖吸金由「性日記」浮出

關於大陸網站的刪帖行業的興起，《新紀元》周刊也曾做過一番調查，於 2012 年 6 月 7 日出刊的 278 期刊發文章《AV 女優門醜聞曝光大陸網路刪帖吸金黑洞》。文中提及 2010 年「日記

門局長」事件。據《山東商報》2010 年 9 月 3 日報導，廣西南寧市中級法院 9 月 2 日開庭，「日記門」事件當事人韓峰涉嫌收受賄賂 101 萬餘元被提起刑事訴訟。據檢察機關調查，為了刪除網上流傳的日記，韓峰於 2010 年 2 月 14 日向欽州市某公司項目經理陳某索取現金人民幣 15 萬元，交給相關人員作為刪帖費用。

這是貪腐官員為遮醜拿錢刪帖的早期曝光。再後來，刪帖產業逐漸壯大，《新京報》2010 年 9 月為此發表調查報導稱，這是「一個不為常人所知的行業」：

專業刪帖公司層出不窮，通過提供刪除網路新聞或帖子的服務盈利。刪帖已呈產業化趨勢，有公司冒名發虛假傳真、與網站人員私下交易、甚至發布網路負面信息「釣魚」。

原來的正規刪帖是客戶向網站提供法律手續，免費刪帖；自刪帖專業公司冒出後，就變成了一項無本生意。

「您好，想要刪除負面信息是嗎？」

「您把帖子的網址發過來，我先看一下。」

「一條 2000 元，保證 3 天內刪除。先付一半，刪後付全。」

這是刪帖公司的廣告語言。一名刪帖公司「技術總監」表示，一些網民發出的「負面」信息，給錢就刪；政府部門通報、批評、處理的負面消息或重大新聞，「這類業務一概不做」。

網上談攏價格後，刪帖期限一般為三天、一天，甚至「秒刪」（指將帖子立刻刪除）。知情者稱，各家網站的「市場價」大致固定，在圈內形成一定的「潛規則」。但如果私下交情較好，可以砍價。如國內某知名論壇刪帖「市場價」為 3000 元，如果刪帖公司和相關編輯關係很「鐵」，成交價可降至 1300 元左右，刪帖公司盈利可觀。刪帖完成後，客戶再將餘款繳完。可以得到

稅務正規發票，內容注明「網路服務費用」，但需由客戶自擔6%的稅點。

知情者稱，刪帖公司的業務量目前難以統計，但通常一個「單子」就能賺得數萬元。由於幾乎沒有成本，這些錢基本可算淨賺。部分論壇編輯也因此獲利，「有些人的這部分收入遠超工資」。

在一個搜索引擎裡鍵入「北京 刪帖」關鍵字，立即可以找到200多萬個搜索結果，可見這個灰色地帶規模之大，早已超過「辦證」之類遊擊隊。中國社會就是這樣，只要賺到錢，可以不擇手段。這個新冒出來的刪帖業更是這樣，因為它在虛擬空間，可以更沒有規矩。這不，號稱國內第一大的百度搜索引擎也出來警告了。

此前，「百度貼吧」列出「常見詐騙行為」稱：刪帖公司在貼吧或其他論壇發現攻擊、誹謗用戶的帖子後，利用受害者希望帖子盡快被刪除的心理，聯繫受害者並稱可提供收費刪帖服務。誹謗帖子被刪除之後，受害者以為事件就此平息，幾天後卻發現更多相似帖子在網上各個論壇大規模流傳開來。此時，刪帖公司再向受害者進行勒索：只要支付高額刪帖費，就可將所有負面帖子進行刪除。而事實上，這些誹謗帖正是刪帖公司所發，這也正是他們利用受害人心理對其進行陷害、勒索的手段。

百度這個刪帖大戶出來警告說明了兩點，一是證實了刪帖產業的確很蓬勃，各路水軍在不擇手段賺錢；二是黨媒不甘刪帖業務受到威脅，暗示民眾和企業，只有它們刪帖才是正路。

刪帖聯想

在百度搜索引擎敲進「批量刪帖工具」，馬上蹦出「找到相

關結果約 337 萬個」，如果百度真的「對大眾負責」，可以先從自己做起：屏蔽這些坑錢公司的同時，關閉自己的刪帖業務。

正像網友「L***S」所感受的：三年後的今天，我回到這裡，沒想到語境比兩年前還惡劣。我昨晚跟帖批評某些人大代表利用公權私利化，不料被刪了，我發表抗議，再被刪。天下烏鴉一般黑，各大網站現在都是驚弓之鳥，昨天有朋友在我博客跟帖只是建議我寫書這樣不痛不癢的話，都被新浪刪了。所以，我們想說話，越來越成了技術活兒。

網友格老子諷刺：日本地震中石油為什麼一下捐幾個億，而四川地震他們才捐 200 萬，現在才知道原因（AV）。

有人總結的好：中石油「AV 女優門」反映出的是中國 GDP 水分、生態惡化成因、貧富差距來源、官員財產保密緣故、共產黨黑社會化的明證、社會矛盾總爆發的前夜、好人與罪犯的分野、物極必反的邏輯。

第二節

探祕中石化「非洲牛郎門」

中石化「非洲牛郎門」刪帖預算 30 億

在中石油鬧出淫亂醜聞不久，中石化的醜聞也隨之而來。

作為中國石油壟斷行業的代表，中石油近年來醜聞不斷，繼「俄羅斯豔女門」、「AV 女優門」等醜聞先後曝光後，剛進入 2013 年、在習近平反腐風暴的關頭，中石化的「非洲牛郎門」又在網路掀起轟動，事件涉美國安捷倫公司在中石化武漢乙烯工程中，利用非洲「牛郎」色誘招標公司——中石化國際事業公司的一名女處長，非法中標。這是繼中石油曝「AV 女優門」醜聞之後，在習近平高調反腐的敏感時刻，又一賄賂大案曝光。

據悉，中石化一直是中共前政法委書記周永康家族的勢力範圍，周永康曾在石油部門任職 38 年。而美國安捷倫科技有限公司（Agilent Technologies, NYSE:A）是一家國際儀器生產商，由

美國惠普公司於 1939 年創辦。經過 60 年的歷史，惠普與康柏合併，並分拆出安捷倫科技。安捷倫（中國）公司總部設在北京。

「非洲牛郎門」

據中國青年網 2013 年 1 月 2 日報導，近日，一位網友爆料中石化一名女處長身陷「非洲牛郎門」事件，將中石化置於輿論漩渦之中。報導稱，安捷倫公司在中石化武漢乙烯工程中，利用非洲「牛郎」色誘招標公司中石化國際事業公司的一名女處長，在投資 180 億的中石化武漢乙烯工程中進行黑箱作業。

在競標過程中她讓安捷倫非法降價 30 萬美元，以低價得標，又相互配合威逼利誘武漢乙烯的用戶，迫使他們同意將得標方案中一套價值 80 萬美元的軟體換成成本不到 10 萬美元的軟體，最終安捷倫不僅非法得標，還多賺了 40 萬美元。

報導轉述中石化辦公廳外宣辦有關負責人的話宣稱：對此事並不知情，會在具體核實實情後向外界公布。

《大紀元》獲消息稱，2012 年 12 月 31 日，中石化高層在得知「非洲牛郎門」開始在網上傳播時，立即下令不惜一切代價刪帖，將「非洲牛郎門」的言論控制住。初期的預算是 30 億元人民幣，視需要可隨時追加。經過一天花費上億元的刪帖之後，國內網站的「非洲牛郎門」信息都已被「河蟹」（指訊息被掩蓋），只有國外網站和百度快照上還可以看到「非洲牛郎門」的全貌。

業界人士認為，中石化的「非洲牛郎門」揭露的內幕遠比中石油的「女優門」來得驚人，中石化要想捂住這個「非洲牛郎門」的蓋子，將需要支付更大的代價，刪帖費更高。

北京查牛郎色情店 女高官涉入

中石化「非洲牛郎門」被曝光後，北京警方在郊區一個隱祕的建築內發現名為「XXX 俱樂部」的牛郎店，雖然俱樂部的老闆和大部分員工都已聞風逃走，但現場遺留的錄像視頻等證物和少數員工還是提供了不少信息。

俱樂部的老闆魏某是黑龍江人，在俄羅斯經商時偶然發現一個窮困潦倒的老人竟是前蘇聯克格勃訓練男性色情間諜的教練。魏某一年前將教練帶到中國，在北京開立了「XXX 俱樂部」，找來一批在中國謀生乏術的非洲壯小夥進行訓練。俱樂部並不對外開放，而是採用會員制和朋友介紹的方式提供內部服務。

很快 XXX 俱樂部就在京城上流社會的女性中廣為流傳。夜深人靜時分，俱樂部外面總是賓利、保時捷和法拉利等豪車雲集。

消息稱，去過 XXX 俱樂部的其中不乏廣為人知的女大腕和女大款，但俱樂部接待最多的還是女高官和高官的太太。這裡的牛郎服務成為賄賂女高官最佳的方式，很多女高官都是多次受邀前來。據估計，俱樂部開業一年來有數百女高官前來光顧，其中至少有兩名為副部級女高官。

部分員工證實，魏某以要隨時監督牛郎為名，為每個房間安裝了針孔攝像頭，現場也遺留了部分錄像器材和一些錄下的視頻文件。因牽扯的女客戶大都身分很高，「一旦信息洩露將給社會帶來巨大的衝擊」，故警方將這些錄像視頻進行了查封，但據分析，魏某已將絕大部分視頻文件帶走，如果他出於某種目的在網路上公布這些文件，可能會對涉事的女高官帶來滅頂之災。

女處長飛揚跋扈 貪腐好色

中國石化國際事業有限公司（國事）內部員工透露：「中石化招標投標處女處長張某是個標準的官二代，其父親原是中石化下屬的一家大型子公司的正廳級黨委書記，所以張某在國事內部飛揚跋扈，無人敢管，她經常說連傅總（指中石化董事長傅成玉）和王總（指中石化總經理王天普）都要讓她三分，別的領導對她來講根本不值一提。

招標投標處處長的級別雖不算高，但掌管著中石化每年上千億的招標採購，是難得的肥差。投標的基本都是外企，所以向她行賄都是直接將賄金打入她的海外帳號，國內很難查到。

她現在個人資產過百億，光在世界各地的房產就有數百套，在瑞士、美國和香港等地的銀行都有大量的黃金和存款。

這個女人還很好色，每個她看著順眼的男員工部下都要跟她有一腿，否則就會要你好看，部下對她敢怒不敢言。」

中石化和中石油近年來醜聞連連

壟斷石油巨頭中石化和中石油近年來醜聞連連，中石化 2009 年曾爆發「俄羅斯豔女門」事件，指中石化鎮海乙烯和天津乙烯兩大項目中，色譜儀廠商安捷倫為了拿到數千萬元的訂單，高價雇用了一對美麗的俄羅斯姐妹花送給了中石化的採購部門「國事」重大工程項目協調處的一個官員。

這個醜聞最後被舉報到美國司法部專管反海外賄賂法的部

門，美國司法部經過一年多的調查確認，安捷倫公司在 2000 年至 2010 年間涉嫌向中國客戶行賄 8700 多萬美元，其中僅對中石化官員的行賄金額就高達 3200 多萬美元，最終導致安捷倫公司全球副總裁兼大中華區總經理的辭職，在業界引起巨大震盪。

中石化死保張某 發改委調查

「非洲牛郎門」爆出後，在輿論壓力下，中石化進行內部調查，找出了那名女主角：中石化國際事業公司招標投標處處長張某，不過，與外界期待相反的是，中石化並沒有處理張，反而聲稱要重用她。

據博訊網引述中石化高層消息來源說，中石化紀委 2013 年 2 月 1 日召開會議討論了「非洲牛郎門」事件，稱張某「非洲牛郎門」性賄賂一事子虛烏有，中石化及張某個人保留採取法律措施的權利。並聲稱會更加重用張某。

但會議也「一致認為」，安捷倫公司現存有不利於張某的錄像，應多加安撫。為此中石化決定在中國新年後與安捷倫簽訂一份為期三年的框架協議，規定中石化下屬企業無需招標即可直接採購安捷倫的所有產品。同時在內部封殺參與舉報投訴的供應商，將這些公司從中石化供應商名單中剔除，中石化下屬任何單位不得採購這些企業的產品。

至於色情俱樂部的老闆魏某所帶走的數百份錄像，他們認為被公布的可能性不大。但表示張某不宜在公開場合露面，更不能接受記者的採訪，單位相關人員也不得外傳張某的照片。

外界分析，中石化之所以不惜一切代價力保醜聞當事人張

．

某，是因其所在國際事業公司每年為中石化採購數千億元的物資，是中石化高層領導個人灰色收入的主要來源，身為招標投標處處長的張某掌控著這些內幕。如果張某真的被調查，那她供出的證據足以讓中石化的高層都進監牢。

此外，張某的父親是中石化下屬最大的子公司揚子石化的原黨委書記，中石化現任高層領導，包括副總經理在內很多都出自揚子石化，受過張父的提拔，現在投桃報李，也要保她。

據報導，張某是個標準的「官二代」，其個人資產過百億，在世界各地有數百套房產，在瑞士、美國和香港等地的銀行都有大量的黃金和存款。

不過，2013 年 3 月 18 日蔣潔敏被調離中石油而被安置到發改委當主任、被「架上火上烤」時，習近平陣營開始清理中石油。

大陸《每日經濟新聞》2013 年 4 月 1 日報導稱，發改委行政復議處剛宣布，撤銷之前所做的「不予受理的決定」，對中石化武漢乙烯色譜儀招標過程是否違法進行調查。此前上海雷波信息技術有限公司質疑該招標過程嚴重違法的投訴，曾被發改委認為已過受理期限而拒絕。目前該行政復議處有關人士證實，將調查有關「非洲牛郎門」的投訴內容，並給予申請人反饋。

報導稱，上海雷波法人代表傅學勝向《每日經濟新聞》提供了這份發改委下發的、落款為 3 月 27 日的《行政復議決定書》。2013 年 1 月 11 日，上海雷波向發改委寄交《關於中石化武漢乙烯色譜儀招標嚴重違法問題的投訴書》，1 月 15 日，發改委回覆，「投訴已過受理時限，我委不能按照投訴予以受理。」

1 月 25 日，上海雷波對發改委作出的處理不服，申請行政復議，同時將舉報材料上報給了中石化紀委、國資委紀委、中紀委、

相關領導人等。此次行政復議後，發改委改口表示，「投訴已過受理時限證據不足，發改委決定撤銷曾作出的答覆函。」

發改委的態度改變令外界非常吃驚，有人猜測這是新任國務院總理李克強的命令，要整頓五大國營企業。於是先調查中石化，下一個目標就是中石油，畢竟相比之下，中石化表面上的那些貪腐色情，比起中石油深層巨大的貪腐淫亂，只是小巫見大巫。

中石化淫亂「後宮」奢靡驚人

中石化高層要保張某，還有個原因就是貪腐淫亂在中石化已成為常態，幾乎每個高層都有類似醜事，天下烏鴉一般黑。2013年2月下旬，在張某的非洲牛郎門曝光後，大陸又爆出北京和園景逸大酒店是中石化高層官員淫亂的後宮。

據《新民晚報》報導，中石化投資8億在北京順義建起一家名為「和園景逸大酒店」的超五星酒店，坐落在溫榆河西岸，周圍是一片面積達800畝的森林。酒店除了208套客房外，還有「中、歐、日、意式等風格各異的高檔別墅9幢」。

作者王學進在《和園景逸大酒店的神祕面紗到底有幾層》一文中寫道，就是這塊風水寶地，由於地形隱蔽，該大酒店在地圖上找不到名稱，入口處沒有標誌，路邊還有保安站崗，連順義當地人都不知道這裡有這樣一個神祕而奢華的大酒店。

「投資8億建起的超五星酒店，投資者居然不想方設法對外開放，將投資的錢賺回來，竟滿足於內部經營，這也太匪夷所思了。其中有怎樣的隱情？」

《大紀元》獲悉，中石化耗資8億違法所建的北京順義神祕

的和園景逸大酒店是中石化高層縱情聲色的後宮。

消息人士介紹，位於北京順義神祕的和園景逸大酒店是個超五星的豪華酒店，裡面特別建有中式、英式、意式和日式等風格各異的高檔別墅 9 幢。整個酒店占地 1050 畝，其中 800 畝為森林公園。

而每個高層領導都有一套別墅或總統套間為其服務，裡面宮女式的服務員都是千挑萬選的美女，而其中的「妃子」則按照領導的不同喜好而安排，並經常更換。這裡面有法國、日本、西班牙、俄羅斯和義大利等異國風味的美女，也有當紅的影視明星，還有電影學院和戲劇學院的女大學生，甚至還有來自舞蹈學院附中的十一、二歲的稚齡幼女。

消息稱，這個奢華的大酒店是中石化高層官員縱情聲色的後宮，有的長期生活在這裡。為了 2013 年過年前的一次聚會，酒店動用了來自法國、義大利和日本的十幾名頂級廚師，其中有日本廚師精心準備的多個「女體盛」，這些都是精心挑選的 17、8 歲的少女，宴會結束後每個領導都將一名少女帶回房間。據稱，這次宴會共花費了 1700 多萬元！

據知情人士透露，中石油中石化高官們的個人財產每個都超過百億，有的甚至已經突破了千億大關。

不堪入目 中海油高層荒淫無度

中海油是中國海洋石油有限公司的簡稱。有網民在網路發帖舉報，中海油海南一公司總經理的荒淫無度生活，並上傳多幅不堪入目的集體淫亂照片，引網路圍觀。

網民「耶加雪菲」發表在華聲論壇的《一個中海油領導的荒淫無度的生活》帖子說，2006 年由於業務關係認識了中海油在海南一家公司的總經理文某。在他信誓旦旦的巧言迷惑下，做了不光彩的小三，並為他流產多達五次。但幾年過去了，他卻不再提離婚，也不再提和她結婚的事情。「我提出分手他還不同意，多次威脅我。」

舉報帖文稱，由於中海油在海南的勢力比較大，迫於文某的淫威，原單位辭退了舉報人，別的單位也不敢聘用。向相關單位舉報未果，換來的更大的人身和精神的傷害。

該帖舉報了文某 5 條罪名：

1. 文某私生活混亂而且變態：專門在自己的辦公室設置一個暗室，專門供其淫亂所用，在公司對保持曖昧關係的女員工晉官加薪，對不願保持曖昧關係的女員工處處打擊報復。舉報帖文稱，「在和我相處階段，同時與好幾個女人保持不正當的男女關係。」

2. 把公司的財務儼然當做自己的小金庫；

3. 為了情人利益不惜損害企業的利益；

4. 心胸狹窄，睚眥必報；

5. 任人唯親。

該帖和淫亂照片上傳後，迅速引來網路圍觀。人們評論說，「同樣的畫面、同樣的淫蕩，一換再換的男主角——就不得不令人聯想，那些依然道貌岸然的傢伙，是否在明天或許後天、會不會成為畫面的主角！」「原來油價這麼高，道理在此。」「反腐真要靠小三呀！」

第三節

中共腐敗新招：以權謀色

近年來因腐敗而下台的中共高官中，絕大多數包養情婦。這是「以權謀錢」下發生的「以權謀色」，是腐敗的新特點：性腐敗。圖為北京街頭一廣告牌。（Getty Images）

中共國企高層腐敗到這種程度，令國際社會震驚，不過，熟知中共現狀的人對這樣的醜聞並不吃驚。2007 年 9 月出刊的《新紀元》一篇文章《中共腐敗新招：以權謀色》，介紹中共官員系統性、整體性的貪腐淫亂，而今中共的貪腐越演越烈，已經成為不可治癒的癌細胞。

應《聯合國反腐敗公約》的要求，2007 年 9 月初，北京當局成立了國家預防腐敗局，剛上任的新任監察部女部長馬馼兼任預防腐敗局首任局長。BBC 報導稱國家預防腐敗局沒有執法權，只是負責反腐的宣傳和教育，與中央紀委和監察部的職能是區分開的。

然而瀏覽 9 月初的大陸網站，最熱門的話題就是：「中國 16 巨貪，近九成包養情婦」、「17 大前政治拚殺白熱化，情婦門火熱登場」之類。說到近年來的反腐，老百姓都說是「越反越腐」。

貪污腐敗的規模、範圍、數量和級別都是一年更比一年驚人。一個新特點就是「以權謀色」。九成的貪官都擁有情婦，情婦現象成了中共腐敗的新特色，情婦一詞甚至進入了法律文件。

僅據中紀委公布的案例顯示，2003 年各級紀檢監察機關給予黨紀政紀處分 17 萬多人，其中省部級幹部 16 人。2005 年處理了 11 萬黨員，2006 年處分了 9 萬多黨員。儘管中紀委給出的數據呈下降趨勢，但老百姓都知道，這並不意味著腐敗官員的減少，相反，這是官官相護的結果。那些被懲處的貪官只是少數，更多貪官的行徑仍被掩蓋。

據統計，在這 16 名嚴重腐敗的省部級以上官員中，14 名包養了情婦，10 名與房地產商勾結。他們的落馬大多與色、賭、洗錢三大基本方式有關。他們中包括貴州省原省委書記劉方仁、國家電力公司原總經理高嚴、安徽省原副省長王懷忠、黑龍江省政協原主席韓桂芝、湖南省高級法院原院長吳振漢、安徽省政協原副主席王昭耀、河南省人大常委會原副主任王有傑、福建省委原常委和宣傳部長荊福生、天津市人民檢察院原檢察長李寶金、山東省委原副書記和青島市委原書記杜世成、北京市原副市長劉志華、國家統計局原局長丘曉華、國家食品藥品監督管理局原局長鄭筱萸等。

目前，原中央政治局委員陳良宇是近十年來因貪污遭到撤職的中共最高階官員。2006 年 9 月社保案作為陳落馬的導火索，引發出了陳良宇挪用貪污 44.5 億元人民幣的大案。此外，「利用職權玩弄女性，搞權色交易」是陳良宇的又一罪名。陳從 1991 年開始，先後與兩名女子長期保持不正當性關係，其中一人懷孕三次，在陳的要求下都做了人流。除這兩名長期情婦外，陳還與多

名女子發生過性關係，並為這些「女友」的家人安排工作。

11 名高官共用的公用情婦

最近網民談論最多的可能是一名 40 多歲、相貌平平的李姓女子。據中紀委可靠消息稱，這名女人竟是多名部級高官的公用情婦，由她牽扯出來的腐敗高官竟多達 11 位以上，難怪胡錦濤震怒不已。

據悉早在 2003 年雲南省前省長李嘉廷濫權貪色，栽倒在只有小學四年級文化程度的徐福英的石榴裙下時，李還有另外一個情人，即這名李姓女子。李嘉廷鋃鐺入獄之後，該女子再相繼與多名官員有染。

首先被李姓女子選中的是 1985 年曾任雲南省副省長，後任財政部長的金人慶。隨後金人慶將她介紹給了當時還在北京擔任國務院建設部長、黨組書記的俞正聲，以及中石化董事長陳同海，而俞正聲再將之介紹給他昔日的部下杜世成。再後來，中共政治局委員、新疆黨委書記王樂泉，國家發展與改革委員會主任馬凱也與李姓女子有曖昧關係。

據說，與李姓女子保持性關係的高官至少 11 人。文章稱，在 13 億人民面前，中共高官們永遠被包裝得「偉光正」，私底下大搞性交易、拉皮條，甚至共用情婦。

「情婦」一詞進中國反腐法律文件

從毛澤東糜爛的個人性生活，到周恩來的私生女，中共領導

人的私生活歷來被列為「國家機密」不得洩漏。然而隨著越來越多的貪官被揭露包養情婦後，「情婦」一詞也以「特定關係人」的身分納入了中國現行反腐法律中。有消息稱，中共中央曾要求入選 17 大的中央委員沒有情婦緋聞。

中紀委常委、最高檢察院副檢察長王振川稱，「情婦」一詞進入有關受賄罪的司法解釋，直接結果就是增加公眾對政府官員私德的關注。不過，大陸輿論對「情婦」進入司法解釋也持不同看法，多數人表示贊同，認為貪官以權貪色、霸色，再經色路而貪錢、洗錢，已成為一種富有「中國特色」的腐敗模式。權錢色交易軸心既然事實存在，法網不應疏漏。少數人也擔憂「情婦」本身難以準確定義，實踐中易出誤差。

何謂情婦呢？一網友寫道：與已婚男人以非法定妻子身分發生並保持性關係的女人。

情婦等於偷情，不管國家法律還是民間道德都是不允許的，為什麼中共的官方文件還特意規定呢？就像攔路搶劫、詐騙偷盜一樣，為何中共中央不把這些也列為不得入選中央委員的規定之中呢？這說明「情婦」現象在官員階層已到了有禁不止、非禁不可的地步。

官員養情婦五大類型

大陸民眾把官員養情婦歸納出五種類型：恃權玩弄型、炫耀擺譜型、心理變態型、尋花問柳型、傳宗接代型等五種類型。其中，「恃權玩弄型」是眾多貪官包養情婦的一種普遍心理，自恃有權有錢，便玩弄女性。如湖南郴州原副市長雷淵利就曾包養 9

名情婦；湖北天門市原市委書記張二江先後與 107 個女人有染；江蘇省建設廳原廳長徐其耀竟玩弄了 146 個女性。

擺譜炫耀型貪官不但不以包養情婦為恥，反認為是一種身分和權力的象徵。福建周寧縣原縣委書記林龍飛與 22 名女性長期保持不正當兩性關係，並且每兩年為情婦舉辦一次「群芳宴」，設置「年度佳麗獎」；南京奶業集團公司原總經理金維芝更是赤裸裸地說：「像我這樣級別的領導幹部沒有幾個情人，別人會打心眼裡瞧不起。」

尋花問柳型貪官往往風流成性、貪婪女色。江西省原副省長胡長清每到一個地方，一見到長得漂亮的女人就會眼直失態，全然忘記身分；重慶市宣傳部原部長張宗海即使在中央黨校學習期間，也不甘寂寞包養一女大學生。

‖ 名情婦告倒省級貪官

2007 年 9 月初，大陸媒體大量轉載了一則生動的情婦反貪案例：62 歲的陝西省原政協副主席龐家鈺落馬記。1986 年，龐家鈺在一家工廠當副廠長，而正廠長李思民比他小十歲，且大權獨攬，根本沒把龐家鈺放在眼裡，對此龐懷恨在心。而 1994 年龐家鈺任寶雞市長，李思民還只是一個副局長。

見李思民的妻子曾某年輕漂亮氣質優雅，龐想出了一個報復方法。一天，龐家鈺把李思民與一陌生女郎淫亂的照片給曾某看，曾摀著臉痛哭。龐一邊安慰她，一邊給她沖了杯放了安眠藥的熱茶。第二天曾醒來時發現龐一絲不掛地睡在自己身旁。曾某一方面怨恨丈夫的背叛，一方面又迫於龐的權勢，於是充當了龐的情

婦。此後龐經常當著眾人的面，羞辱李思民，李氣得面色青紫，但礙於龐官職大於自己，只好忍受著。

1997 年寶雞市幹部大輪換，找龐家鈺送禮說情的人絡繹不絕。曾某感到自己一人無法滿足龐的需要，於是放出風聲：龐市長對送禮不感興趣，他婚姻生活不太和諧，最喜歡找個紅顏知己……為了得到提拔，或是懼怕打擊報復，一些擔心官位不保的官員都按照要求讓自己的妻子與市長「談話」。一時間，寶雞市的幹部流傳著這樣一句話：「捨不得媳婦套不著狼」。背地裡，大家都罵龐家鈺為「高衙內」，叫他為霸占別人妻子的「拉鏈市長」。

1998 年龐家鈺當上了寶雞市市委書記。龐家鈺發現，要想穩住他那龐大的情婦群，沒有錢絕對不行。於是在龐的支援下，李思民成立了一家金融投資公司，並擔任公司總經理，龐的情婦梁某和另一名情婦鄭某的丈夫擔任副總經理。僅一年該公司就非法取得 1.2 億的黑色收入，情婦們個個發財，對龐更是百依百順。

寶雞是個缺水城市，為了緩解居民用水困難，陝西省決定投資建設馮家山引水工程。龐家鈺將工程解包打碎，分派給情婦們臨時成立的皮包公司。龐家鈺的妻子潘 XX 得知後跑來大鬧一場，最後龐把工程的管道安裝轉包給妻子。原本 1.5 億財政預算的工程最後成本高達 3.2 億。

工程完工後不到半年就發生坍方和管道爆裂等嚴重事故。2002 年冬天，龐家鈺正與六名情婦到南非「考察招商」，引水工程第六次爆管，事故引起中共中央有關部門注意，龐家鈺把妻子送出國後，最後又通過各種手段使事故處理不了了之。

2003 年龐家鈺升任陝西省政協副主席時，他批准成立的那家

金融投資公司因非法經營，導致 9000 萬元國債無法收回，大批市民到北京上訪。一周後，李思民被公安機關拘留，梁某和鄭某的丈夫也被司法機關控制。

曾某趕到西安向龐家鈺討主意，龐臉色一沉說：「你傳話給李思民，讓他放聰明點，把所有的責任都攬過去，那樣我可以通融關係，至多判個三年緩期，而且還能保留公職；如果他管不住自己的嘴，把屎盆子往我頭上扣，我馬上就可以判他死刑！」

於是李思民在調查時承攬了全部罪責，讓他意想不到的是卻被法院判處了死刑。梁某和鄭某的丈夫也分別獲刑 16 年和 10 年。事後曾某質問龐：「我丈夫是替你死的，你不是人！」龐冷笑道：「李思民死不足惜，以後你就是我的人了，我不會虧待你的。」

曾某發誓要告龐家鈺，於是她聯合了龐家鈺的 11 位情婦聯名上告，她們中有人提供了龐家鈺非法收取賄賂的票據；有人掌握了龐家鈺妻子公司的資金帳目，於是這 11 位情婦告倒了省政協副主席。

中外情婦的差異

在民主國家，政府官員的隱私生活所受到的法律保護往往低於普通公民的隱私生活。如果媒體報導一個普通公民的婚外性生活可能會吃官司，被訴侵犯隱私權，但官員的婚外情、性生活就會成為社會質疑的對象，一旦媒體報導，經常會成為醜聞。因為情婦使得一些很有前途的官員身敗名裂。

像中國貪官這樣公開包養情婦的事在西方很少發現。最典型的例外就是美國前總統克林頓與前白宮實習生萊溫斯基的婚外

情。雖然獨立檢察官斯塔爾花了幾千萬美元調查，國會也啟動了彈劾程式，但克林頓安然過關，總統照當。為什麼呢？這其中最主要的原因，還在於他沒讓萊溫斯基弄權、沒有批工程、沒有放走私船、也沒有讓她以自己的名義受賄。

大陸網友評論說，「這並不是因為克林頓比陳良宇們『覺悟』更高，而是美國的體制在約束人。在美國，即使總統也只能在法律許可的範圍內行使自己的權力；國會裡虎視眈眈的反對黨議員不必說了，關鍵時刻本黨議員也不見得能靠得住；媒體記者沒事還要找事，有事就更得像蒼蠅嗅到血腥了；還有一個天不怕地不怕且誰也奈何不得、專找總統碴兒的獨立檢察官；至於美國民眾的脾氣更是了得，據說當年尼克森的『水門事件』被揭露後，一天打往白宮的抗議電話就達 30 多萬個。

但誰來監督成克杰、陳良宇、段義和們呢？民眾嗎？民眾根本就不知道書記、市長們在幹什麼；媒體嗎？媒體動不動就會被指侵犯了名譽權，沒有哪個編輯、記者願拿自己的飯碗開玩笑；紀委嗎？陳良宇是市委書記，紀委還要向他彙報工作。可以說，這些高官基本上處於不受監督的狀態。在這種情況下，如果一個電話就可以成千上萬地賺錢，誰能經得住這樣的誘惑？所以問題的關鍵不在情婦身上，而在監督制約的制度上。」

面對如洪水猛獸席捲而來的貪污腐敗，中共高層總是強調道德問題，胡錦濤提出從思想道德教育入手，提倡「八榮八恥」來解決貪污腐敗問題。許多人稱中共此舉是迴避實質問題，轉移公眾視線。因為中共的下級服從上級、禁止公眾制約監督的專制體制，從理論上就不能解決腐敗的問題，在實踐上更是行不通。

要消除貪官的情婦門，不但要從道德入手，更要從制度變革

開始。當中共前總書記江澤民包養歌星的緋聞不斷時，人們還能希望下梁有多正嗎？

深喉爆中石化貪腐黑幕驚人

2011年10月，一名據稱是中石化退休的正局級幹部在網路上發帖，揭露中石化高層的貪腐黑幕，「震怒全國老百姓（內線人揭發跟帖）」，我們無法考證內容的真實性，不過裡面人名事件齊全，憑藉這些線索，中紀委或國家公安機關自然就應該調查出一個結果。

而繼「天價吊燈」、「天價酒」之後，中石化再「天價名片」新聞。一名自稱中石化內部中層人員，日前在網路上爆料，河北分公司宣傳部2名負責人於2009年6月，竟花費13萬元的「天價」印製名片，並附上收據佐證。

2013年3月中旬，據港媒報導，中共國務院常務會議上李克強公開點名央企五巨頭——中石油、中石化、中海油、中電信、中移動搞任人唯親、公款超度揮霍、官商勾結、另立門戶搞「家屬業務」，並指：「不整頓、不大改變，會出大事情，誰都負不了責。」

周永康下台後，由於李春城涉及大量貪腐問題而被習近平做為「反腐」典型開刀。此次，李克強國務院常務會議上的講話被認為是配合習近平的「反腐」運動，劍指石油幫的幫主周永康，其家族隱藏的巨額貪腐正浮出水面。

獵狐行動瞄準三大家族

第十二章

曾慶紅兒子曾偉

曾慶紅作為江澤民的「頭號軍師」、江派的二號人物，一度權勢熏天，其子曾偉於是趁機大肆老錢，迅速成為暴富土豪，並在海外留有巨額資產，曾偉也就成為獵狐追款行動的三大目標之一。

（新紀元合成圖）

第一節

曾偉和其妻蔣梅

曾慶紅之子曾偉的妻子蔣梅是央視前欄目主持人。圖為蔣梅在悉尼。（新紀元合成圖）

　　曾偉，男，生於 1968 年 9 月，今年 47 歲。有中外傳媒稱，其長期從事石油貿易，擅於資本運作。曾偉 2007 年移民澳洲，據說是其花費 3240 萬澳幣（當時折合 2.5 億人民幣）買了澳洲有史以來第三貴的水岸豪宅，於是拿到澳洲永久居民身分。

　　幾年前大眾還不知曾偉是何方人士，後來人們得知他是曾慶紅的兒子，90 年代初在其父一手包辦下，經朋友安排進澳洲墨爾本大學讀書。這位朋友在華人社區找到一位贊助商，安排了曾偉的大學錄取及住宿。但據稱曾偉從未在墨爾本大學出現過，他到達澳洲後即以外商身分，涉足物流、證券、石油、地產等商務。

　　也許是家傳，曾氏一直「悶聲大發財」，不顯山不露水，暗地裡鼓搗。後來大陸《財經》雜誌《誰的魯能》一文問世，人們激憤之餘，才從字裡行間嗅出曾家大公子的銅臭味。

　　蔣梅，曾偉妻子，1972 年 2 月出生，1991 年畢業於北京舞

蹈學院，同年進入中國中央芭蕾舞團任主要演員。1996 年進入央
視，曾擔任幾個欄目主持人，還出演過幾部電視劇。

2002 年底，主持人蔣梅一夜間從觀眾視線中消失，她獨立主
持的兩個欄目也突然易人，外界紛紛揣測其變何因？隨後蔣接受
採訪，稱離開是為了挽救婚姻，「儘管我們之間並沒有出現任何
問題，但防患於未然也是應該而且必要的。」自己的「另一半」
在商海打拚多年，創辦了一間科技公司。蔣決定給老公營造一個
溫暖舒適的「生活大本營」，並堅稱不會放棄工作，「幾個月後，
我將重新回來主持這兩檔節目。」但至今蔣梅也沒返回央視。

就在一些網友「懷念」蔣梅之際，有人在「新蹤跡」網站發
帖稱「偶然發現曾慶紅之子曾偉及其老婆蔣梅在悉尼豪擲 3200
多萬澳幣買房」。

後來人們發現蔣梅在中國房地產開發商「人和集團」工作。
根據 2010 年人和香港上市子公司、人和商業控股有限公司年度
報告指，蔣梅董事「負責協助……執行董事制定戰略」。報告說，
2009 年公司支付了她 81 萬 7000 元人民幣（約 12 萬 8000 美元）。

人和集團網站記載：「蔣梅女士，40 歲，於 2007 年 12 月獲
委任為本公司非執行董事。蔣女士於 2002 年加入人和集團，負
責協助執行董事制定本集團的策略。自 2002 年起，彼擔任哈爾
濱人和世紀董事。彼亦分別自 2005 年及 2007 年起獲委任為廣州
人和及鄭州人和董事。在加入人和集團前，彼於 1993 年至 2000
年期間擔任中國一間廣告公司的副總經理。」

曾、蔣也是澳大利亞水果萬事達國際有限公司（Fruit Master
International Ltd.）的董事。公開文件沒有透露該公司營業項目為
何，公司會計師也拒絕發表評論。

第二節

曾偉驚人發家史

1993 年，曾偉被曾慶紅遣人安排進了墨爾本大學讀書。然而，當年只有 25 歲的曾偉從未在墨爾本大學出現過。對此，曾慶紅很驕傲地向友人解釋，因為兒子決定經商，要努力銷售人們需要的商品，為此甚至運來一卡車西瓜證明自己要這樣做。

1994 年在北京工人體育場觀看北京隊與 AC 米蘭的足球表演賽時，一位曾家的朋友看到曾偉坐在一家企業的包廂內。他想把曾介紹給中信公司的老闆、王震的兒子王軍，令他尷尬的是，王軍說：「我跟他很熟，這場球賽就是曾偉贊助的，是他邀請了 AC 米蘭。」有誰能說出，25 歲的曾偉如何在一年時間裡，從賣西瓜變為操縱數百萬美元贊助活動的能人？

大陸《財經》雜誌 2007 年 1 月 8 日在封面故事《誰的魯能》中揭露，山東最大型國有企業魯能集團在轉制中，被前中共國家副主席曾慶紅的兒子曾偉和他的朋友趙君士以 37.3 億元的價格，

買下了帳本淨值 738.05 億元，實際價值 1100 億甚至更多的山東魯能 91.6％的股權。《財經》的報導沒有點出曾偉的名字，但之後《財經》遭到重大打擊——總編胡舒立和她的團隊被趕出財經雜誌。

曾偉和趙君士的 30 多億怎麼來的呢？據報導，他們在山西太原花 7000 萬人民幣買一個煤礦，然後經過一個有關係的評估公司評估到 7.5 億人民幣，再要挾魯能出資 7.5 億收購，這樣幾次類似的操作，兩人的資產就達到了 33 億的資本！

《誰的魯能》寫道：魯能近年來崛起於山東大地，橫跨煤電、礦業、房地產、工程建設、金融、體育等多項產業。不論是對電力業界資深人士，還是街頭匆匆而過的行人，都如雷貫耳。鮮為人知的是，經過一年來的輾轉騰挪，這個龐大的企業王國已悄然易主。

魯能集團，原為國家電網山東電力集團公司下屬的「三產多經」企業（電力行業內部對「三產」和多種經營公司的通稱），如今已然是羽翼豐滿的企業王國，總規模不僅超過原母體山東電力集團，也超過勝利油田、兗州煤礦、海爾集團等其他知名本地企業。

據國家統計局山東調查總隊截至 2005 年底的資料，魯能集團以總資產 738.05 億元傲居山東企業第一。

很少有人知道，這家「巨無霸」數年前已並非國有企業了。更少人知道，今天的魯能：在內部人嚴密運籌之下，職工退股已基本完成，兩家位於北京的企業——北京首大能源公司和北京國源聯合公司，已獲得魯能集團 91.6％的股份，兩家公司收購總價格約為 37.3 億元。

魯能兩個「新主人」的名稱，在魯能內部極小的圈子裡一度被稱為「絕密中的絕密」；如今，正是這兩家名不見經傳的神祕公司，成為這一大型綜合性財團的絕對控股人。從這兩家新股東往上追溯，則是層層疊疊密如蛛網的股權轉讓與交易網。

代表新大股東進入魯能集團董事會的國源聯合董事長李彬年僅 36 歲，是內蒙包頭市人氏。魯能集團核心人物董事長高洪德與總裁徐鵬繼續擔任原職。最為神祕的是首大能源派出兩名董事之一的首大能源子公司首大能源科技公司董事長曾鳴，《中證報》在 2014 年 1 月 17 日列出的名單中，就隱藏了這位曾姓公子的名字。

曾鳴究竟是誰？當年低調、隱晦、神祕，玩弄價值 700 多億元的企業轉制買賣，如探囊取物。後來著名政論家林保華在《自由時報》中直接點名：「魯能轉制所涉第一個關鍵人是曾慶紅的兒子曾偉，另外兩個是政治局委員，一個是俞正聲（湖北省委書記、太子黨，與國民政府前國防部長俞大維一個家族），另一個是王樂泉（新疆黨委書記）。」

隨著幾年後洋蔥一層層剝開，幾乎所有人都確認，當時《財經》未明說的曾鳴，就是曾偉無疑。

曾偉做生意胃口很大，坊間流傳曾公子一句名言：「沒有兩個億的進項，免談！」曾慶紅當政時，曾偉傳出不少負面傳聞，包括插手上海大眾汽車、東方航空、北京現代汽車等公司，獲取巨額傭金等等。

曾偉在上海插手和德國合作的合資企業大眾汽車集團，生意談成，生產線引進，他從中拿傭金不算，還有乾股；在北京與韓國現代汽車集團合作的北京現代汽車集團中，曾偉也插進一隻腳。

江澤民兒子江綿恆是上海東方航空公司的董事，曾偉也在上海東方航空公司占位置，而自從江、曾的兒子在上海東方航空公司有了地位，東方航空公司就連連出事。

2007 年 1 月 2 日中午，東方航空一班從青島飛上海的航機在虹橋機場著陸時，4 個輪胎爆裂，導致機場整個下午關閉。由於虹橋機場只有一條跑道，一旦被占用，所有的航班都無法起飛，共有超過 40 個航班轉降浦東機場，其中有客機在空中盤旋一個多小時才降落。晚上 6 時 45 分，出事飛機才被拖離跑道，延誤的航班晚上 7 時才陸續恢復起降。東航此前曾多次發生飛機爆胎故障，2013 年 5 月從韓國首爾飛往上海浦東機場這麼短的距離，降落時飛機後部 12 個輪胎居然全部爆裂！

元月 4 日傍晚更有新鮮事出現，上海浦東機場一架旅客已登機完畢、準備飛往廣東深圳的南方航空客機尾錐突然掉落，幸好機場安檢人員及時發現，才免於發生意外。這是上海浦東機場三天內的第二起事故。

有傳聞稱，曾偉在北京有一家基金性質的公司，主要從事「協助」企業股份制改造並上市發行，其工作內容很簡單，就是通過內部管道獲知都有哪些公司欲股份制改造並上市發行，然後曾偉的公司會主動鎖定那些公司，與他們聯繫。

曾偉的公司聲稱，自己可以包辦企業股份制上市發行的所有政府批件，條件是購買即將上市的企業原始股，比如 2000 萬股，按每股一元算，曾偉只需支付 2000 萬元，但企業一旦上市溢價發行，比如每股 10 元，曾偉手中的原始股就在短期內迅速增值到兩億元，這就是曾偉有名的「沒有兩個億的進項，免談！」的由來。

第三節

曾偉夫婦澳洲招搖買豪宅

　　網友「一次性馬甲」形容曾偉購買的 3240 萬豪宅所在街區時寫道：

　　Point Piper 是一個小小的半島，整個 Point Piper 只有 11 條街。Wolseley Road 正是他的主街。據說，這個地區的街道都不是很大，極重私隱，也絕少更換主人。有文章描述說，「在街上走，你看不出什麼名堂，家家院牆高聳，大門緊閉，偶爾會看到一輛最新款的勞斯萊斯或是賓士，駛入或駛出某一全自動的大門。街上又恢復了寂靜。」

　　從接近中紀委人士的消息獲悉，中央二號專案組（周永康專案）查證，曾慶紅的兒子曾偉耗資 3240 萬澳元（時約 2.5 億人民幣）在澳洲悉尼所購豪宅，其資金主要來自前中石油董事長、後任國資委主任蔣潔敏的利益輸送。

　　消息人士透露，蔣潔敏在中共中央專案組反復訊問及查證

下，已交代了他在任中石油董事長期間，利用職權討好曾慶紅的兒子，出資為曾偉在澳洲悉尼購買房產的事實，有關款項是經中石油在澳洲的客戶以支付貨款等名義，支付給曾偉的，以當時匯率約值 2.5 億人民幣。

2010 年，澳洲媒體《悉尼晨鋒報》報導曾偉與妻子蔣梅 2008 年在澳洲斥資購豪宅的消息。曾偉和妻子因此獲得澳洲投資移民簽證。消息當時曾轟動一時，但被中共斥為西方媒體故意抹黑中國領導人。

2013 年周永康案坐實後，博訊網稱，有關交易是 2008 年 3 月 7 日簽約的，成交金額是 3240 萬澳元。豪宅的名字叫 Craig-y-mor（克雷格 -Y- 莫爾）。為減少關注，簽約時購買者只有曾偉妻子蔣梅一個人名。成交時沒有貸款，以全額支付。2009 年，紐州地契局（Land Title Office）註冊上加上了曾偉的名字。曾偉使用英文名亞瑟（Arthur）與妻子蔣梅共同擁有該豪宅。豪宅位於悉尼傑克遜港南岸的 Point Piper。Point Piper 是悉尼最豪華的居住區之一，位於悉尼歌劇院的東面。

豪宅位於半山腰，正面對著悉尼歌劇院和悉尼大橋，被悉尼地產界譽為具有明信片一樣的風格。豪宅占地約 1100 平方米。據稱當時是當時澳洲最昂貴的豪宅，也是澳洲房產交易史上第三昂貴的豪宅。該豪宅位於 Wolseley Road，該路聚集了悉尼乃至澳洲最貴的豪宅。

這裡曾經住過商人本·蒂利（Ben Tilley）、股票經紀人勒內·里夫金（Rene Rivkin）和裝卸公司的老闆克里斯·科里根（Chris Corrigan）、駐日本總領事等人。2004 年，本·蒂利花 1615 萬澳元從勒內·里夫金及其夫人蓋爾·里夫金（Gayle Rivkin）手中購

得。2001 年，里夫金夫婦花了 1070 萬從克里斯・科里根和其妻子瓦萊麗・科里根（Valerie Corrigan）手中購得；科里根 1991 年花了 714 萬從開發商加里・羅茲韋爾（Gary Rothwell）那裡購得。開發商加里・羅茲韋爾將原本 2600 平米的大地一分為二，分割前的主人是礦業大亨羅伊・哈德森（Roy Hudson）。

曾偉和其妻蔣梅購買豪宅的當時，一直對外界保密，未透露姓名，媒體只說買主是亞洲人。《悉尼晨鋒報》的報導說，此前的 2007 年，該神祕買家（曾偉）一直熱中於購買同樣位於 Point Piper 的另一幢豪宅 Villa de Mare，但雙方談判沒有談攏，最後沒有做成交易。

Craig-y-Mor 在上個世紀 60 年代由萊斯利・威爾金森（Leslie Wilkinson）教授翻修過，占地 1100 平米，可近距離欣賞悉尼港大橋和悉尼歌劇院。

Point Piper 位於悉尼港邊，距離悉尼中心商務區僅 6 公里，曾偉豪宅所在的 Wolseley Road 是全世界最昂貴的十大街道之一。在 2011 年世界最昂貴十大街區排行榜上，Point Piper 名列第九，價值是每平方米 2 萬 900 美元。

按照澳洲稅務局 2013 年的統計數據，Point Piper 與邊上的 Darling Point、Edgecliff 和 Rushcutters Bay 一起構成的區域是澳洲最富裕的地區。

在 Point Piper 居住的澳洲名人有：前聯邦反對黨領袖、溫特沃斯區（Wentworth）聯邦議員麥克姆・特恩布爾（Malcolm Turnbull）；曾經的澳洲首富、Westfield 集團的創始人及老闆弗蘭克・洛伊（Frank Lowy）；Aussie Home Loans 的創始人約翰・西蒙德（John Symond）；Ross Human Directions 公司的執行總

裁朱莉婭‧羅斯（Julia Ross）；地產開發商、前奧運會選手鄧尼斯‧詹姆斯‧奧尼爾（Denis James O'Neil）；建築師、Pure Series Music 的創始人喬納森‧斯派塞（Jonathan Spicer）。

曾在 Point Piper 居住過的澳洲名人有：已故著名音頻工程師布魯斯‧傑克遜（Bruce Jackson）、已故 Arnott's Biscuits 的總裁詹姆斯‧海頓萊斯利‧阿諾特（James Haydon Leslie Arnott）、已故股票經紀人勒內‧里夫金（Rene Rivkin）、已故紐西蘭金融家弗蘭克‧雷努夫爵士（Sir Frank Renouf）、世界媒體大亨魯珀特‧默多克（Rupert Murdoch）的兒子拉克蘭‧默多克（Lachlan Murdoch）、弗蘭克‧泰德斯維爾（Frank Tidswell）博士。

約翰‧西蒙德的豪宅被公認是澳洲最奢華昂貴，據報導僅房屋的建造（不包括土地價格）就達到 7000 萬澳元。

2008 年，曾偉夫婦購買豪宅時，由於未透露姓名，並未在澳洲社會引起波瀾。

但是 2009 年 12 月 12 日至 13 日，《悉尼晨鋒報》周末版在其附帶的 Domain House 版第一頁 Title Deeds（物權契據）專欄中出現了兩個中國人的名字：曾偉和蔣梅。這個由 Jonathan Chancellor 撰寫的專欄專門介紹披露悉尼豪宅的買賣過戶動態，包括房子的歷史、概況、買家賣家的一些基本情況。

Title Deeds 原文稱，曾偉和蔣梅花 3240 萬澳元買下這幢百年豪宅後，計畫花費 500 萬澳元將其推倒重建。並指這是悉尼歷史上最昂貴的推倒重建工程。

這一消息迅速在澳洲的中文網路社區激起波瀾。儘管兩人的名字當時被百度禁搜，兩人的背景還是很快被貼到了網路社區。此後，這幢豪宅所在地成為中國遊客的景點之一。

2010 年 4 月，費爾法克斯（Fairfax）媒體集團旗下的《悉尼晨鋒報》和《時代報》發表確認的消息稱，曾偉、蔣梅購買悉尼豪宅是向外國投資者開放機遇的簽證範例，並介紹了兩人家族的中共政治背景。並披露兩人於 2007 年獲得商業移民簽證，而且購買房子的當初只註冊了蔣梅的名字。早在 2005 年，他們就曾以蔣梅的名義花 100 萬澳元在悉尼中心商務區利物浦街（Liverpool Street）的 World Tower 買了一套豪華公寓。

不過，曾偉夫婦的推倒重建申請遭到其所在的沃拉拉（Woollahra Council）市政府的拒絕。原因是翻新計畫在很多處不符合民宅建築規格要求，特別是曾氏夫婦的新宅施工涉及挖掘砂岩深至基岩，需要挖掘 2600 立方土石，這在建築規定上被視為「過量的開挖現場」，是禁止的。之後他們將申請修改過兩次，但都遭到拒絕。

2010 年 12 月，他們將沃拉拉市政府告上土地與環境法庭。那年的聖誕前夜，法庭的蘇・莫里斯（Sue Morris）推翻了市政府的決定，裁決重建符合市政府的規劃。裁決同意他們在修改計畫後可以重建房子。包括拆除頂樓的一間浴室，游泳池從兩個減少到一個，房子的規格也縮小。

第四節

曾偉夥同江澤民家族洗錢

　　曾偉和蔣梅兩人都是澳洲註冊一家名為 Fruit Master International Ltd 公司的董事，但公開的文件中並沒有說明公司從事什麼業務。

　　公司的另外四名董事會成員包括：戴永革、戴永革之妻張興梅、戴永革的妹妹霍肯·秀麗（Xiuli Hawken），霍秀麗目前是英國居民，在「福布斯」英國財富榜上排名 15，身價 22 億美元。

　　曾慶紅家族的腐敗，除了外媒報導較多的「魯能案」、「購置 2.5 億元豪宅案」之外，還有一個更驚人的問題正是利用港澳事務大權在握的機會「賣國洗錢」。為了自己家族洗錢，曾慶紅動用手上的權力，與江澤民家族一起，在胡錦濤執政初期祕密擬定了對台的幾年所謂「妥協政策」，通過運用國家軍事、政治力量來為家族洗錢和套現。

　　2002 年前後，中共中央成立「以中央政治局常委、國家副主

席曾慶紅為領導的中央港澳工作協調小組」，當時的組長就是曾慶紅。《大紀元》此前報導，曾慶紅手握港澳事務的權力後，第一步是安排香港特首的人選，從董建華換上了曾蔭權。

第二步是開始實施一個叫做 CEPA（大陸與香港關於建立更緊密經貿關係的安排）的優惠政策，看起來是招商引資，實質是台灣政經界的一位「通天大鱷」與江澤民、曾慶紅兩家密謀的結果。這位台灣的「大鱷」在 2003 年時以低價買下香港的一家銀行。從此台資開始經由香港、澳門等地「大搖大擺」進入大陸，也給江、曾家族境外洗錢開通了大門。

據維基百科的介紹，曾偉是上海大眾汽車集團、上海東方航空公司（下稱東航）、北京現代汽車集團的後台老闆。此前有報導稱，江綿恆是上海東方航空公司的董事。

東航在 2002 年營運不佳，險些停牌。《大紀元》獲悉，當時東航獲得了一台灣商界「大鱷」的注資相救，令曾慶紅家族「相當感激」。當時這位「大鱷」是台灣某財團的總裁，與台灣高層核心政界有千絲萬縷的聯繫。他在 2003 年之前還是一家台灣金融控股公司的執行長。

此後台灣「大鱷」手下的一家人壽保險公司進入中國，合作夥伴是東方航空，而東方航空的後台老闆正是曾慶紅的兒子曾偉。從此以後，曾慶紅的兒子曾偉夥同江澤民家族開始把國內自己家族的錢通過「大鱷」經由東航洗到國外。

到了 2006 年後，曾慶紅家族的財富已經可以直接輸出到國外，之後便直接製造了山東魯能國有資產流失事件，其絕大部分資產洗到國外。2007 年，曾偉獲得澳洲商業移民簽證；2008 年，曾偉即以 3240 萬澳元的價格買下悉尼的一幢百年豪宅。據中共

內部會議透露，曾偉在澳洲擁有至少 10 億澳元的資產。

曾偉雖然移民澳洲，不過開始並不常在澳洲居住。幫他照看悉尼住宅的一名發言人嘉文‧斯洛特爾（Gavan Slaughter）曾告訴《悉尼晨鋒報》的記者說，「曾偉一家很少住在這裡（指悉尼），他們大多數時間住在澳洲境外包括北京，在北京他們擁有別墅。」

不過 2012 年重慶事件後，隨著江派在中南海的搏擊中日漸失勢，特別如今已走上窮途末路，據傳曾偉夫婦與兩個兒子現在住在澳洲的時間較長，且不敢回中國，因為中共打「老虎」正酣，怕自己被抓。據皇冠賭場的知情人士透露，曾偉也常光顧皇冠賭場，每次他光顧皇冠，皇冠的老闆詹姆斯‧派克都會全程陪同。據皇冠豪賭客工作人員透露，曾偉下注很大，最高一注達 500 萬澳元，令人咋舌。

第五節

澳媒披露曾家的王侯生活

　　2012 年 5 月 26 日，《悉尼先驅晨報》報導，著有《中國太子黨》一書的作者 John Garnaut 寫道，中國的商業運作與「太子黨們」有著千絲萬縷的聯繫，似乎執政的共產黨也無力阻止他們。

　　當在中國政壇握有大權的曾慶紅提出想看看澳洲的精髓後，他的外交招待員們首先在布里斯班（Brisbane）的 Breakfast Creek 大酒店給他送上了幾壺啤酒及大號的菲力牛排。他的下一站是悉尼，在那裡他參觀了魯珀特·默多克（Rupert Murdoch）的福克斯（Fox）新聞工作室。一位陪同他的消息人士說，「他笑得合不攏嘴。」

　　隨後，曾慶紅被帶到 Point Piper 的 Wolseley 路上的拉克蘭·默多克（Lachlan Murdoch）和薩拉·奧黑爾（Sarah O'Hare）的豪宅，享受了一頓悠閒的晚餐。陪同魯珀特·默多克的是他的新婚妻子鄧文迪。鄧文迪為曾慶紅作嚮導和翻譯，她的表現說服了

曾慶紅為什麼星空衛視新聞集團（News Corporation's Star TV）應該進入中國。悉尼一家最好的餐廳也對外歇業一天，以便讓它的大廚們能為曾慶紅準備海鮮盛會：品嘗巨大的綠唇鮑魚，邊吃邊欣賞日落之中悉尼歌劇院和海港大橋的美景。

曾慶紅明顯在享受著這一切，尤其對默多克迷人的海港景色印象深刻。2008 年，他的兒子曾偉就支付了 3200 萬美元，在幾乎是同一海港的馬路斜對面購置了一處帶有九輛車庫的豪宅。

1993 年，出任中共中央辦公廳主任的曾慶紅，曾要一位曾家的朋友安排他的兒子曾偉進入（澳洲）墨爾本大學讀書，因為曾偉無法在中國競爭激烈的機制中占有一席之地。據一位熟悉該談話的消息人士稱，身為父親的曾慶紅說：「讓他出去，到那裡工作，打餐館，別讓他依靠其他人。」曾家的這位朋友在華人社區找到了一位金融贊助商，安排了曾偉的大學錄取及住宿事宜。

1999 年，在曾慶紅計畫他的悉尼之行前，他的兒子已經成為了富豪。在中國上下，那些野心勃勃的商人們，包括許多太子黨的孩子們，都在盡力巴結曾偉。

默多克此前就在快速地抓住中國市場的潛力，他的財富將依賴於這些政客。當他聽說曾慶紅要訪問澳洲後，他的人就給澳洲的外交官員們打電話，直到得知曾慶紅在悉尼行程的一大塊時間段。

在 Point Piper 的豪宅內，默多克帶來原住民吉他歌手 Jimmy Little 做表演，並讓藝術顧問 Jean Battersby 在牆上掛上其最好的澳洲作品，由鄧文迪任曾慶紅的嚮導和翻譯，說服曾慶紅星空電視新聞集團將給共產黨帶來好處。次年，曾慶紅則在北京的中國歌劇院熱情款待了默多克和鄧文迪夫婦。

據曾家的一個朋友和曾偉的一位商業夥伴披露，在 1990 年代，曾偉成為了證券監督管理委員會副主席王毅（Wang Yi 音譯）的親密朋友。證監會發現自己可以獲得希望在中國新生證券交易所上市的國企公司的有價值的信息時，這段友誼變得更進一步。證監會也有權批准私營企業的上市申請。

當王毅涉嫌在證券市場有違規行為而被中共的調查人員關押時，這段友誼變得不能互惠互利了，後來王毅被以不相關的腐敗指控而入獄。

曾偉也與山西的煤炭大亨們聯手。根據商界消息，2014 年 3 月，曾偉的一位搭檔在海邊度假勝地為自己的女兒舉辦了婚禮，據報導，僅嫁妝就包括六輛法拉利。

此外，曾偉與香港房地產開發商「人和商業」關係密切。該公司的總裁戴永革在澳洲和曾偉及曾偉的妻子蔣梅一起開了家公司，隨後不久，曾偉買下了 Point Piper 的豪宅，人和在香港證券交易所上市。

第六節

宋林案揭開曾家黑幕一角

宋林是曾慶紅的心腹，宋的落馬顯示當局正以處理周永康的類似手法針對曾慶紅，其家族和親信正被圍剿。（大紀元合成圖）

　　2014 年 4 月 17 日，中共紀委宣布華潤集團原董事長宋林接受調查的消息。隨後，宋林的大後台曾慶紅就「漸漸露出『大老虎』原形」。

　　8 月 27 日，官媒還發表署名博客評論稱，宋林為了自救已經「不計代價」，為保命或供出中共「國家領導人」級別的背後「大老虎」。

　　有港媒報導稱，在中共官場腐敗蔓延的整體大環境下，山西利益糾葛顯得特別複雜，買官、賣官和「黑金腐敗」成為山西政壇的兩大特色，曾慶紅及周永康家族都利用山西煤商套現巨額國有資產，深度介入山西官場。

　　發生在山西的華潤案中，曾慶紅的親信、華潤集團董事長宋林在百億併購山西首富張新明的金業集團時故意放水，致使數十億元國資流入私人腰包。華潤案也揭開了曾慶紅家族侵吞國家資

產的黑幕一角。

隨華潤案的不斷發酵，還漸漸牽連到與曾慶紅關係密切的「山東魯能國有資產流失案」，謀劃這一利益輸送的正是在魯能有著深厚基礎的曾慶紅親信劉振亞。2000年，時任中組部長曾慶紅把劉振亞提拔為國家電力公司副總經理。

「山東魯能事件」被指是一個精心策劃、提前布局的鯨吞國企事件。當年國家電網的規劃完全是按照魯能的產業分布布署，魯能被精心打造成「一隻可以下金子的母雞」後，被劉振亞祕密賤賣給曾慶紅家族。

華潤電力併購地成放羊場

2013年7月5日，大陸媒體《經濟參考報》報導，央企華潤電力控股有限公司（以下簡稱華潤電力）花費80億元收購民營企業山西金業集團（以下簡稱金業集團）所屬煤礦以及焦化廠等資產，被指資產價值嚴重高估，存在數十億元國有資產流失問題；所收購項目問題重重，虧損嚴重，其中一煤礦竟然是一閒置多年的未開發井田，已成為當地農民的放羊場地。

有業內人士分析稱，華潤電力以不可思議的高價收購金業集團資產，其評估存在嚴重問題，並且違規提前支付收購款項，涉嫌造成數十億元國有資產流失。

華潤電力成立於2001年8月，是華潤集團控股的香港上市公司。金業集團是山西省古交市一家集原煤開採、洗選、煉焦、鐵路運輸為一體的民營企業。

2009年底，華潤電力開始與陷於困境的金業集團談判收購其

資產。2010年2月9日，華潤電力、山西華潤聯盛能源投資有限公司（華潤電力關聯企業，以下簡稱山西華潤聯盛）與金業集團、金業集團董事長張新明共同簽署《企業重組合作主協議》，華潤方以不高於79億元的價格收購金業集團所屬資產包的80％股權，該資產包由金業集團旗下10個實體組成，包括三個號稱可採儲量達2.55億噸的煤礦（原相煤礦、中社煤礦、紅崖頭煤礦）以及兩家焦化廠、一家洗煤廠、一家煤矸石發電廠、一家運輸公司、一個鐵路發運站和一家化工廠。

此後，該資產包注入太原華潤煤業有限公司（以下簡稱太原華潤）。太原華潤由華潤方面控股80％，金業集團以所出售資產包的20％股權占太原華潤的20％股權。

在華潤電力介入收購之前不足三個月時間的2009年9月，大同煤礦集團公司（以下簡稱同煤集團）曾著手收購金業集團該部分資產包。同煤集團財務部一工作人員透露，當時雙方對該部分資產估價約52億元，但其後不久，已經啟動的資產收購行為最終因故被叫停。

僅僅三個月之後，華潤收購金業集團資產包的對價，卻比同煤集團出價高出50多億元。

華潤電力和金業集團簽訂的《企業重組合作主協議》顯示，收購金業資產包80％權益的對價為79億元（折算100％權益則為98.75億元）；太原華潤還得為被收購的金業二焦廠取得全部土地使用證，向國土資源部門繳納土地出讓金4500萬元。而同煤集團退出收購時與華潤電力達成協議：此前同煤集團重組金業集團時向10個資產包已投入的4.4億元，亦由太原華潤予以返還給同煤集團。統計以上各筆帳務，金業集團資產包權益整體作價

約 103 億元。

對上述交易，華潤電力僅在 2010 年中報、年報中進行了簡略表述，但其收購價格未予公布。

審計署企業司一要求匿名的人士透露：審計署 2012 年審計結果顯示，華潤電力已經直接支付或間接支付 81 億元收購款，其中違反收購協議提前支付 50 多億元。這 81 億元收購款具體支付形式為，一是通過太原華潤和山西華潤聯盛直接向金業集團支付 49 億元，其中違反協議提前支付 19 億元；二是通過華潤深圳國際信託投資以股權質押貸款方式向金業集團發放信託貸款 20 億元，變相支付資金 20 億元；三是華潤承擔金業集團向同煤集團支付 11.92 億元。

在華潤電力收購金業集團資產後，上述主要資產陷入嚴重虧損狀態，紅崖頭煤礦竟然淪為當地農民的放羊場地。

上述審計署企業司人士透露，在審計中還發現，根據華潤電力收購金業集團煤礦的評估報告，原相煤礦在 2010 年會實現銷售收入 43.02 億元，稅前利潤為 1.92 億元，實際在該年度該煤礦銷售收入為 11.52 億元，虧損 2.17 億元；評估報告稱原相煤礦在 2011 年會實現銷售收入 70.89 億元，稅前利潤為 9.51 億元，實際在該年度該煤礦銷售收入為 18.2 億元，虧損 3.48 億元。

2013 年 5 月 28 日和 6 月 8 日，《經濟參考報》記者兩次探訪原相煤礦，看到該煤礦處於半停產狀態。原相煤礦一位人士透露：「華潤電力收購原相煤礦所依據的評估報告顯示，在 2012 年該煤礦會實現銷售收入 75.39 億元，稅前利潤為 12.18 億元，實際在該年度該煤礦銷售收入和預期差別很大，虧損在 5 億元以上。」

中社煤礦和紅崖頭煤礦的狀況更是糟糕。中社煤礦一位值班人員說，煤礦停產很久了，煤礦探礦權已過期，被華潤電力買下後，一天也沒建設和生產過，一直處於停滯狀態，至今也不見要建設、生產的跡象。

更不可思議的是紅崖頭煤礦現狀，當地不少百姓表示，沒聽說有這個煤礦存在。《經濟參考報》記者驅車沿著山間小路緩慢前行一個半小時，沿路多方打探，才找到一處幾近廢棄的煤礦。該煤礦入口處用紅磚疊起的圍牆，牆皮斑駁，爬滿藤蔓，顯得破敗不堪。

記者正要進入紅崖頭煤礦內部，看見一位放羊老漢趕著近百隻山羊，從鐵門處魚貫而出。穿過鏽跡斑斑的鐵門，記者看到偌大的空地上長滿雜草。一個看門的老大爺說，因為草木茂盛，這個院子成了天然牧場。一位當地農民對記者說，在這個煤礦放羊好幾年了，很少看見有人來這裡，草長得非常好，是放羊的好地方。

2013 年 7 月 1 日，記者就以上問題向華潤電力發去採訪函。7 月 2 日，華潤集團審計部副總監李社堂（收購金業集團資產交易時任華潤電力執行董事、華潤煤業總經理）電話回應《經濟參考報》記者採訪時稱：至於交易中收購價格和資產評估等問題，現在不好去評價這些事；提前支付收購款項應該不會存在問題。

中國大變動系列 **033**

獵狐行動瞄準三大家族

作者：王淨文、季達。**執行編輯**：張淑華 / 黃采文 / 韋拓。**美術編輯**：吳姿瑤。**出版**：新紀元周刊出版社有限公司。**地址**：香港荃灣白田壩街5-21號嘉力工業中心B座3樓25。**電話**：886-2-2949-3258（台灣）852-2730-2380（香港）。**傳真**：886-2-2949-3250（台灣）/ 852-2399-0060（香港）。**Email:**mag_service@epochtimes.com。**網址**：www.epochweekly.com。**香港發行**：田園書屋。**地址**：九龍旺角西洋菜街56號2樓。**電話**：852-2394-8863。**台灣發行**：高見文化行銷股份有限公司。**地址**：新北市樹林區佳園路二段70-1號。**電話**：886-2-2668-9005。**規格**：21cm×14.8cm。**國際書號**：ISBN978-988-13959-0-0。**定價**：HK$128 / NT$400。**出版日期**：2015年4月。

新紀元
NEW EPOCH WEEKLY